L'AUTOMNE DU PATRIARCHE

DU MÊME AUTEUR

CENT ANS DE SOLITUDE, Éditions du Seuil, 1968.

GABRIEL GARCIA MARQUEZ

L'AUTOMNE DU PATRIARCHE

roman traduit de l'espagnol

par Claude Couffon

BERNARD GRASSET
PARIS

L'édition originale de cet ouvrage a été publiée en 1975 à Esplugas de Llobregat (Barcelone) par les Éditions Plaza & Janes sous le titre :

El Otoño del patriarca

Durant la fin de la semaine les charognards s'abattirent sur les balcons du palais présidentiel, détruisirent à coups de bec le grillage des fenêtres, remuèrent avec leurs ailes le temps stagnant intra-muros, et le lundi au petit jour la ville se réveilla d'une léthargie de plusieurs siècles sous une brise tiède et tendre de grand cadavre et de grandeur pourrie. Alors seulement nous nous risquâmes à entrer, sans investir les murs décrépis de la forteresse comme le voulaient les plus audacieux, ni ébranler avec des attelages de bœufs l'entrée principale, comme d'autres le proposaient, car une seule poussée suffit à faire sauter hors de leurs gonds les lourdes portes blindées qui à l'ère héroïque avaient résisté aux bombardes de William Dampier. Nous crûmes pénétrer dans un lieu d'une autre époque, car l'air était plus ténu dans les fondrières pleines de décombres de ce vaste repaire du pouvoir, le silence y était plus ancien, et les choses difficilement visibles dans le jour décati. Au long de la première cour dont les dalles avaient cédé à la pression souterraine de la mauvaise herbe, nous vîmes le désordre du poste de garde en déroute, les armes abandonnées dans les placards, la longue table de bois brut avec les assiettes et les restes du déjeuner dominical interrompu par le sauve-qui-peut, nous vîmes le hangar dans la pénombre, siège des services civils, les champignons aux couleurs vives et les lis blafards parmi les requêtes dont le cours normal avait été plus lent que les vies les plus arides, et qui attendaient là, nous vîmes au centre du patio la cuve baptismale où plus de cinq générations avaient été christianisées à coups de sacrements martiaux, nous vîmes au fond l'écurie des vice-rois transformée en remise, et nous vîmes parmi les camélias et les papillons la berline des temps du bruit, le fourgon de la peste, le carrosse de l'année de la comète, le corbillard du progrès dans la discipline, la limousine somnambule du premier siècle de paix, tous en bon état sous la toile d'araignée poussiéreuse et peints aux couleurs nationales. Dans la cour suivante, derrière une grille, se trouvaient les rosiers enneigés de poussière lunaire à l'ombre desquels les lépreux dormaient au temps fastueux de la maison et qui avaient tellement proliféré en leur abandon qu'il restait à peine une embrasure sans odeur dans cet air de roses enrobé dans la pestilence qui nous arrivait du fond du jardin avec un relent de poulailler et une puanteur acide de bouses, de pisses de vaches et de soldats de la basilique coloniale transformée en étable à traire. Nous frayant un passage à travers l'asphyxiant buisson nous vîmes la galerie et ses arcades avec leurs pots d'œillets et leurs frondaisons de lagerstrœmies et de bougainvillées qui avaient abrité les baraquements des concubines, et par la variété des résidus domestiques et le nombre des machines à coudre nous supposâmes que plus d'un millier de femmes avaient vécu ici avec leurs hordes de bâtards prématurés, nous vîmes la débâcle des cuisines, le linge pourri au soleil dans les baquets, les feuillées, sentines ouvertes où s'étaient côtoyés soldats et concubines, et nous vîmes au fond les saules babyloniens transportés vivants d'Asie Mineure dans de gigantesques serres marines avec leur terre, leur sève et leur crachin, et derrière les saules nous vîmes la maison civile, immense et triste, les jalousies ébréchécs par lesquelles les charognards continuaient de s'insinuer. Nous n'eûmes pas à forcer l'entrée, comme nous en avions l'intention, car la porte centrale parut s'ouvrir sous la simple impulsion de notre voix, de sorte que nous montâmes au premier étage par un escalier de pierre dont les tapis d'opéra avaient été triturés par les sabots des vaches, et du vestibule d'accès jusqu'aux chambres privées nous vîmes les bureaux et les salles officielles en ruine où allaient et venaient les bovins effrontés qui mangeaient les rideaux de velours et mâchonnaient le satin des fauteuils, nous vîmes des tableaux héroïques de saints et de militaires gisant sur le sol parmi les meubles brisés et la bouillie fraîche des bouses, nous vîmes une salle à manger broutée par les vaches, la salle des concerts profanée par les bruits de casse des vaches, les tables à dominos saccagées et les prairies des billards tondues par les vaches, nous vîmes abandonnée dans un coin la machine à soufflets qui falsifiait tous les phénomènes des quatre branches de la rose des vents pour que les gens de la maison supportent la nostalgie de la mer disparue, nous vîmes des cages pendues partout et couvertes encore de la cretonne qui protégeait certaine nuit de la semaine précédente le sommeil des oiseaux, et nous vîmes par les nombreuses fenêtres le mastodonte urbain resté dans l'innocence de ce lundi historique qu'il commençait à vivre, et au-delà, vers les confins, nous vîmes l'âpre cendre lunaire des cratères morts jalonnant la plaine sans fin où la mer avait séjourné. Dans cette enceinte interdite que de rares privilégiés avaient pu connaître, nous sentîmes pour la première fois l'odeur de charogne des urubus, nous perçûmes leur asthme millénaire, leur instinct prémonitoire et, guidés par le vent de putréfaction de leurs battements d'ailes, nous découvrîmes dans la salle des audiences les carcasses des vaches rongées par les vers, leurs arrière-trains d'animal féminin plusieurs fois répétés dans les grands miroirs, et nous poussâmes alors une porte latérale qui s'ouvrait sur un bureau dissimulé dans le mur, et là nous le vîmes, lui, dans son uniforme de toile sans insignes, avec ses guêtres et son éperon d'or au talon gauche, plus vieux que tous les hommes et que tous les vieux animaux de la terre et de l'eau, il était allongé sur le sol, à plat ventre, le bras droit replié sous la tête en guise d'oreiller, tel qu'il avait dormi nuit après nuit toutes les nuits de sa très longue vie de tyran solitaire. C'est seulement quand nous le retournâmes pour voir son visage que nous comprîmes l'impossibilité où nous étions de le reconnaître, eût-il même été épargné par les charognards, étant donné qu'aucun d'entre nous ne l'avait jamais vu, et bien que son profil figurât sur l'avers et le revers des monnaies, les timbres-poste, les étiquettes des dépuratifs, les bandages herniaires et les scapulaires, et que sa lithographie dans un cadre avec le dragon de la patrie et le drapeau national lui barrant la poitrine fût exposée partout et à toute heure, nous n'ignorions pas que c'étaient là des copies de copies de portraits jugés déjà infidèles au temps de la comète, quand nos parents savaient qui il était pour avoir entendu leurs parents le leur raconter, comme précédemment les parents de leurs parents l'avaient raconté à leurs parents, et dès notre enfance on nous avait habitués à croire qu'il était vivant dans la maison du pouvoir, quelqu'un avait vu s'allumer les globes des lampadaires une nuit de fête, quelqu'un avait raconté j'ai vu les yeux tristes, les lèvres pâles, la main pensive qui faisait des adieux anonymes à travers les parements d'autel de la voiture présidentielle, et puis un dimanche aujourd'hui très lointain on avait emmené l'aveugle des rues qui pour cinq centavos récitait les vers du poète oublié Ruben Dario et qui était revenu heureux comme pas un avec la piécette remise en paiement du récital donné en l'honneur du général, qu'il n'avait pas vu, bien entendu, non à cause de sa cécité mais parce que aucun mortel ne l'avait aperçu depuis l'époque du vomito-negro, et pourtant nous savions qu'il était bien là car le monde continuait, la vie continuait, le courrier arrivait, la fanfare municipale jouait chaque samedi sa kyrielle de valses idiotes sous les palmiers poussiéreux et les mornes réverbères de la Place d'Armes, d'autres vieux musiciens remplaçant dans l'orchestre les musiciens défunts. Les dernières années, quand on n'entendit plus de bruits humains ni de chants d'oiseaux à l'intérieur et qu'on ferma à jamais les portes blindées, nous sûmes qu'il y avait quelqu'un dans la maison civile car on voyait la nuit des lumières qui ressemblaient à des feux de navigation à travers les fenêtres donnant sur la mer, et ceux qui osèrent s'approcher entendirent une dévastation de sabots et des soupirs de grand animal derrière les murs fortifiés, et un soir de janvier nous aperçûmes une vache qui contemplait le crépuscule du haut du balcon présidentiel, non mais imaginez, une vache au balcon de la patrie, quelle horreur hein, quel pays de merde, mais on fit tant de conjectures, oui comment était-il possible qu'une vache arrivât jusqu'à un balcon si tout le monde savait que les vaches ne montent pas les escaliers, surtout s'ils sont en pierre, et surtout surtout s'ils sont recouverts de tapis, qu'au bout du compte nous ne sûmes plus si nous l'avions réellement vue ou si en passant un soir par la Place d'Armes nous avions rêvé en marchant que nous voyions une vache au balcon présidentiel où rien n'avait été vu ni ne devait être revu durant longtemps jusqu'à cette aube de vendredi, la semaine dernière, où commencèrent à arriver les premiers charognards qui s'élevèrent de la corniche de l'hospice où ils somnolent éternellement, il en arriva aussi de l'intérieur, ils arrivèrent par vagues du fond de l'horizon de cet abîme de poussière où la mer avait séjourné, ils volèrent toute une journée en cercles lents au-dessus de la maison du pouvoir jusqu'au moment où un roi, huppe de mariée et fraise rouge, émit un ordre silencieux et où commença ce fracas de vitres brisées, ce vent de grand cadavre, ces entrées et ces sorties de charognards par les fenêtres seulement concevables dans une maison sans autorité, ce qui nous encouragea à y pénétrer à notre tour, et alors nous découvrîmes dans le sanctuaire désert les décombres de la grandeur, le corps picoté, les mains lisses de demoiselle avec l'anneau du commandement à l'annulaire, et il avait le corps tout bourgeonné de lichens minuscules et d'animaux parasites du fond de la mer, surtout aux aisselles et à l'aine, et un bandage de toile enveloppait son testicule hernié seule partie épargnée par les charognards bien que la roupette fût grande comme un rognon de bœuf, pourtant même à cet instant nous n'osâmes pas croire à sa mort car c'était la deuxième fois qu'on le découvrait ainsi dans ce bureau, seul et habillé, mort apparemment de mort naturelle durant son sommeil, comme l'avaient annoncé depuis longtemps les eaux prémonitoires dans les écuelles des pythonisses. La première fois qu'on le découvrit, au début de son automne, la nation était encore assez vivante pour qu'il se sentît menacé de mort jusque dans la solitude de son alcôve, ce qui ne l'empêchait pas de gouverner comme si son destin avait été de ne mourir jamais, car le palais ressemblait moins à une maison présidentielle qu'à un marché où il fallait se frayer un chemin parmi des ordonnances aux pieds nus qui déchargeaient des couffins de légumes et des cageots de volailles dans les couloirs, en sautant pardessus des commères avec leurs enfants faméliques qui dormaient pelotonnées sur les marches dans l'attente du miracle de la charité officielle, il fallait éviter les eaux sales des concubines qui remplaçaient dans les vases les fleurs de la nuit par des fleurs du jour et qui briquaient les étages et chantaient des chansons d'amours illusoires au rythme des rameaux secs avec lesquels elles battaient les tapis sur les balcons, tout cela mêlé au chambard des fonctionnaires à vie qui trouvaient des poules en train de pondre dans les tiroirs de leurs bureaux, et au trafic des putains et des soldats dans les cabinets, au vacarme des oiseaux, aux bagarres des chiens errants au milieu des audiences, personne ne sachant qui était qui ni qui venait de la part de qui dans ce palais aux portes grandes ouvertes dont le désordre fantastique empêchait d'établir où était le gouvernement. Le maître des lieux non seulement participait à cette triste foire mais il la suscitait et la dirigeait, car dès que s'allumaient les lampes de sa chambre, avant que les coqs ne se missent à chanter, la diane de la garde présidentielle envoyait l'annonce du nouveau jour à la caserne voisine del Conde, laquelle la répétait pour la base de San Jeronimo, et celle-ci pour la forteresse du port, laquelle la reprenait pour les six dianes successives qui réveillaient d'abord la ville puis le pays entier, tandis que lui méditait sur son seau hygiénique en essayant d'étouffer avec ses mains le bourdonnement naissant de ses oreilles et en regardant passer les lumières des bateaux sur la mer capricieuse, la mer topaze qui en ces temps de gloire était encore visible de sa fenêtre. Tous les jours, depuis qu'il avait pris possession de la maison, il surveillait la traite dans les étables et mesurait de sa propre main la quantité de lait que les trois charrettes présidentielles devaient livrer aux casernes de la ville, puis il avalait à la cuisine un bol de café noir avec une galette de cassave sans savoir très bien où l'entraîneraient les lubies de cette nouvelle journée, toujours attentif aux papotages des domestiques qui étaient les gens de la maison avec lesquels il parlait le même langage, ceux qu'il appréciait le plus dans leurs flatteries graves et dont il déchiffrait le mieux les cœurs, et un peu avant neuf heures il prenait un long bain préparé avec des feuilles bouillies dans le bassin de granit construit à l'ombre des amandiers de sa cour privée, et après onze heures seulement il réussissait à surmonter le chavirement du petit matin pour affronter les hasards de la réalité. Autrefois, à l'époque de l'occupation des marines, il s'enfermait dans son bureau pour décider du destin de la patrie avec le commandant des troupes de débarquement et il signait toute sorte de lois et d'arrêtés en appuyant son pouce sur le papier, car il ne savait alors ni lire ni écrire, mais quand on le laissa à nouveau seul avec la patrie et le pouvoir il ne voulut plus se faire de bile pour la loi écrite qui est une belle connerie et il se mit à gouverner de vive voix et en personne à toute heure et partout, révélant une parcimonie cavernaire mais aussi une diligence inimaginable chez un homme de son âge, harcelé par une foule de lépreux, d'aveugles et de paralytiques qui le suppliaient de recevoir de ses mains le sel de la santé, et par des politiciens lettrés et des adulateurs sans vergogne qui le proclamaient grand chef des tremblements de terre, des éclipses, des années bissextiles et autres bévues de Dieu, il traînait dans toute la maison ses grosses pattes d'éléphant marchant dans la neige tandis qu'il résolvait affaires d'Etat et problèmes domestiques avec la même simplicité qu'il ordonnait enlevez-moi cette porte d'ici et mettez-la là, on l'enlevait, remettez-la ici, on la remettait, retardez l'horloge, qu'elle ne sonne pas midi à midi mais à deux heures pour que la vie paraisse plus longue, on la retardait, sans un instant d'hésitation, sans une pause, sauf à l'heure mortelle de la sieste où il se réfugiait dans la pénombre des concubines, en choisissait une en sautant dessus, sans la déshabiller ni se déshabiller, sans même fermer la porte, et on entendait alors son halètement sans cœur de mari en rut, le tintement saccadé de l'éperon d'or, ses pleurnicheries de petit toutou, la panique de la femme qui gaspillait son temps d'amour à essayer d'écarter les regards sales de ses rejetons au-dessus d'elle, ses cris de foutez-moi le camp, allez jouer dans la cour ce n'est pas un spectacle pour les enfants, et c'était comme si un ange avait traversé le ciel de la patrie, les cris s'atténuaient, la vie s'arrêtait, tout le monde restait pétrifié, un index aux lèvres, sans respirer, silence, le général tire son coup, pourtant ceux qui le connaissaient mieux n'attendaient rien de la trêve de cet instant sacré, car il semblait toujours se dédoubler, on le voyait jouer aux dominos à sept heures du soir et en même temps on l'avait vu mettre le feu aux bouses de vaches pour éloigner les moustiques dans la salle des audiences, et personne ne se berçait d'illusions tant que les lumières des dernières fenêtres ne s'éteignaient pas et qu'on n'avait pas entendu se fermer avec fracas les trois barres, les trois verrous, les trois targettes de la chambre présidentielle, ni entendu le choc du corps s'effondrant épuisé sur le sol de pierre, ni sa respiration d'enfant décrépit qui devenait plus profonde à mesure que la marée montait, jusqu'au moment où les harpes nocturnes du vent faisaient taire les cigales de ses tympans et où un vaste paquet de mer et d'écume dévastait les rues de la vieille ville des vice-rois et des boucaniers et entrait brusquement dans la maison civile par toutes les fenêtres comme un redoutable samedi d'août qui faisait grandir des anatifes dans les miroirs, laissait la salle des audiences à la merci du délire des requins, dépassait les niveaux les plus élevés des océans préhistoriques et débordait la face de la terre, et l'espace et le temps, et où il ne restait plus que lui flottant seul à plat ventre sur l'eau lunaire de ses rêves de noyé solitaire, avec son uniforme de toile de simple soldat, ses guêtres, son éperon d'or, et le bras droit replié sous la tête en guise d'oreiller. Cette omniprésence durant les années rocailleuses qui précédèrent sa première mort, cette montée pendant qu'il descendait, cette extase sur la mer pendant qu'il agonisait blessé par l'amour néfaste n'étaient pas un privilège de sa nature, comme le proclamaient ses adulateurs, ni une hallucination collective, comme l'affirmaient ses détracteurs, non, simplement il avait la chance de pouvoir compter sur les services intègres et la loyauté de chien fidèle de Patricio Aragonès, son double parfait découvert sans être cherché par personne quand ils arrivèrent avec la nouvelle, mon général, un faux carrosse présidentiel visite les villages indiens où il fait d'excellentes affaires en vous remplaçant, on a vu les yeux taciturnes dans la pénombre mortuaire, on a vu les lèvres blafardes, la main de fiancée généreuse dans un gant de satin qui jetait des poignées de sel aux malades agenouillés dans la rue, et derrière le carrosse deux faux officiers à cheval qui faisaient payer à prix d'or la grâce de la santé, non mais imaginez, mon général, quel sacrilège, mais lui n'avait lancé aucun ordre contre l'usurpateur, il avait simplement demandé qu'on le lui amène en secret au palais, la tête cachée dans un sac de jute pour éviter tout quiproquo, et il s'était senti humilié de découvrir en face de lui sa propre image, son égal en tous points, merde alors, cet homme c'est moi, avait-il dit, car en réalité on pouvait s'y méprendre, si l'on exceptait l'autorité de la voix, que l'autre ne réussit jamais à imiter, et la netteté des lignes de la main où l'arc de la vie se prolongeait sans obstacle autour de la base du pouce, pourtant il ne l'avait pas fait fusiller séance tenante, non par intérêt, pour le garder comme remplaçant officiel, l'idée lui en vint plus tard, mais par illusion, craignant que les chiffres de son destin ne fussent écrits dans la main de l'imposteur. Quand il se persuada de la vanité d'une telle chimère, Patricio Aragonès avait déjà survécu impassible à six attentats, il avait acquis l'habitude de traîner ses pieds aplatis à coups de maillet, les oreilles lui bourdonnaient et sa hernie lui chantait musique les matins d'hiver, il avait appris à enlever et à remettre l'éperon d'or comme si on laçait et délaçait les courroies uniquement pour gagner du temps durant les audiences en marmottant ah ces putains de boucles des forgerons flamands c'est vraiment de la frime, et le joyeux bavard qu'il avait été au temps où il soufflait le verre chez son père fabricant de bouteilles devint un homme pensif et morose qui ne prêtait plus attention à ce qu'on lui disait mais scrutait la pénombre des yeux pour deviner ce qu'on ne lui disait pas, jamais il ne répondait à une question sans demander auparavant et vous qu'en pensez-vous et le bon vivant paresseux qu'il avait été dans son négoce de marchand de miracles devint actif jusqu'à l'épuisement et marcheur infatigable, pingre aussi et rapace, il se résigna à l'amour à la sauvette et à dormir à même le sol, tout habillé, sur le ventre et sans oreiller, et renonça à ses prétentions précoces d'une identité bien à lui, et à toute vocation héréditaire, à toute velléité dorée de rester petit souffleur de bouteilles. Il affrontait les risques les plus terribles du pouvoir, posait des premières pierres là où on n'en poserait jamais de secondes, coupait des rubans inauguraux en terres ennemies et supportait une foule de rêves gâchés, de soupirs rentrés, d'illusions impossibles quand il couronnait sans presque les effleurer une foule de reines de beauté éphémères et inaccessibles, car il avait accepté à jamais le simple destin de vivre un destin qui n'était pas le sien, ce qu'il fit non par convoitise ou par conviction mais parce qu'on lui avait accordé la vie contre la charge à vie d'imposteur officiel avec une solde de cinquante pesos mensuels et l'avantage de vivre comme un roi sans la calamité de l'être pour de vrai, alors que voulez-vous de mieux? Cette fusion d'identités atteignit son paroxysme une nuit de grands vents où il découvrit Patricio Aragonès en train de regarder la mer en soupirant dans le parfum douceâtre des jasmins et où il lui demanda avec une inquiétude bien naturelle si on n'avait pas mis de l'aconit dans son repas car il allait à la dérive et comme poussé par un mauvais vent, mais Patricio Aragonès lui répondit non mon général, c'est un empoisonnement beaucoup plus grave, ce samedi-là il avait couronné une reine de carnaval et dansé avec elle la première valse, et maintenant il ne trouvait plus la porte de sortie dans un tel souvenir, car c'était la plus belle fille du monde, une fille qui n'est pas faite pour n'importe qui, mon général, ah si vous la voyiez, mais l'autre répliqua avec un soupir de soulagement, merde alors, ces trucs-là arrivent aux hommes quand ils n'ont pas de femmes à se mettre sous la queue, et il lui proposa de la séquestrer comme tant d'ensorceleuses ses anciennes concubines, je te la colle au lit de force avec quatre troufions qui te la tiennent par les pieds et par les mains tandis que tu la ramones avec ta bite, nom de dieu, tu la baises à fond, même les plus étroites se roulent de rage au début et ensuite elles te supplient ne me laissez pas comme ça mon général comme une pauvre jamerose avec sa semence, mais Patricio n'en voulait pas tant ou plutôt il en voulait plus, il voulait être aimé, car c'est une de ces femmes à qui on ne raconte pas de boniments mon général, vous verrez ce que vous verrez quand vous la verrez mon général, lequel lui indiqua comme sédatif les sentiers nocturnes des chambres de ses concubines et l'autorisa à en faire usage, comme lui, à la hussarde et au galop, tout habillé, et Patricio Aragonès plongea confiant dans ce marécage d'amours prêtées, elles allaient, croyait-il, bâillonner la véhémence de ses désirs, mais la véhémence était telle qu'il lui arrivait d'oublier les conditions de l'emprunt, alors il se débraguettait par distraction, s'attardait dans les détails, se heurtait par mégarde aux diamants cachés des femmes les plus lésineuses, leur arrachant des soupirs et les faisant rire d'étonnement dans les ténèbres, quel voyou mon général, lui disaient-elles, si vieux et malgré ça si chaud lapin, et depuis aucun des deux hommes et aucune d'entre elles ne surent jamais qui était le fils de qui, ni de qui avec qui, car les enfants de Patricio comme les siens naissaient tous prématurés. Voilà comment Patricio Aragonès devint le numéro un du pouvoir, l'homme le plus aimé et peut-être le plus redouté, et lui disposa de plus de temps pour s'occuper des forces armées avec la même vigilance qu'au début de son mandat, non que les forces armées fussent les piliers de son régime, comme nous en étions tous convaincus, mais parce qu'elles étaient au contraire son ennemi naturel le plus redoutable, aussi faisait-il croire à quelques officiers que d'autres officiers les surveillaient, il brouillait leurs destins pour les empêcher de comploter, il dotait les casernes de huit cartouches à blanc pour dix véritables et il leur envoyait de la poudre mélangée à du sable marin tandis qu'il maintenait au palais la bonne réserve à portée de la main, verrouillée par des clefs enfilées dans son anneau de clefs sans double pour les portes que lui seul pouvait ouvrir, protégé par l'ombre tranquille de mon compère de toute la vie le général Rodrigo de Aguilar, un artilleur de carrière qui était aussi son ministre de la Défense, commandant de la garde du palais, directeur des services de sûreté de l'Etat, et l'un des rares mortels autorisés à le battre aux dominos, car il avait perdu son bras droit en essayant de désamorcer une charge de dynamite quelques mois avant le passage de la berline présidentielle sur les lieux de l'attentat. Il se sentait si garanti par la protection du général Rodrigo de Aguilar et l'assistance de Patricio Aragonès qu'il se montrait chaque jour davantage, osant se promener dans la ville avec seulement un aide de camp dans une guimbarde sans fanions d'où il contemplait à travers la fente des rideaux l'arrogante cathédrale de pierre dorée qu'il avait déclarée par décret la plus belle du monde, il observait les vieilles demeures de pierre et de ciment avec leurs arcades léguées par des époques endormies et leurs tournesols tournés vers la mer, les rues pavées du quartier des vice-rois et leurs odeurs de mèche brûlée, les demoiselles livides qui faisaient de la dentelle aux fuseaux avec une décence inéluctable entre les pots d'œillets et les grappes de bougainvillées des balcons lumineux, le damier du couvent des Basquaises avec, à trois heures de l'après-midi, le même exercice de clavecin qui avait célébré le premier passage de la comète, il traversait le labyrinthe babélique du commerce et sa musique meurtrière, les labarums des billets de loterie, les voiturettes des marchands de guarapo, les chapelets d'œufs d'iguane, le bric-à-brac des Turcs [1] blanchi par le soleil, l'effrayant tableau de la fille changée en scorpion pour avoir désobéi à ses parents, la ruelle de misère des femmes sans hommes qui sortaient nues au soir tombant acheter des corbeaux de mer bleus et des pagres roses et qui se prenaient de bec comme des chiffonnières avec les marchandes de légumes tandis que leur linge séchait sur les balcons de bois ouvragé, il surprenait le relent de coquillages pourris, la lumière quotidienne des pélicans passé le coin de la rue, le désordre bariolé des baraques des noirs sur les promontoires de la baie, et soudain, le voilà, c'était le port, ah le port, le quai aux madriers spongieux, le vieux cuirassé des marines plus long et plus sombre que la vérité, la négresse des docks qui s'écartait trop tard pour laisser passer la voiture affolée et qui se sentait touchée à mort par la vision du vieillard crépusculaire qui contemplait le port avec les yeux les plus tristes du monde, c'est lui, s'exclamait-elle effrayée, que viva el macho criait-elle, viva, criaient les hommes, les femmes, les enfants qui sortaient en courant des tavernes et des gargotes des Chinois, viva, criaient ceux qui entravèrent les pattes des chevaux et bloquèrent la voiture pour serrer la main du pouvoir, une manœuvre si efficace et si imprévue qu'il avait à peine eu le temps d'écarter le bras

1. Nom donné en Colombie aux Syriens, Libanais et, d'une façon générale, aux gens d'origine arabe installés dans le pays. *(N.d.T.)*

armé de l'aide de camp en le blâmant d'une voix tendue, ne faites pas le con, lieutenant, laissez-les m'aimer, si exalté par cet élan d'amour et par d'autres semblables les jours suivants que le général Rodrigo de Aguilar avait eu beaucoup de mal à lui enlever de la cervelle cette maudite idée de se promener dans un carrosse découvert pour que les patriotes de la patrie puissent me voir en entier, oui, une putain d'initiative car il ne soupçonnait même pas que si le premier assaut du port avait été spontané les autres avaient été organisés par ses propres services de sécurité pour lui complaire sans risques, si alléché par le vent d'amour de la veille de son automne qu'il se risqua à sortir de la ville après tant d'années, remit en circulation le vieux train peint aux couleurs nationales, le tacot qui grimpait à quatre pattes les corniches de son vaste royaume d'ennui, se frayant un passage entre des buissons d'orchidées et de balsamines amazoniennes, affolant les singes, les paradisiers, les léopards endormis sur les rails, pour atteindre les villages glacés et désertiques de son haut plateau natal avec ses gares où l'attendaient des fanfares lugubres, des cloches d'enterrement, des banderoles de bienvenue au patricien sans nom qui est assis à la droite de la Très Sainte Trinité, des Indiens vagabonds recrutés dans les chemins et qui descendaient connaître le pouvoir occulte dans la pénombre du wagon présidentiel, et ceux qui réussissaient à s'approcher ne voyaient rien d'autre que les yeux stupéfaits derrière les vitres poussiéreuses, ils voyaient les lèvres tremblantes, la paume d'une main sans origine qui saluait du limbe lointain de la gloire, tandis qu'un des hommes de son escorte tentait de l'écarter de la portière, prenez garde, mon général, la patrie a besoin de vous, mais lui répliquait à moitié endormi pas de panique, colonel, ces gens-là m'aiment, et cela aussi bien dans le tortillard du désert que sur le bateau à roue de bois qui laissait une traînée de valses de piano mécanique parmi le doux parfum de gardénias et de salamandres pourries des affluents équatoriaux, évitant les carcasses des dragons préhistoriques, les îles providentielles où les sirènes venaient mettre bas, les soirs catastrophiques d'immenses villes disparues, jusqu'aux hameaux torrides et désolés dont les habitants venaient voir au bord du fleuve le bateau de bois peint aux couleurs de la patrie et qui arrivaient à peine à distinguer une main anonyme avec un gant de satin qui saluait du hublot de la cabine présidentielle, mais lui voyait sur la rive les groupes qui agitaient des feuilles de malanga en guise de drapeaux, il voyait ceux qui se jetaient à l'eau avec un tapir vivant, une igname gigantesque comme une patte d'éléphant, un cageot de foulques pour la marmite du *sancocho* [1] présidentiel, et il soupirait d'émotion dans la pénombre ecclésiastique de la cabine, regardez comme ils arrivent, capitaine, regardez comme ils m'aiment. En décembre, quand le monde des Caraïbes devenait comme du verre, il montait dans la guimbarde les corniches rocheuses jusqu'à la maison perchée au sommet des falaises et là passait l'après-midi à jouer aux dominos avec les anciens dictateurs d'autres pays du continent, les pères détrônés d'autres patries à qui il avait accordé l'asile au

1. Sorte de pot-au-feu préparé avec des bananes et des légumes locaux. *(N.d.T.)*

long de nombreuses années et qui maintenant, sur les chaises des balcons, vieillissaient dans la pénombre de sa miséricorde en rêvant chimériquement de s'embarquer pour une nouvelle occasion, parlant seuls, se mourant déjà morts dans cette maison de repos qu'il avait fait construire pour eux sur ce balcon marin, après les avoir reçus tous comme un seul homme car tous apparaissaient à l'aube, l'uniforme d'apparat enfilé à l'envers sur le pyjama, avec dans une malle l'argent raflé au trésor public et dans une valise un coffret de décorations, des coupures de presse collées dans de vieux livres de comptabilité et un album de photos qui montrait chacun durant sa première réception officielle comme s'il s'agissait d'une présentation de lettres de créance, disant regardez, mon général, c'est moi quand j'étais lieutenant, et là, le jour de l'investiture, et là, pour le seizième anniversaire de la prise du pouvoir, et là, regardez, mon général, mais lui leur accordait l'asile politique sans leur prêter la moindre attention ni vérifier leurs documents car la seule pièce d'identité d'un président déboulonné doit être son acte de décès, disait-il, et il écoutait avec un mépris identique le speech bidon j'accepte pour quelques jours votre noble hospitalité pendant que la justice du peuple demande des comptes à l'usurpateur, l'éternelle formule de solennité puérile que peu après il entendait prononcer à son tour par l'usurpateur, puis par l'usurpateur de l'usurpateur, comme si ces cons-là n'avaient pas su qu'en politique celui qui tombe s'affale à jamais, il les hébergeait tous pour quelques mois dans la maison présidentielle, il les forçait à jouer jusqu'à leur dernier sou aux dominos, et après cela il m'a pris le bras et il m'a emmené devant la fenêtre qui donne sur la mer, il s'est plaint avec moi de cette putain de vie qui ne connaît qu'une seule route, et il m'a consolé en m'offrant cette illusion d'aller là-bas, regardez, là-bas, dans cette maison énorme qui ressemble à un transatlantique échoué au sommet des falaises où j'ai pour vous une chambre bien exposée et une bonne nourriture, et du temps, beaucoup de temps pour oublier en compagnie d'autres camarades d'infortune, avec une terrasse marine où il aimait s'asseoir les après-midi de décembre moins pour le plaisir de jouer aux dominos avec cette clique de coqs de basses-cours que pour jouir de la chance mesquine de n'être pas dans leur situation, pour se contempler dans le miroir-leçon de leur misère tandis qu'il barbotait avec son bonheur dans le grand marécage, rêvant seul, poursuivant à pas de loup comme une mauvaise pensée les mulâtresses tranquilles qui balayaient la maison civile dans la pénombre du petit matin, flairant leur odeur d'asile de nuit et de brillantine de bazar, il guettait l'occasion d'en trouver une en tête à tête pour faire l'amour comme les chiens derrière les portes des bureaux tandis qu'elles s'esclaffaient dans l'ombre, quel bandit mon général, si grand et toujours si chaud lapin, mais lui après l'amour demeurait triste et il se mettait à chanter pour se consoler là où personne ne pouvait l'entendre, scintillante lune de janvier, chantait-il, regarde-moi sur l'échafaud de ta fenêtre où le destin vient de me mettre, chantait-il, si sûr de l'amour de son peuple en ces mois d'octobre sans mauvais présages qu'il accrochait un hamac dans le patio de la résidence des faubourgs où vivait sa mère Bendicion Alvarado et faisait la sieste à l'ombre des tamariniers, sans escorte, en rêvant de poissons errants qui naviguaient dans les eaux colorées des chambres, la patrie est la plus belle des inventions, maman, soupirait-il, mais jamais il n'attendait la réplique de la seule personne au monde qui avait osé le sermonner pour l'odeur d'oignons rances de ses aisselles, non, il rentrait à la maison présidentielle par la grande porte enthousiasmé par cette miraculeuse saison des Caraïbes en janvier, cette réconciliation avec le monde au bout de la vieillesse, ces soirs mauves où ayant signé la paix avec le nonce apostolique celui-ci lui rendait des visites impromptues pour essayer de le convertir à la foi du Christ tandis qu'ils buvaient du chocolat en croquant des biscuits, et où il alléguait mort de rire que si Dieu est aussi fortiche que vous le dites dites-lui donc de me débarrasser de ce gros cafard qui me bourdonne dans les oreilles, puis il déboutonnait les neuf boutons de sa braguette et lui montrait la hernie phénoménale, dites-lui de me dégonfler cette chérubine, mais le nonce se lançait dans un long prêchi-prêcha plein de stoïcisme, il tentait de le convaincre que tout ce qui est vrai, ne vous en déplaise, vient du Saint-Esprit, et il le raccompagnait jusqu'à la porte dès les premières lumières de la nuit, plus mort de rire que jamais, inutile de vous casser la nénette, mon père, lui disait-il, pourquoi voulez-vous que je me convertisse puisque de toute manière je fais ce que vous voulez, vous les curés, merde alors. Une telle tranquillité s'effondra soudain dans le gallodrome d'un trou perdu alors qu'un coq assassin arrachait la tête de son adversaire et la dévorait à coups de bec devant un public grisé par le sang et une fanfare d'ivrognes qui célébraient l'horreur par des airs de fête, il fut le seul à surprendre le mauvais augure, il le sentit si clair et si imminent qu'il ordonna secrètement à son escorte d'arrêter l'un des musiciens, celui-là, celui qui joue du bombardon, en effet on découvrit sur l'autre un fusil au canon limé et il avoua sous la torture qu'il pensait l'utiliser dans le remue-ménage de la sortie, mais oui, cela crevait les yeux, expliqua-t-il, car moi je regardais tout le monde et tout le monde me regardait moi, sauf ce salaud de bassiste qui n'a pas osé me regarder une seule fois, pauvre con, et pourtant il savait que ce n'était pas la raison profonde de son anxiété, car elle continua de le harceler la nuit dans la maison civile même après que ses services de sécurité lui eurent démontré que vous n'avez aucune raison de vous inquiéter mon général, nous sommes les maîtres de la situation, mais lui depuis le présage du combat de coqs s'était accroché à Patricio Aragonès comme s'il n'était autre que lui-même, il l'obligeait à partager ses repas et lui donnait à boire de son miel dans sa propre cuiller pour avoir au moins cette consolation qu'ils mourraient ensemble si ce qu'ils absorbaient était empoisonné, et ils traversaient comme des fugitifs les chambres oubliées, marchaient sur les tapis pour que personne n'entende leurs grands pas furtifs d'éléphants siamois, naviguaient de concert dans la clarté intermittente du phare qui se glissait par les fenêtres et inondait de vert toutes les trente secondes les pièces de la maison à travers la fumée des bouses de vaches et les adieux lugubres des bateaux nocturnes sur les mers endormies, ils passaient des après-midi entiers à contempler la pluie, en comptant les hirondelles comme deux amants vieillots dans la langueur de septembre, si coupés du monde qu'il ne soupçonna même pas que sa lutte féroce pour exister deux fois alimentait le doute contraire, on croyait chaque fois plus qu'il existait moins, il était tombé en léthargie, on avait doublé la garde et on ne laissait personne entrer ni sortir de la maison présidentielle, quelqu'un pourtant avait réussi à tromper ce filtrage sévère et avait vu les oiseaux muets dans les cages, les vaches en train de boire dans la cuve baptismale, les lépreux et les paralytiques dormant sous les rosiers, bref à midi tout le monde semblait attendre une nouvelle aube puisqu'il était mort de mort naturelle durant son sommeil comme l'avaient annoncé les écuelles des pythonisses mais les hautes instances retardaient la nouvelle essayant de régler par des conciliabules sanglants leurs conflits antérieurs. Quoiqu'il ignorât ces rumeurs il était conscient qu'une chose était sur le point d'arriver dans sa vie, il interrompait les lentes parties de dominos pour demander au général Rodrigo de Aguilar alors et nos emmerdements compadre, nous contrôlons la situation mon général, rien à signaler, il guettait des signes prémonitoires dans les bûchers funèbres des bouses de vache qui brûlaient dans les couloirs, il les guettait dans les vieilles mares sans trouver de réponse à son angoisse, il allait voir sa mère Bendicion Alvarado dans sa résidence des faubourgs quand la chaleur diminuait, tous deux s'asseyaient pour prendre le frais sous les tamariniers, elle dans son rocking-chair maternel, décrépite mais avec tous ses esprits, jetant des poignées de maïs aux poules et aux paons qui picoraient dans la cour, et lui dans la bergère d'osier peinte en blanc, s'éventant avec son chapeau, poursuivant d'un regard de vieil affamé les grandes mulâtresses qui lui apportaient les jus de fruits frais pleins de couleurs avec cette chaleur on a soif mon général, madre mía Bendicion Alvarado, pensait-il, si tu savais que de ce monde j'en ai par-dessus la tête, je voudrais filer je ne sais où, madre, loin de ce merdier, pourtant même à sa mère il ne montrait jamais l'intérieur de ses soupirs, il rentrait avec les premières lumières du soir à la maison présidentielle, poussait la porte de service et entendait en passant dans les couloirs le claquement de talons des sentinelles qui le saluaient rien de nouveau mon général, rien à signaler, mais il savait que ce n'était pas certain, qu'on le trompait par habitude, qu'on lui mentait par peur, que rien n'était vrai dans cette crise d'incertitude qui rendait sa gloire amère et lui enlevait même ses vieilles envies de commander depuis ce malencontreux soir du combat de coqs, il restait très tard couché à plat ventre sur le sol sans dormir, il entendait par la fenêtre ouverte sur la mer les tambours lointains et les tristes gaïtas qui célébraient une noce de pauvres avec le même entrain qu'on eût mis à célébrer sa mort à lui, il entendit l'adieu d'un navire forban qui à deux heures leva l'ancre sans la permission du capitaine, il entendit le bruit de papier des roses qui s'ouvrirent au petit jour, sa transpiration était glacée, il soupirait malgré lui, sans un instant de repos, pressentant avec un instinct sauvage l'imminence d'un soir où il rentrait de la résidence des faubourgs et où dans la rue le charivari populaire le surprenait, des fenêtres s'ouvraient et se fermaient, une panique d'hirondelles traversait le ciel diaphane de décembre, lui entrouvrait le rideau de son carrosse pour voir ce qui se passait et se disait c'est bien cela, maman, c'est bien cela, se disait-il, avec une terrible impression de soulagement, en voyant les ballons dans le ciel, les ballons rouges et verts, les ballons jaunes comme de grosses oranges bleues, les innombrables ballons errants qui se frayaient leur vol dans l'effroi des hirondelles, flottaient un instant dans la lumière cristalline de quatre heures et éclataient soudain, explosion silencieuse et unanime qui lâchait des milliers et des milliers de tracts sur la ville, une tempête de pamphlets volants dont le cocher profitait pour s'éclipser hors du tumulte du marché sans que personne reconnût le carrosse du pouvoir, car tout le monde se bagarrait pour les papiers des ballons, mon général, on braillait leur texte aux balcons, on répétait par cœur à bas l'oppression, mort au tyran, criait-on, et même les sentinelles de la maison présidentielle lisaient à voix haute dans les couloirs l'union de tous sans distinction de classes contre le despotisme séculaire, la réconciliation patriotique contre la corruption et l'arrogance de militaires, fini le sang, criaient-ils, fini le pillage, le pays entier sortait de son sopor millénaire au moment où lui entrait par la porte de la remise et apprenait la terrible nouvelle mon général Patricio Aragonès a été blessé à mort par un dard empoisonné. Des années plus tôt, un soir de bisbille, il avait proposé à Patricio Aragonès de jouer leur vie à pile ou face, pile c'est toi qui meurs, face c'est moi, mais Patricio Aragonès lui avait expliqué qu'ils allaient faire match nul dans la mort car toutes les monnaies avaient la même tête, la leur, à l'avers et au revers, alors il avait proposé le même pari en s'affrontant aux dominos, en vingt tournées, et Patricio Aragonès avait accepté, très honoré et avec grand plaisir mon général pourvu que vous m'accordiez le privilège de pouvoir gagner, il avait accepté, d'accord, ils jouèrent donc une partie, puis deux, ils en jouèrent vingt, et Patricio Aragonès les gagna toutes, lui d'ordinaire ne gagnait que parce qu'il était interdit à son adversaire de le battre, ils se livrèrent un combat long et acharné et arrivèrent à la dernière tournée sans qu'il en gagne une seule, Patricio Aragonès s'épongea avec la manche de sa chemise en soupirant je suis vraiment navré mon général mais je ne veux pas mourir, et lui se mit à ramasser les dominos, il les rangeait dans la petite boîte de bois en disant comme un maître d'école qui chante une leçon que lui non plus n'avait aucune raison de mourir à une table de dominos sinon à son heure et en son lieu, de mort naturelle et en dormant, comme l'avaient prédit depuis le début de son règne les écuelles des pythonisses, et même autrement, si l'on y réfléchit, car Bendicion Alvarado ne m'a pas mis au monde pour me fier aux écuelles mais pour commander, et après tout c'est moi qui suis moi, et non toi, alors remercie Dieu que cela n'ait été qu'un jeu, lui dit-il en riant, sans imaginer alors ni jamais que cette terrible plaisanterie allait devenir vérité le soir où il entra dans la chambre de Patricio Aragonès et le trouva en train d'affronter les affres de la mort, sans remède, sans aucun espoir de survivre au poison, le saluant du seuil, la main tendue, Dieu t'ait en son paradis, macho, mourir pour la patrie est un grand honneur. Il l'assista dans sa lente agonie, tous deux seuls dans la chambre, lui tendant les cuillerées lénitives que Patricio Aragonès avalait sans un mot de remerciement en lui disant je vous laisse pour peu de temps avec votre monde de merde mon général car mon cœur me dit que nous allons nous revoir bientôt dans la profondeur des enfers, moi plus tordu qu'une anguille de mer à cause du poison et vous votre tête dans la main cherchant où la poser, soit dit sans le moindre respect mon général, car maintenant je peux vous avouer que jamais je ne vous ai aimé comme vous l'imaginez et que depuis l'époque lointaine des flibustiers où j'ai eu le malheur d'échouer sur vos domaines je prie pour qu'on vous tue même proprement, pour être payé de cette vie d'orphelin que vous m'avez imposée, d'abord en m'aplatissant les pattes avec un pilon pour qu'elles soient comme les vôtres celles d'un somnambule, puis en me perçant les roupettes avec une alêne de cordonnier pour que j'aie une hernie, puis en me forçant à boire de la térébenthine pour que je ne sache plus lire ni écrire, ce qui avait coûté tant d'efforts à ma mère et qui m'en a tant coûté pour oublier, et en m'obligeant toujours à vous remplacer dans les cérémonies publiques dont vous avez une sainte frousse, non parce que la patrie a besoin de vous vivant comme vous le dites mais parce que le plus culotté les a à zéro quand il couronne une pute de beauté sans savoir où la mort va frapper, soit dit sans le moindre respect mon général, mais lui était moins sensible à l'insolence qu'à l'ingratitude de Patricio Aragonès que j'ai installé comme un roi dans un palais et à qui j'ai donné ce que personne n'a donné à personne sur cette terre, même que je t'ai prêté mes femmes, mieux vaut ne pas en parler mon général oui mieux vaut être émasculé avec une mailloche plutôt que de basculer des mères de famille sur le sol comme s'il s'agissait de marquer au fer des génisses, avec cette différence que ces pauvres bâtardes sans âme ne réagissent même pas sous le fer elles ne gigotent pas ne se tordent pas ne se plaignent pas comme les génisses, elles ne crachent pas non plus de fumée par la croupe et ne sentent pas la chair roussie, ce qu'on demande au moins aux femmes, aux vraies, elles abandonnent leurs corps de vaches mortes à l'accomplissement du devoir tout en continuant d'éplucher des pommes de terre et en criant à leurs compagnes aie la gentillesse de jeter un œil sur la cuisine le temps que j'en finisse ici, mon riz va brûler, il n'y a que vous pour croire que cette merde c'est de l'amour mon général car c'est le seul que vous connaissez, soit dit sans le moindre respect, et alors il se mit à brailler ferme ta gueule, nom de dieu, ferme ta gueule où ça va chier, mais Patricio Aragonès continua à parler sans la moindre intention de plaisanter pourquoi me taire si vous ne pouvez rien faire d'autre que de me tuer, ce que vous faites, profitez-en plutôt pour regarder la vérité en face mon général, pour apprendre que personne ne vous a jamais dit ce qu'il pensait vraiment mais que tous vous disent ce qu'ils savent que vous voulez entendre tandis qu'on vous fait des courbettes par-devant et que les fusils se lèvent contre vous par-derrière, remerciez au moins le hasard qui veut que je sois l'homme qui ait le plus de pitié pour vous en ce monde car je suis le seul qui vous ressemble, le seul qui ait l'honnêteté de vous chanter ce que tout le monde dit, que vous n'êtes le président de personne et que vous ne devez pas votre trône à vos canons mais aux Anglais qui vous y ont installé, soutenu ensuite par les Yankees avec la paire de couilles de leur cuirassé, je vous ai vu courailler par-ci et courailler par-là sans savoir par quel bout commencer à commander plein de pétoche quand ils vous ont crié nous te plantons là avec ton foutoir de nègres pour voir comment tu te débrouilleras sans nous, et depuis vous n'avez plus décollé le cul de votre siège non par volonté mais par impossibilité, avouez-le, car vous savez que le jour où l'on vous verra dans la rue habillé comme un simple mortel on vous tombera dessus comme une meute sur un cerf pour vous faire payer le massacre de Santa María del Altar, et le supplice des prisonniers que l'on jette dans les fossés de la citadelle pour qu'ils soient dévorés vifs par les caïmans, et celui des gens que l'on écorche vivants et dont on envoie ensuite la peau aux familles pour servir de leçon, disait-il, sortant du puits sans fond de ses vieilles rancœurs la kyrielle interminable des moyens atroces utilisés par ce régime d'infamie, jusqu'au moment où il ne put en dire davantage car un râteau de feu lui déchira les entrailles, son cœur se ramollit et il conclut sans intention d'offense mais presque de supplication je vous parle sérieusement mon général, profitez que je meure pour mourir avec moi, nul n'est mieux placé pour vous le dire car je n'ai jamais eu la prétention de ressembler à qui que ce soit ni surtout d'être un héros national, seulement un triste souffleur de verre fabriquant des bouteilles comme mon père, n'hésitez pas, mon général, ce n'est pas aussi douloureux qu'on le croit, et il prononça ces mots avec un air si serein de vérité que la rage lui manqua pour lui répondre, il essaya de le soutenir sur sa chaise quand il vit qu'il commençait à se tortiller et à saisir ses tripes à pleines mains, en sanglotant avec des larmes de douleur et de honte quel malheur mon général mais j'ai la chiasse, il crut que l'autre disait cela au sens figuré voulant lui expliquer qu'il mourait de peur, mais Patricio Aragonès lui répondit non, je veux dire que je fais sous moi mon général, et il réussit à le supplier retiens-toi Patricio Aragonès, retiens-toi, nous les généraux de la patrie nous devons mourir comme tout le monde bien que nous y laissions la vie, mais il le dit trop tard car Patricio Aragonès piqua du nez et lui tomba dessus en gigotant d'angoisse, barbouillé de merde et de larmes. Dans le bureau voisin de la salle des audiences il dut frotter le corps avec un gant de crin et du savon pour chasser le relent de mort, il l'habilla avec le linge qu'il avait préparé, lui mit le bandage de toile, les guêtres, l'éperon d'or au talon gauche, se sentant devenir au fur et à mesure l'homme le plus solitaire de la planète, enfin il effaça tout vestige de cette mystification et prévit à la perfection les moindres détails comme il les avait vus de ses propres yeux dans les eaux prémonitoires des écuelles, pour que le lendemain matin les balayeuses de la maison découvrent le corps tel qu'elles le découvrirent, allongé à plat ventre sur le sol du bureau, mort pour la première fois de fausse mort naturelle durant son sommeil, avec l'uniforme de toile sans insignes, les guêtres, l'éperon d'or, et le bras droit replié sous la tête en guise d'oreiller. Cette fois-là non plus on ne divulgua pas aussitôt la nouvelle, contrairement à ce qu'il espérait, mais des heures et des heures s'écoulèrent, heures de prudence, de vérifications discrètes, de tractations secrètes entre les héritiers du régime qui tentaient de gagner du temps en démentant la rumeur de la mort par toutes sortes de versions contradictoires, on entraîna dans la rue commerçante sa mère Bendicion Alvarado pour que nous constations qu'elle n'avait pas une tête d'enterrement, on m'affubla, monsieur, d'une robe à fleurs telle une guenon de cirque, on me força à acheter un galure de plumes de perroquet pour que tout le monde vît bien que j'étais heureuse, je dus acheter aussi toutes les babioles que nous trouvions dans les boutiques et pourtant moi je disais non, monsieur, ce n'est pas le moment de faire des emplettes mais de pleurer tant j'étais persuadée que le mort était mon fils, et l'on m'obligeait à sourire quand les photographes me mitraillaient, les militaires disaient il le faut c'est pour la patrie tandis que lui se demandait embarrassé dans sa cachette que se passe-t-il donc ici-bas pour que rien ne bouge depuis cette farce de mon décès, comment se fait-il que le soleil se soit déjà levé deux fois sans broncher, pourquoi cet air endimanché, maman, pourquoi cette chaleur de toujours malgré ma mort, se demandait-il étonné, mais au même instant un coup de canon intempestif retentit dans la forteresse du port, les bourdons de la cathédrale sonnèrent le glas et une cohue de tous les diables se mit à monter jusqu'à la maison civile, une foule que la nouvelle la plus importante du monde avait tirée de son marasme séculaire, alors il entrouvrit la porte de la chambre et apparut dans la salle des audiences, il se vit gisant dans la chapelle ardente, plus mort et plus chamarré que tous les papes défunts de la chrétienté, blessé par l'horreur et la honte de son corps viril de soldat allongé parmi les fleurs, le visage livide sous la poudre de riz, les lèvres maquillées, les dures mains de jeune fille impassible sur la poitrine blindée de médailles guerrières, le clinquant grand uniforme avec les dix soleils crépusculaires de général de l'univers, titre qu'on venait d'inventer pour lui après sa mort, le sabre de roi de cœur jamais dégainé, les guêtres de cuir verni avec deux éperons d'or, la grande paraphernalité de la puissance et les lugubres gloires martiales réduites à sa dimension humaine de pédé inerte, merde alors, non, ce n'est pas moi, se dit-il furieux, ce n'est pas juste, nom d'un bordel, se dit-il en contemplant le cortège qui défilait autour de son cadavre, et durant un instant il oublia le trouble dessein de la mystification et se sentit outragé, diminué par l'inclémence de la mort devant la majesté du pouvoir, il vit la vie sans lui, il vit avec une certaine compassion l'état des hommes abandonnés par son autorité, il vit avec une secrète inquiétude ceux qui étaient seulement venus déchiffrer l'énigme est-ce lui oui ou non, il vit un vieillard qui lui adressa un salut maçonnique comme à l'époque de la guerre fédérale, il vit un homme en deuil embrasser son anneau, il vit une collégienne déposer une fleur sur son corps, il vit une mareyeuse incapable de résister à la vérité de sa mort laisser choir son panier de poisson frais et étreindre le cadavre parfumé en pleurant et en criant c'est lui, doux Jésus, qu'allons-nous devenir, pleurait-elle, alors c'est lui, criaient-ils, c'est lui, cria la foule suffoquante sous le soleil de la Place d'Armes, mais soudain le glas s'interrompit, les cloches de la cathédrale et de toutes les églises annoncèrent un mercredi d'allégresse, des fusées pascales, des pétards de joie crépitèrent, des tambours de libération roulèrent, et il vit les groupes d'assaillants surgir par les fenêtres avec la complaisance muette de la garde, il vit les meneurs féroces disperser le cortège à coups de bâton et envoyer rouler à terre la mareyeuse inconsolable, il vit ceux qui s'acharnaient sur le cadavre, les huit hommes qui le sortirent de son état immémorial et de son temps chimérique d'agapanthes et de tournesols et qui l'emportèrent en le traînant dans les escaliers, ceux qui démantibulèrent la tripaille de ce paradis de l'opulence et du malheur qu'ils croyaient détruire à jamais en détruisant à jamais l'antre du pouvoir, en jetant bas des chapiteaux doriques de carton-pâte, des rideaux de velours et des colonnes babyloniennes couronnées de palmiers d'albâtre, en balançant par les fenêtres des cages pleines d'oiseaux, le trône des vice-rois, le piano à queue, en profanant des cryptes funéraires avec leurs cendres de grands hommes inconnus, en lacérant des tapisseries où des jeunes filles dormaient sur des gondoles de désillusion, en défonçant des portraits à l'huile d'évêques et de militaires archaïques ainsi que des batailles navales inimaginables, en anéantissant le monde pour que dans la mémoire des générations futures il ne restât pas le moindre souvenir de cette lignée maudite de militaires, puis il regarda la rue par les interstices des persiennes pour mesurer l'étendue des ravages de la défenestration et d'un seul coup d'œil il vit plus d'infamies et d'ingratitude que celles jamais vues et pleurées par mes yeux depuis ma naissance, maman, il vit ses veuves joyeuses qui abandonnaient la maison par les portes de service en traînant au bout d'une corde les vaches de mes étables, en emportant les meubles du gouvernement, les pots de miel de tes ruches, maman, il vit ses bâtards faire un joyeux orchestre avec la batterie de cuisine, le trésor des cristaux et les couverts des banquets à tralala en chantant et braillant comme des énergumènes mon papa est mort, vive la liberté, il vit le brasier allumé sur la

Place d'Armes pour brûler les portraits officiels et les lithos de calendriers qu'on trouvait partout et à toute heure depuis le début de son régime, et il vit passer son propre corps qu'on tirait et qui laissait sur le pavé une traînée de décorations et d'épaulettes, de boutons de dolman, d'effilochures de brocart, une passementerie d'agrafes, de glands de sabre de jeux de cartes, et les dix soleils tristes de roi de l'univers, maman, regarde dans quel état ils m'ont mis, disait-il, en sentant sur sa propre chair l'ignominie des crachats et des pots de chambre de malades qu'on lui vidait dessus au passage du haut des balcons, horrifié à l'idée qu'il pourrait être dépecé et digéré par les chiens et les charognards au milieu des hurlements délirants et du tonnerre de la pyrotechnie pour ce carnaval de ma mort. Passé le cataclysme, il continua d'entendre des flonflons lointains dans le soir sans vent, il continua de tuer des moustiques en essayant de tuer avec les mêmes tapes les cigales de ses oreilles qui le gênaient pour penser, il continua de voir le rougeoiement des incendies à l'horizon, le phare qui le tigrait de vert toutes les trente secondes entre les fentes des persiennes, il surprenait la respiration de la vie quotidienne qui reprenait son cours naturel à mesure que sa mort devenait une mort de plus pareille à tant d'autres du passé, le torrent incessant de la réalité qui l'emportait vers la terre anonyme de la pitié et de l'oubli, merde alors, aux chiottes la mort, s'écria-t-il, abandonnant alors sa cachette, exalté par cette certitude que son heure, la grande, était arrivée, il traversa les salons saccagés en traînant ses lourdes guibolles de revenant parmi les débris de sa vie antérieure, dans les ténèbres qui sentaient les fleurs moribondes et la cire d'enterrement, il poussa la porte de la salle du conseil ministériel, entendit à travers l'air enfumé les voix exténuées autour de la longue table de noyer, et vit à travers la fumée qu'il y avait là tous ceux qu'il avait voulu qu'il y eût, les libéraux qui avaient vendu la guerre fédérale, les conservateurs qui l'avaient achetée, les généraux du haut commandement, trois de ses ministres, l'archevêque primat et l'ambassadeur Schnontner, tous groupés pour le même leurre, invoquant l'union de tous contre le despotisme séculaire afin de se partager entre tous le butin de sa mort, si plongés dans les abîmes de la cupidité que personne ne remarqua l'apparition du président sans sépulture lequel frappa un seul coup sur la table avec la paume de la main et cria ah ah et qui n'eut rien d'autre à faire car lorsqu'il releva la main la panique les avait déjà volatilisés et il ne restait plus dans la salle vide que les cendriers débordants, les tasses de café, les chaises renversées sur le sol, et mon compère de toute la vie le général Rodrigo de Aguilar en uniforme de campagne, minuscule, impassible, écartant la fumée de sa main unique pour lui indiquer couchez-vous mon général maintenant ça va barder, et tous deux s'aplatirent sur le sol à l'instant où commençait devant la maison l'allégresse mortelle de la mitraille, la fête sanglante de la garde présidentielle qui exécutait avec grand plaisir et beaucoup d'honneur mon général son ordre féroce que personne ne sorte vivant de ce conciliabule de la trahison, ils balayèrent de leurs rafales de mitrailleuse ceux qui tentaient de fuir par la porte principale, ils chassèrent comme des oiseaux ceux qui se laissaient choir par les fenêtres, ils étripèrent avec des grenades au phosphore ceux qui parvenaient à sortir de la souricière pour se réfugier dans les maisons voisines, et ils achevèrent les blessés puisque selon le critère présidentiel tout survivant est un ennemi juré pour toute la vie, lui pendant ce temps était à plat ventre à deux pas du général Rodrigo de Aguilar supportant cette grêle de vitres brisées et de gravats qui entrait par les fenêtres à chaque explosion, il murmurait sans cesse comme s'il priait, ça y est, compère, ça y est, on a fini de s'emmerder, désormais, je vais commander seul sans ces aboyeurs, il faudra voir demain matin dès la première heure ce qui sert et ce qui ne sert pas dans ce chambardement, et si nous manquons de sièges qu'on achète en attendant six tabourets de cuir tout ce qu'il y a de bon marché, quelques nattes de jute qu'on accrochera ici ou là pour boucher les brèches, et deux ou trois autres babioles et ça ira comme ça, pas d'assiettes ni de cuillers ni rien, j'en rapporterai des casernes car je ne veux plus avoir de soldats ni d'officiers, merde alors, ils ne sont bons qu'à boire mon lait et à l'heure des coups durs, vous l'avez vu, ils crachent sur la main qui les nourrit et moi je reste seul avec ma garde qui est loyale et brave, non, non, je ne nomme plus de ministère, nom d'un bordel, rien qu'un bon ministre de la Santé, la seule chose qui soit nécessaire dans la vie, et peut-être aussi un autre ministre qui ait une belle écriture pour les besoins de la correspondance, comme ça on pourra louer les ministères et les casernes et on aura des fonds pour l'entretien, ce ne sont pas les bras qui manquent ici mais l'argent, on engagera deux servantes dégourdies, une pour le ménage et la cuisine et l'autre pour le lavage et le repassage, et je me chargerai moi-même des vaches et des oiseaux quand j'en aurai, fini les chamailleries de putains dans les w.-c. et les lépreux dans les rosiers, fini les docteurs ès quelque chose qui savent tout et les politiciens qui voient tout, car en définitive nous sommes ici dans la maison du Président et non dans un foutoir de nègres, comme Patricio Aragonès disait que les Yankees lui avaient dit, et je me sens plus que suffisant pour continuer à gouverner jusqu'au nouveau passage de la comète, son nouveau passage non, ses dix passages, car je pense que je ne mourrai plus, merde alors, que les autres crèvent à ma place, disait-il, en parlant sans arrêt pour penser, comme s'il récitait une leçon apprise par cœur, il savait depuis la guerre qu'en pensant à voix haute il effrayait la peur qu'il avait des charges de dynamite ébranlant la maison, il faisait déjà des plans pour le lendemain matin et pour l'après-midi du siècle suivant quand dans la rue claqua le dernier coup de grâce, le général Rodrigo de Aguilar rampa comme un serpent jusqu'à la fenêtre et ordonna allez chercher les bannes à ordures pour enlever les morts, puis il sortit du salon bonne nuit mon général, bonne nuit compadre, et grand merci, répondit-il, couché à plat ventre sur le marbre funéraire de la salle du conseil ministériel, après quoi il replia son bras droit en guise d'oreiller et s'endormit immédiatement, plus seul que jamais, bercé par la rumeur du tourbillon de feuilles mortes de son automne pitoyable qui cette nuit-là avait commencé à jamais dans les corps fumants et les flaques de lunes rouges du massacre. Il n'eut à prendre aucune des décisions prévues car l'armée se démantibula toute seule, les troupes se débandèrent, les rares officiers qui résistèrent jusqu'à la dernière heure dans les casernes de la ville et dans six autres du pays furent abattus par la garde présidentielle avec l'aide de volontaires civils, les ministres survivants s'exilèrent le lendemain à l'aube et seuls restèrent les deux plus fidèles, l'un était son médecin personnel et l'autre le meilleur calligraphe de la nation, et il n'eut pas à accepter l'aide étrangère car les coffres de l'Etat débordèrent d'anneaux de mariage et de diadèmes en or recueillis par des partisans imprévus, il n'eut pas non plus à acheter de nattes de jute ni de tabourets de cuir tout ce qu'il y a de bon marché pour réparer les dégâts de la défenestration car avant qu'on eût fini de pacifier le pays la salle des audiences était restaurée et plus somptueuse que jamais, il y avait partout des cages pleines d'oiseaux, des aras effrontés, des perroquets royaux qui chantaient sur les corniches oui à l'Espagne et non au Portugal, des femmes discrètes et serviables qui maintenaient la maison propre et ordonnée comme un navire de guerre, et par les fenêtres entraient les mêmes flonflons de gloire, les mêmes pétards de joie, les mêmes cloches allègres qui avaient commencé à célébrer sa mort et qui célébraient maintenant son immortalité, une manifestation permanente se tenait sur la Place d'Armes avec des cris d'adhésion éternelle et de grandes banderoles Dieu protège le magnifique qui est ressuscité le troisième jour d'entre les morts, une fête sans fin qu'il n'eut pas à prolonger par des micmacs secrets comme il l'avait fait en d'autres temps car les affaires de l'Etat se réglaient désormais d'elles-mêmes, la patrie fonctionnait, il était à lui seul le gouvernement et personne ne perturbait par des paroles ou par des actes sa volonté, il était si esseulé dans sa gloire qu'il ne lui restait plus d'ennemis, d'où sa reconnaissance envers mon compère de toute la vie le général Rodrigo de Aguilar, et s'il ne s'inquiéta plus de la consommation de lait dans les casernes il fit aligner par contre dans la cour les simples soldats qui s'étaient distingués par leur férocité et leur sens du devoir, et les montrant du doigt selon les caprices de son inspiration il les éleva aux plus hauts grades, n'ignorant pas qu'il était en train de rétablir les forces armées qui allaient cracher sur la main qui les nourrissait, toi je te nomme capitaine, et toi major, toi colonel, qu'est-ce que je dis, général, et tous les autres, lieutenants, compère, tu parles d'une armée, il était si ému par ceux qui avaient pleuré sur son cadavre qu'il fit venir le vieillard au salut maçonnique et l'homme en deuil qui avait embrassé son anneau afin de leur remettre la médaille de la paix, il fit venir la mareyeuse pour lui offrir ce dont elle avait, disait-elle, le plus besoin, à savoir une maison avec beaucoup de chambres pour y vivre avec ses quatorze enfants, il fit venir la collégienne qui avait déposé une fleur sur son cadavre pour lui accorder ce que je désire plus que tout au monde me marier avec un marin, pourtant malgré ces actes réconfortants il n'eut pas un instant de tranquillité tant qu'il ne vit pas ficelés et mollardés les groupes d'assaillants qui avaient mis à sac la présidence, la mémoire implacable de la rancune lui permit de les reconnaître un à un, il les sépara en groupes différents selon l'importance de la faute, toi ici, à celui qui commandait l'assaut, vous autres là, à ceux qui avaient jeté à terre la mareyeuse inconsolable, vous ici, à ceux qui avaient retiré le cadavre du cercueil et qui l'avaient traîné dans les escaliers et la boue des mares, et le reste de ce côté, bande de fumiers, en réalité c'était moins le châtiment qui l'intéressait que de se prouver à lui-même que la profanation du corps et l'assaut de la maison n'avaient pas été une action populaire spontanée mais une affaire sordide de mercenaires, il prit donc sur lui d'interroger les prisonniers de vive voix et en personne pour leur entendre dire de bon gré la vérité illusoire qui manquait à son cœur, mais va te faire foutre, alors il les fit pendre à une poutre horizontale pieds et mains liés et la tête en bas durant des heures et des heures, mais va te faire foutre, alors il en fit jeter un dans le fossé de la cour et les autres virent les caïmans le dépecer et le dévorer, mais va te faire foutre, alors il en choisit un dans le groupe principal et le fit écorcher vif sous les yeux de tous et tous virent la peau tendre et jaune comme un placenta de fraîche accouchée et ils se sentirent trempés par ce bouillon chaud du sang d'une chair à nu qui agonisait par bonds sur le gravier de la cour, et ils se mirent à avouer ce qu'il voulait, on leur avait baillé quatre cents pesos d'or pour qu'ils traînent le cadavre jusqu'à la décharge du marché, ils ne voulaient pas ça, ni par passion ni pour de l'argent car ils n'avaient rien contre lui, surtout s'il était déjà mort, mais durant une réunion clandestine où l'on avait même vu deux généraux du haut commandement on les avait intimidés par toute sorte de menaces, c'est pourquoi on s'est décidé mon général, parole d'honneur, et alors il laissa échapper un souffle de soulagement, donnez-leur à manger, ordonna-t-il, laissez-les se reposer cette nuit et vous les jetterez demain aux caïmans, on les a blousés ces pauvres garçons, soupira-t-il, et il retourna au palais l'âme délivrée des silices du doute, en murmurant on l'a bien vu merde alors, on l'a bien vu, ces gens-là m'aiment. Résolu à dissiper les ultimes lueurs d'inquiétude que Patricio Aragonès avait allumées dans son cœur, il décida que ces tortures seraient les dernières de son régime, on tua les caïmans, on démantela les chambres de torture où il était possible de triturer tous les os os après os sans donner la mort, on proclama l'amnistie générale, on prépara l'avenir grâce à une idée magique tous les emmerdements de ce pays viennent du fait que les gens ont trop de temps pour réfléchir, on chercha donc la manière de les occuper, on rétablit les jeux floraux de mars et les concours annuels de reines de beauté, on construisit le terrain de football le plus grand des Caraïbes et on imposa à notre équipe la consigne la victoire ou la mort, on ordonna de fonder dans chaque département une école gratuite de balayage dont les élèves fanatisées par les encouragements présidentiels continuèrent à balayer les rues après avoir balayé les maisons, et après cela les routes et les chemins vicinaux, de sorte que les tas d'ordures étaient emmenés et ramenés d'un département à l'autre sans qu'on sût comment s'en débarrasser, en des processions officielles avec les drapeaux de la patrie et de grandes banderoles Dieu protège le très pur qui veille sur la propreté de la nation, tandis que lui traînait ses lentes guibolles de brute pensive cherchant de nouvelles formules pour distraire la population civile, se frayant un passage parmi les lépreux, les aveugles, les paralytiques qui le suppliaient de leur tendre le sel de la santé, baptisant de son nom dans la fontaine du patio les enfants de ses protégés au milieu des adulateurs sans vergogne qui le proclamaient unique car il ne pouvait plus compter sur le concours de quelqu'un qui lui ressemblât et il devait être son propre sosie dans un palais marché public où arrivaient quotidiennement des cages et des cages d'oiseaux invraisemblables depuis qu'on avait appris que sa mère Bendicion Alvarado était oiselière, ainsi, qu'on les lui envoyât comme certaines par flatterie ou comme d'autres par dérision, il n'y eut bientôt plus d'espace disponible pour suspendre d'autres cages, et il voulut aussi s'occuper de tant d'affaires publiques à la fois que dans les foules qui hantaient les cours et les bureaux on ne parvenait plus à distinguer qui servait et qui était servi, et on abattit tant de murs pour étendre le monde et on ouvrit tant de fenêtres pour voir la mer que le simple fait de passer d'un salon à l'autre revenait à s'aventurer sur le pont d'un voilier à la dérive en automne quand les vents se contrecarrent. C'étaient les alizés de mars qui étaient toujours entrés par les fenêtres de la maison, mais maintenant on lui disait que c'étaient les vents de la paix mon général, c'était le même bourdonnement d'oreilles qui le harcelait depuis des années, mais même son médecin lui avait dit que c'était le bourdonnement de la paix mon général, car depuis qu'on l'avait trouvé mort pour la première fois toutes les choses de la terre et du ciel s'étaient transformées en choses de la paix mon général, et lui le croyait, et le croyait si fort qu'il regrimpa en décembre jusqu'à la maison des falaises, il voulait se distraire, écouter les malheurs de la confrérie des vieux dictateurs nostalgiques qui interrompaient leur partie de dominos pour lui raconter moi j'étais par exemple le double six et disons que les conservateurs doctrinaires étaient le double trois, mais voilà je ne me suis pas méfié de leur alliance clandestine, l'alliance des maçons et des curés qui y aurait pensé merde alors, sans se préoccuper de la soupe qui se figeait dans l'assiette tandis que l'un d'entre eux expliquait que par exemple ce sucrier était la maison présidentielle, ici, et là le seul canon encore aux mains de l'ennemi, avec une portée de quatre cents mètres et le vent favorable, si bien qu'il s'en est fallu de peu, une broutille de quatre-vingt-deux centimètres pour que je ne sois pas ici avec vous, même les plus blindés par le rémora de l'exil gaspillaient leurs espérances à guetter les bateaux de leur patrie à l'horizon, ils les reconnaissaient à la couleur de leur fumée, à la rouille de leurs sirènes, ils descendaient au port dans la bruine du petit matin chercher les journaux dont les marins s'étaient servis pour envelopper la nourriture qu'ils sortaient du navire, ils les ramassaient dans les poubelles et les lisaient page avant page arrière jusqu'à la dernière ligne afin de pronostiquer l'avenir du pays à travers les nouvelles un tel est mort un tel s'est marié avec une telle les uns tels avaient invité un tel et pas un tel à une cérémonie d'anniversaire, déchiffrant leur destin selon la direction d'un gros nuage providentiel qui allait crever sur leur pays véritable tempête apocalyptique qui allait faire déborder les fleuves lesquels allaient emporter les digues des barrages lesquels allaient dévaster les campagnes et propager la misère et la peste dans les villes, et on viendra ici me supplier de les sauver du désastre et de l'anarchie, vous verrez, mais en attendant le grand moment il fallait prendre à part l'exilé le plus jeune et lui demander voulez-vous avoir la gentillesse d'enfiler pour moi cette aiguille je dois repriser ce pantalon que je ne veux pas jeter aux ordures vous savez c'est sentimental, et on lavait le linge en catimini, on affilait les rasoirs à main qu'avaient utilisés les nouveaux venus, on s'enfermait dans sa chambre pour manger car les autres ne devaient pas découvrir qu'on vivait de restes, ils ne devaient pas voir la honte du pantalon barbouillé par l'incontinence sénile, et un jeudi pareil à tous les autres nous épinglions à l'un ses décorations sur sa dernière chemise, nous enroulions son corps dans son drapeau, nous lui chantions son hymne national et nous l'envoyions gouverner l'oubli, au fond des falaises sans autre lest que son cœur érodé et sans autre vide en ce monde que celui d'une chaise de plage sur la terrasse sans horizons où nous nous asseyions pour tirer au sort les objets du défunt, quand il en laissait, mon général, imaginez, quelle misère cette vie de civil après tant de gloire. Par un autre lointain décembre, le jour de l'inauguration de la maison, il avait vu de cette terrasse une traînée d'îles hallucinées, celles des Antilles, quelqu'un les lui avait montrées le doigt pointé à la vitrine de la mer, il avait vu le volcan parfumé de la Martinique, là-bas mon général, il avait vu son hôpital de tuberculeux, le géant noir avec sa chemise de dentelle qui vendait des massifs de gardénias aux épouses des gouverneurs sur le parvis de la basilique, il avait vu le marché infernal de Paramaribo, là-bas mon général, les crabes qui sortaient de la mer par les feuillées et qui grimpaient sur les tables des marchands de glaces, les diamants incrustés dans les dents des aïeules noires qui vendaient des têtes d'Indiens et des racines de gingembre assises sur leur cul qui résistait stoïque à la soupe de la pluie, il avait vu les vaches en or massif endormies sur la plage de Tanaguarena mon général, l'aveugle visionnaire de la Guayra qui encaissait deux réaux pour chasser la dinde de la mort avec un violon unicorde, il avait vu la Trinité torride en août, les automobiles circulant en marche arrière, les hindous verts qui chiaient en pleine rue devant leurs boutiques exhibant des chemises de vers à soie et des mandarins sculptés dans la défense entière de l'éléphant, il avait vu le cauchemar d'Haïti, ses dogues bleus, la charrette à bœufs qui ramassait les morts dans la rue au petit matin, il avait vu renaître les tulipes de Hollande dans les barils d'essence de Curaçao, les maisons des moulins à vent avec des toits pour la neige, le transatlantique mystérieux qui traversait le centre de la ville au beau milieu des cuisines des hôtels, il avait vu l'enclos de pierres de Carthagène-des-Indes, sa baie fermée par une chaîne, la lumière immobile sur les balcons, les bourrins squelettiques de ses voitures de place qui bâillaient encore après le picotin des vice-rois, leur odeur de merde mon général, quelle merveille, hein avouez que le monde est grand, et il l'était, en effet, et non seulement grand mais insidieux, car s'il montait en décembre jusqu'à la maison des falaises ce n'était pas pour bavarder avec ces fugitifs qu'il détestait comme sa propre image dans le miroir de l'adversité mais pour être présent à l'instant du miracle lorsque la lumière de décembre débordait et qu'on pouvait à nouveau voir l'univers entier des Antilles depuis la Barbade jusqu'à Veracruz, il oubliait alors qui avait le double trois et se penchait au mirador pour contempler la traînée d'îles lunatiques comme des caïmans endormis sur le bassin de la mer, et en contemplant les îles il évoquait et revivait ce vendredi historique d'octobre où il était sorti à l'aube de sa chambre et avait découvert que tout le monde dans la maison présidentielle portait un bonnet rouge, les nouvelles concubines balayaient les salons et changeaient l'eau des cages avec des bonnets rouges, les trayeurs dans les étables, les sentinelles dans leurs guérites, les paralytiques sur les marches et les lépreux sous les rosiers arboraient des bonnets rouges de dimanche de carnaval, il s'était donc mis à chercher ce qui était arrivé dans le monde durant son sommeil pour que les gens de sa maison et les habitants de la ville déambulent avec des bonnets rouges en traînant partout un chapelet de grelots, et il avait fini par trouver quelqu'un pour lui dire la vérité mon général, des étrangers étaient arrivés qui jaspinaient dans un beau langage car ils ne disaient pas la mer mais le large et appelaient perroquets les guacamayas, pirogues les canoës et sagaies les harpons, et qui ayant vu que nous venions les accueillir en nageant autour de leurs vaisseaux grimpèrent au plus haut des mâts en se criant les uns aux autres regardez comme ils sont bien faits, avec de beaux corps et de jolies figures, des cheveux presque aussi gros que les crins de la queue des chevaux, et qui ayant vu que nous étions peints pour ne pas peler au soleil se trémoussaient comme des perruches mouillées en braillant regardez comme ils se teignent foncé, leur couleur est la même que celle des Canariens, ni noirs ni blancs, et nous ne comprenions pas pourquoi nom d'un bordel ils se foutaient tellement de nous mon général si nous étions tels que nos mères nous ont mis au monde, par contre eux étaient vêtus comme le valet de pique malgré la chaleur, un mot qu'ils prononcent à la manière des contrebandiers hollandais, et ils sont coiffés comme des femmes, bien qu'ils soient tous des hommes, car nous n'avons pas vu une seule femme, ils criaient que nous n'entendions pas le langage des chrétiens alors que c'étaient eux qui ne comprenaient pas ce que nous criions, puis ils sont venus vers nous dans leurs canoës qu'ils appellent des pirogues, comme nous l'avons dit, et ils s'étonnaient qu'il y ait à la pointe de nos harpons une arête d'alose qu'ils appellent une dent de poisson, et ils nous échangèrent tout ce que nous avions contre ces bonnets rouges et ces chapelets de perles de verre que nous pendions à notre cou pour leur faire plaisir, et contre ces grelots de fer-blanc qui ne valent pas un maravédis et des sébiles, des lunettes et de la mercerie flamande, tout ce qu'il y a de bon marché mon général, et comme nous vîmes qu'ils étaient bons serviteurs et de bon caractère nous les avons conduits tout doucettement jusqu'à la plage, mais le bordel a commencé car entre l'échangez-moi ceci contre cela et le je vous échange ça contre ça il s'est formé un tripotage de tous les diables et en deux temps trois mouvements tout le monde a cédé ses perroquets, son tabac, ses boules de cacao, ses œufs d'iguane, tout ce que le ciel a créé, car ils prenaient de tout et donnaient de bonne grâce ce qu'ils avaient, ils voulurent même échanger l'un d'entre nous contre un pourpoint de velours pour nous montrer dans les Europes, imaginez un peu mon général, quelle pagaille, mais lui était si abasourdi qu'il ne réussit pas à comprendre si cette histoire de fous était du ressort de son gouvernement, il regagna donc sa chambre, ouvrit la fenêtre sur la mer espérant découvrir quelque lueur nouvelle qui lui permettrait d'éclairer cet embrouillamini, alors il vit au bord du quai le cuirassé de toujours, celui que les marines avaient abandonné, et au-delà du cuirassé, ancrées dans la mer ténébreuse, il découvrit les trois caravelles.

II

II

La deuxième fois qu'on le découvrit rongé par les charognards dans le même bureau, avec le même uniforme et dans la même position, aucun d'entre nous n'était assez vieux pour se rappeler ce qui était arrivé la première fois mais nous savions qu'aucune preuve de sa mort n'était évidente étant donné qu'une vérité cache toujours une autre vérité. Les moins prudents eux-mêmes ne se fiaient pas aux apparences, on l'avait si souvent affirmé l'épilepsie le ravageait et il s'écroulait sur son trône en pleine audience, se tordant sous les convulsions et vomissant une écume de fiel, et il avait perdu la voix à force de discourir, des ventriloques se dissimulant derrière les rideaux pour faire croire qu'il parlait, et des écailles d'alose lui poussaient sur le corps pour le punir de sa perversité, et dans la fraîcheur de décembre sa hernie lui chantait musique et il ne pouvait se déplacer qu'à l'aide d'une chaise orthopédique dans laquelle il trimbalait sa roupette herniée, et un fourgon militaire avait livré à minuit par la porte de service un cercueil avec des incrustations d'or et des torsades pourpres, et quelqu'un avait vu Laetitia Nazareno fondre en larmes dans le jardin de la pluie, pourtant quand les rumeurs de sa mort semblaient les plus sûres on le voyait paraître plus vivant et plus autoritaire que jamais au moment le plus imprévu pour imposer d'autres caps imprévisibles à notre destin. Il aurait été facile de se laisser convaincre par les indices immédiats du sceau présidentiel ou la dimension surnaturelle de ses pieds de marcheur increvable ou l'évidence insolite de cette roupette volumineuse que les charognards n'avaient pas osé picorer, mais quelqu'un gardait toujours le souvenir d'autres indices semblables chez d'autres morts moins importants du passé. Un examen méticuleux de la maison n'apporta pas non plus d'élément valable pour établir la vérité. Dans la chambre de Bendicion Alvarado, dont nous avions presque oublié la fable de sa canonisation par décret, nous trouvâmes quelques cages ébréchées avec de petits squelettes d'oiseaux pétrifiés par les ans, nous vîmes un fauteuil d'osier mordillé par les vaches, nous vîmes des boîtes de peinture à l'eau et des pots de pinceaux dont se servaient les oiselières des hauts plateaux pour vendre sur les foires des oiseaux défraîchis maquillés en loriots, nous vîmes une jarre avec un pied de mélisse qui avait continué à pousser dans l'oubli et dont les branches grimpaient au long des murs, elles réapparaissaient par les yeux des portraits et ressortaient par la fenêtre pour finalement s'enchevêtrer à la frondaison sauvage des autres cours, mais nous ne trouvâmes pas la moindre trace significative de sa présence effective dans la pièce. Dans la chambre nuptiale de Laetitia Nazareno, dont nous avions une image plus nette parce qu'elle avait régné à une époque plus récente et que ses actes publics avaient défrayé la chronique, nous vîmes un bon lit pour les ébats du corps avec un baldaquin de tulle transformé en pondoir, nous vîmes dans les coffres les restes mités des cols de renards argentés, les armatures de laiton des crinolines, la poussière glaciale des jupons, les corsages en point de Bruxelles, les bottines d'homme qu'elle portait à la maison et les pantoufles de satin à talons hauts et à lanière qu'elle enfilait pour recevoir, les longs balandrans à violettes de feutre et rubans de taffetas de ses splendeurs funéraires de première dame du pays et la robe de novice en toile grossière comme une peau de mouton cendré avec laquelle on la fit venir de la Jamaïque séquestrée dans une caisse de cristaux de baccarat pour l'asseoir sur sa bergère de présidente cloîtrée, mais nous n'y trouvâmes même pas le vestige qui eût permis d'établir que cette séquestration de corsaires avait été inspirée par l'amour. Dans la chambre présidentielle, l'endroit de la maison où il avait passé la plus grande partie de ses dernières années, nous ne découvrîmes qu'un lit de camp inutilisé, un seau hygiénique comme ceux que les antiquaires retiraient des maisons abandonnées par les marines, un coffre de fer contenant ses quatre-vingt-douze décorations et un uniforme de toile sans insignes comme celui que portait le cadavre, troué par six balles de gros calibre qui avaient fait des dégâts d'incendie en entrant par le dos et en ressortant par la poitrine, ce qui nous fit penser que cette légende selon laquelle le plomb déchargé en traître le traversait sans le blesser était vraie, que le coup de feu tiré de face ricochait sur son corps et se retournait contre l'agresseur, et qu'il était seulement vulnérable aux balles de pitié de celui qui l'aimait au point de mourir à sa place. Les deux uniformes étaient trop petits pour le cadavre, mais nous n'écartâmes pas pour autant la possibilité qu'ils fussent siens, car on avait aussi affirmé à une certaine époque qu'il avait continué de grandir jusqu'à cent ans et qu'à cent cinquante ans il avait fait sa troisième dentition, même si en vérité le corps mutilé par les charognards était celui d'un homme de taille moyenne, ses dents étaient saines, petites, émoussées comme des dents de lait, sa peau couleur de fiel parsemée de taches de vieillesse, sans une seule cicatrice et avec des poches partout comme s'il avait été gros autrefois, il ne lui restait plus à peine que les orbites vides de ses yeux jadis taciturnes, et la seule chose qui ne paraissait pas conforme aux proportions, avec le testicule boursouflé, était les pieds énormes, carrés et plats, avec des griffes rocailleuses et courbes d'épervier. Si le linge était de dimension plutôt réduite, les descriptions de ses historiens, elles, étaient de taille, car les textes officiels des écoles le présentaient comme un patriarche géant qui ne sortait jamais de chez lui parce qu'il ne passait pas sous les portes, aimait les enfants et les hirondelles, connaissait le langage de certains animaux, avait le don de prévoir les desseins de la nature, devinait la pensée en vous regardant dans les yeux et possédait le secret d'un sel qui guérissait les plaies des lépreux et rendait l'usage de leurs membres aux paralytiques. Bien qu'il n'y eût plus la moindre allusion à ses origines dans les textes, on pensait que c'était un homme des solitudes désertiques à en juger par sa boulimie de pouvoir, la nature de son gouvernement, sa conduite lugubre et l'incroyable dureté de cœur qui l'avait poussé à vendre notre mer à une puissance étrangère, nous condamnant à vivre devant cette plaine sans horizon, toute de dure poussière lunaire et dont les crépuscules sans raison d'être nous blessaient jusqu'à l'âme. On estimait qu'au cours de sa longue vie il avait dû avoir plus de cinq mille enfants, tous prématurés, issus des innombrables maîtresses sans amour qui s'étaient succédé dans son harem le temps qu'il souhaitait en tirer du plaisir, mais aucun enfant ne portait son prénom ni son nom, si l'on exceptait celui que lui avait donné Laetitia Nazareno et qui fut nommé à sa naissance général de division avec territoire et commandement, car il estimait que personne n'est le fils de personne sinon de sa mère et d'elle seule. Cette certitude semblait valable même pour lui car on savait que c'était un homme sans père comme les despotes les plus illustres de l'histoire, le seul parent qu'on lui connût, et peut-être le seul vraiment, étant sa maman bien-aimée Bendicion Alvarado à qui les livres d'école attribuaient le prodige de l'avoir conçu sans l'intervention d'aucun homme et d'avoir reçu en songe les clefs hermétiques de son destin messianique, sa maman qu'il avait proclamée par décret mère de la patrie grâce à ce simple argument qu'on n'a qu'une mère, la mienne, une femme bizarre d'origine incertaine et dont l'âme simple avait soulevé le tollé des fanatiques de la dignité présidentielle à l'aube de son régime car ils ne pouvaient admettre que la mère du chef de l'Etat se pendît au cou un sachet de camphre pour se préserver des épidémies, qu'elle mangeât le caviar en essayant de l'enfiler dans les dents de sa fourchette ou qu'elle marchât comme un canard avec ses pantoufles vernies, non, ils ne pouvaient accepter qu'elle abritât des ruches sur la terrasse de la salle des concerts, ni qu'elle élevât des dindons et des oiseaux maquillés à la peinture à l'eau dans les bureaux publics ou étendît des draps sur le balcon officiel, ils ne pouvaient souffrir de lui avoir entendu dire au cours d'une réception diplomatique je suis lasse de prier Dieu qu'on déboulonne mon fils car vivre dans la maison présidentielle mon bon monsieur c'est un peu comme de rester à n'importe quelle heure avec la lumière allumée, elle avait dit cela tout de go, aussi naturellement qu'un jour de fête nationale elle avait traversé la garde d'honneur avec un panier de bouteilles vides, rejoint la limousine du président qui venait d'ouvrir le défilé des réjouissances dans un brouhaha d'ovations, d'hymnes nationaux et de tempêtes de fleurs, et déposé son panier dans la voiture par la portière en criant à son fils puisque tu vas passer par là profites-en donc pour rendre ces bouteilles à la boutique du coin, pauvre maman. Ce manque de sens historique devait avoir son soir d'apothéose au cours du banquet de gala par lequel nous célébrâmes le débarquement des marines sous le commandement de l'amiral Higgingson, lorsque Bendicion Alvarado vit son fils en grand uniforme avec les médailles d'or et les gants de satin qu'il devait porter toute sa vie et qu'elle ne put réprimer un élan d'orgueil maternel en s'écriant à haute voix devant le corps diplomatique au grand complet si j'avais su que mon fils allait devenir président de la république je l'aurais envoyé à l'école, ah monsieur, ce fut un tel scandale qu'on l'exila dans la résidence des faubourgs, un palais de onze pièces qu'il avait gagné aux dés un soir d'aubaine lorsque les chefs de la guerre fédérale s'étaient réparti à la table de jeu le merveilleux quartier résidentiel des conservateurs en débandade, à cela près que Bendicion Alvarado méprisant les ornements impériaux qui me font penser que je suis la légitime du Saint-Père préféra partager les chambres de service avec ses six bonnes aux pieds nus, elle s'installa avec sa machine à coudre et ses volières d'oiseaux peinturlurés dans une mansarde oubliée où la chaleur n'arrivait pas et où il était facile à six heures de chasser les moustiques, elle s'asseyait pour coudre devant la lumière oisive du grand patio en respirant l'air médicinal des tamariniers tandis que les poules s'égaraient dans les salons et que les hommes de garde guettaient les servantes dans les chambres vides, elle s'asseyait pour peindre des loriots à la peinture à l'eau et se lamenter avec les bonnes du malheur de mon pauvre petit que les marines ont trimbalé dans la maison présidentielle, si loin mon bon monsieur de sa maman, sans une épouse dévouée pour l'assister à minuit si quelque douleur le réveille, et qui s'enquiquine avec cet emploi de président de la république pour un salaire minable de trois cents pesos par mois, le pauvre amour. Elle savait de quoi elle parlait car il lui rendait visite tous les jours à l'heure où la ville pataugeait dans la vase de la sieste, il lui apportait les fruits confits dont elle raffolait et profitait de l'occasion pour se défouler auprès d'elle en geignant sur sa condition amère de prête-nom des marines, il lui racontait qu'il devait escamoter dans les serviettes les oranges au sucre et les figues au sirop car les autorités d'occupation avaient des intendants qui notaient dans leurs livres jusqu'aux restes des repas, il se plaignait, l'autre jour le commandant du cuirassé est venu à la présidence avec des gens tu aurais dit des astronomes de terre ferme et ils ont tout mesuré, ils n'ont même pas daigné me saluer mais ils m'ont passé un mètre à ruban par-dessus la tête en faisant leurs calculs en anglais, l'interprète me braillait tire-toi de là, et il s'écartait, ôte-toi de mon jour, et il s'éloignait, planque-toi dans un coin où tu ne nous gênes pas, nom d'un bordel, il ne savait pas où se mettre sans les déranger car certains métreurs mesuraient jusqu'à la clarté des balcons, mais le pire, maman, c'est qu'ils avaient foutu dehors ses deux dernières concubines rachitiques l'amiral prétendant qu'elles n'étaient pas dignes d'un président, et il était si à court de femmes que certains soirs il faisait semblant de quitter la résidence des faubourgs mais sa mère l'entendait courser les bonnes dans la pénombre des chambres, et elle en était si affligée qu'elle tarabustait les oiseaux dans les cages pour que personne ne surprenne les frustrations de son fils, elle les obligeait à chanter pour que les voisins n'entendent pas les bruits de l'assaut, l'opprobre de la contrainte, les menaces refoulées restez tranquille mon général ou je le dis à votre maman, elle gâchait la sieste des troupiales les contraignant à s'égosiller pour qu'on n'entende pas son halètement sans cœur de mari en rut, son infortune d'amant tout habillé, ses pleurnicheries de petit toutou, ses larmes solitaires qui allaient s'obscurcissant, qui semblaient pourrir de misère sous les caquets des poules effarouchées dans les chambres par ces amours pressantes dans l'air de verre fondu de ce maudit mois d'août, à trois heures de l'après-midi, mon pauvre chéri. Cette pénurie devait durer jusqu'à ce que les forces d'occupation abandonnent le pays effrayées par une épidémie de peste alors que bien des années les séparaient encore de l'heure du rembarquement, elles démontèrent, numérotèrent pièce par pièce et enfermèrent dans des caisses les résidences des officiers, arrachèrent jusqu'au dernier brin les prairies bleues et les emmenèrent roulées comme des tapis, enveloppèrent les réservoirs en caoutchouc des eaux stérilisées qu'on leur envoyait de leur pays pour que les larves de nos affluents ne les mangent pas intérieurement, démantelèrent leurs hôpitaux blancs, dynamitèrent les casernes pour que personne ne sût comment elles étaient construites, abandonnèrent à quai le vieux cuirassé de débarquement sur le pont duquel, les nuits de juin, déambulait l'effroi d'un amiral perdu dans la tempête, mais avant d'emporter dans leurs trains volants ce paradis de guerres portatives elles lui remirent la médaille du bon voisinage, lui rendirent les honneurs dus à un chef d'Etat et lui dirent à haute voix pour que tout le monde l'entendît nous te plantons là avec ton foutoir de nègres pour voir comment tu te débrouilleras sans nous, mais elles partirent, maman, nom d'un bordel, elles nous quittèrent, et pour la première fois depuis cette longue période de bœuf humilié par l'occupation il grimpa les marches du gouvernement et commanda de vive voix et en personne à travers un brouhaha qui le suppliait de rétablir les combats de coqs, d'accord, je les rétablis, d'autoriser à nouveau les cerfs-volants et autres distractions des pauvres interdites par les marines, d'accord, je les autorise, si convaincu de son absolutisme qu'il inversa les couleurs du drapeau et remplaça le bonnet phrygien de l'écusson par le dragon vaincu de l'envahisseur, car enfin nous sommes les maîtres, maman, vive la peste. Sa vie durant, Bendicion Alvarado devait se souvenir de ces soubresauts du pouvoir et de quelques autres plus anciens et plus amers de la misère, mais jamais elle ne les évoqua avec autant d'accablement qu'après la mystification mortuaire, alors qu'il pataugeait dans le marécage de la prospérité et qu'elle continuait, elle, à se lamenter de ne trouver personne pour l'écouter non ça ne vaut pas le coup d'être la maman du président pour ne posséder en tout et pour tout que cette triste machine à coudre, quant à mon pauvre garçon que vous voyez là dans son carrosse au milieu des galons il n'a même pas un trou où tomber mort après avoir si longtemps servi la patrie, ah, mon bon monsieur, où est la justice, d'ailleurs elle ne se lamentait plus par habitude ou par leurre mais parce qu'il avait cessé de l'informer sur ses échecs et ne se précipitait plus comme avant partager avec elle les grands secrets d'Etat, il avait tellement changé depuis l'époque des troupes de débarquement que Bendicion Alvarado le trouvait plus vieux qu'elle, il l'avait semée dans le temps, elle le sentait s'empêtrer dans les mots, il s'embrouillait dans les comptes quotidiens, parfois il bavait, et une compassion non point maternelle mais filiale l'avait envahie lorsqu'elle l'avait vu arriver à la résidence des faubourgs chargé de paquets qu'il cherchait désespérément à ouvrir tous à la fois, il en arrachait les ficelles avec les dents, il se cassait les ongles sur le fer des emballages sans lui laisser le temps de trouver les ciseaux dans sa corbeille à couture, il sortait tout à pleines mains du buisson de copeaux en s'embourbant dans l'impatience de son envol, regardez un peu ça hein, maman, disait-il, une sirène vivante dans un aquarium, un ange grandeur nature qu'on remontait et qui volait à travers les pièces en sonnant l'heure avec une cloche, une conque géante dans laquelle on entendait l'hymne national au lieu de la mer ou du vent, quels trucs du tonnerre, maman, vous voyez comme c'est bon de n'être pas dans la dèche, disait-il, mais elle ne stimulait pas son enthousiasme, au contraire elle se mettait à mordiller ses pinceaux à maquiller les loriots car il ne devait pas s'apercevoir que son cœur à elle s'émiettait de regret en évoquant un passé qu'elle connaissait mieux que personne, en se souvenant combien il lui en avait coûté à lui de rester sur cette chaise où il était assis, et non au jour d'aujourd'hui, mon bon monsieur, non en ces jours faciles où le pouvoir est une chose palpable et personnelle, une bille de verre dans la paume de la main, comme il dit, mais quand il était une alose fugitive qui nageait sans dieu ni loi dans un palais capharnaüm, poursuivi par la meute vorace des derniers caudillos de la guerre fédérale qui m'avaient aidé à renverser le général poète Lautaro Muñoz, un despote éclairé Dieu ait son âme avec ses missels de Suétone en latin et ses quarante-deux pur-sang, mais pour se faire payer leur appui armé ils s'étaient emparés des haciendas et des troupeaux des anciens seigneurs exilés et s'étaient partagé le pays en provinces autonomes en s'appuyant sur cet argument sans appel c'est cela le fédéralisme mon général, c'est pour cela que nous avons versé notre sang, ils régnaient en maîtres absolus sur leurs terres, avec leurs propres lois, leurs fêtes patriotiques, leurs planches à billets, leurs grands uniformes aux sabres sertis de pierres précieuses, leurs dolmans chamarrés d'or, leurs tricornes aux plumets de traîne de paons empruntés aux vieux chromos des vice-rois de la patrie, et ils étaient mal dégrossis et sentimentaux, monsieur, ils entraient à la présidence par la grande porte sans autorisation car la patrie est à tout le monde mon général, nous lui avons sacrifié notre vie pour qu'elle le soit, ils campaient dans la salle des fêtes avec leurs femmes et leurs progénitures, avec aussi les animaux de ferme qu'ils exigeaient comme tributs de paix partout où ils passaient pour avoir toujours quelque chose à se mettre sous la dent, et ils traînaient leur escorte de mercenaires barbares qui en guise de bottes s'enveloppaient les pieds dans des chiffons et parlaient à peine la langue des chrétiens mais qui savaient piper les dés comme personne et qui maniaient les armes avec une dextérité féroce, à tel point que la maison du pouvoir ressemblait à un camp de bohémiens, oui monsieur, elle avait un relent de fleuve en crue, les officiers d'état-major avaient emporté dans leurs haciendas les meubles de la république, ils jouaient aux dominos les privilèges du gouvernement indifférents aux adjurations de sa mère Bendicion Alvarado qui sans un instant de repos essayait de balayer toute cette lie de fête foraine, essayait oui de mettre un minimum d'ordre dans ce naufrage, étant la seule qui avait tenté de résister à la déchéance irrémédiable de la geste libérale, la seule qui avait voulu les expulser à coups de balai quand elle avait vu la maison souillée par ces vauriens qui se disputaient aux cartes les fauteuils du haut commandement, elle les avait vus se livrer à leur sale trafic de sodomie derrière le piano, elle les avait vus déféquer dans les amphores d'albâtre malgré ses avertissements, non, messieurs, ce ne sont pas des seaux hygiéniques mais des amphores repêchées dans les eaux de Pantellaria, mais ils insistaient ce sont des chiottes de riches, aucun pouvoir humain ne put les en dissuader, comme aucun pouvoir divin ne put empêcher le général Adriano Guzman d'assister à la fête diplomatique donnée à l'occasion du dixième anniversaire de mon arrivée à la tête de l'Etat, mais qui aurait imaginé ce qui nous attendait quand il apparut dans la salle de bal dans un uniforme austère de lin blanc choisi pour la circonstance, sans armes tel qu'il me l'avait promis, je vous donne ma parole de soldat mon général, avec son escorte de réfugiés français en civil chargés d'anthuriums de Cayenne qu'il répartit un à un entre les épouses des ambassadeurs et des ministres après avoir sollicité dans une révérence la permission de leurs maris, ses mercenaires lui ayant dit que c'était de bon ton à Versailles, ce qu'il accomplit avec un tact parfait d'homme du monde, après quoi il resta assis dans son coin, l'attention fixée sur les danseurs qu'il approuvait de la tête, très bien, disait-il, ils dansent très bien ces dandys des Europes, disait-il, à chacun sa spécialité, disait-il, si oublié dans sa bergère que je fus le seul à me rendre compte qu'un de ses aides de camp lui remplissait sa coupe de champagne à peine l'autre avalée, aussi à mesure que les heures passaient devenait-il plus tendu et plus sanguin qu'à l'ordinaire, il libérait un bouton de sa tunique trempée de sueur chaque fois que la pression d'un rot étouffé lui montait jusqu'aux yeux, il sanglotait de sommeil, maman, lorsque soudain il se leva péniblement durant une pause du bal et finit de déboutonner sa tunique, puis il déboutonna sa braguette et se débonda comme une vanne aspergeant les décolletés parfumés des ambassadrices et ministresses de son manchon flétri de vieux charognard, il inondait de son urine acide de poivrot guerrier les doux girons de mousseline, les corsages de brocart et d'or, les éventails de plumes d'autruche, en chantant impassible en pleine panique générale je suis l'amant de ton dédain, qui arrose les roses de ton jardin, ô roses exquises, chantait-il, sans que personne osât le neutraliser, à commencer par moi car je savais que j'avais plus de pouvoir que chacun d'eux mais beaucoup moins que deux d'entre eux acoquinés, encore inconscient du fait qu'il voyait les autres tels qu'ils étaient tandis que les autres ne réussirent jamais à entrevoir la pensée secrète du vieillard de granit dont la sérénité était à peine semblable à sa prudence sans écueil et à son penchant sans limites pour l'attente, nous voyions seulement les yeux lugubres, les lèvres rigides, la main de jeune fille pudique qui ne frémit même pas sur le pommeau du sabre par ce midi d'horreur où on vint lui annoncer la nouvelle mon général le commandant Narciso Lopez qui fonctionne à la coco et à l'anisette s'est enfermé dans les waters avec un jeune de votre garde, il l'a fait bander comme une femme en chaleur puis il l'a obligé à la lui mettre, tu vas tout me mettre, nom d'un bordel, c'est un ordre, tout, mon amour, même tes jolies petites roupettes, en pleurant de douleur et de rage, jusqu'au moment où il s'est retrouvé à quatre pattes en train de vomir d'humiliation, la tête dans les vapeurs fétides de la cuvette, alors il a levé à bout de bras ce petit adonis en uniforme et avec une lance il l'a cloué comme un papillon sur la tapisserie printanière de la salle des audiences sans que quiconque ose le déclouer avant trois jours, le malheureux, car lui se contentait de surveiller ses ex-compagnons d'armes pour qu'ils ne complotent pas mais sans intervenir dans leur vie privée, convaincu qu'ils allaient s'exterminer avant qu'on vienne lui rapporter la nouvelle mon général il s'agit du général Jésus-Christ Sanchez, les membres de son escorte ont dû le tuer à coups de chaises car il a piqué une crise de rage après avoir été mordu par un chat, le malheureux, et c'est à peine s'il leva les yeux de ses dominos quand on lui souffla à l'oreille la nouvelle mon général le général Lotario Sereno s'est noyé car son cheval est mort brusquement en traversant un fleuve, le malheureux, oui c'est à peine s'il sourcilla quand on lui apprit la nouvelle mon général le général Narciso Lopez s'est enfoncé dans le cul une charge de dynamite et il s'est fait sauter les tripes honteux de sa pédérastie invétérée, et lui commentait le malheureux comme si ces morts infâmes ne l'avaient pas concerné, il décrétait pour tous les mêmes honneurs à titre posthume, les proclamait martyrs tombés au service de la patrie et les enterrait avec des funérailles du tonnerre à la même hauteur dans le panthéon national car une patrie sans héros est une maison sans portes, disait-il, et quand il ne resta plus que six généraux de guerre dans tout le pays il les invita à célébrer son anniversaire au palais avec une joyeuse clique de copains, tous ensemble, monsieur, y compris le général Jacinto Algarabia, le plus obscur et le plus madré, qui se vantait d'avoir fait un enfant à sa mère et ne buvait qu'un alcool de bois macéré avec de la poudre, nous sommes seuls dans la salle des fêtes comme au bon vieux temps mon général, tous sans armes tels des frères de lait mais avec nos hommes d'escorte agglutinés dans la salle voisine, tous chargés de cadeaux splendides pour le seul d'entre nous qui a su nous comprendre tous, disaient-ils, voulant signifier par là le seul qui ait su nous manœuvrer, le seul qui ait réussi à déloger de sa lointaine tanière des déserts le légendaire général

Saturno Santos, un Indien véritable et peu sûr, qui allait toujours tel qu'il était sorti du sein de sa putain de mère les pieds sur terre mon général car nous qui les avons bien accrochées nous ne pouvons pas respirer si nous ne sentons pas la terre sous nos pieds, il était arrivé drapé dans une couverture ornée d'animaux étranges aux couleurs vives, seul, comme toujours, sans escorte, précédé par une aura noire, armé en tout et pour tout d'une machette de coupeur de canne qu'il refusa de retirer de sa ceinture car ce n'était pas une arme de guerre mais de travail, et qui m'offrit un aigle dressé pour les guerres de l'homme, et une harpe, maman, l'instrument sacré dont les notes conjuraient la tempête et accéléraient les cycles des récoltes, et que le général Santos grattait avec une maestria sentimentale qui réveilla en nous à l'unisson la nostalgie des nuits d'horreurs des temps de guerre, maman, qui remua en nous l'odeur de chienne galeuse de la guerre, qui agita dans nos mémoires la chanson de guerre de la barque d'or [1] qui doit nous emporter, ils l'entonnaient en chœur de tout leur cœur, maman, du port je suis rentré les yeux baignés de larmes, chantaient-ils en mangeant une dinde aux pruneaux et un demi-cochon de lait, et chacun buvait à même sa bouteille, chacun buvait son propre alcool, tous sauf lui et le général Saturno Santos qui n'avaient jamais avalé une goutte de gnôle, ni fumé, ni mangé plus que le strict nécessaire, ils entonnèrent en mon honneur la chanson des petits matins que chantait le roi David, ils chantèrent en pleurant toutes les chansons-compliments d'anniversaire qu'on fredonnait avant que le consul Hanemann n'arrive avec la nouveauté mon général du

1. Chanson de la Révolution mexicaine. *(N.d.T.)*

gramophone et de son disque happy birthday, ils chantaient à demi endormis, à demi morts après une telle muflée, indifférents désormais à ce vieillard taciturne qui sur le coup de minuit décrocha sa lampe et partit inspecter la maison avant de se coucher conformément à ses habitudes d'homme de caserne et qui au retour vit une dernière fois en repassant par la salle des fêtes les six généraux recroquevillés sur le sol, enlacés, inertes et placides, sous la protection des cinq escortes qui se surveillaient, car même endormis et emmêlés ils se craignaient les uns les autres presque autant que chacun le craignait lui et que lui les craignait quand ils s'entendaient à deux pour comploter, il rependit la lampe au-dessus de la porte et tira les trois verrous, les trois targettes, les trois barres de son alcôve, et se coucha par terre à plat ventre, le bras droit replié sous la tête en guise d'oreiller, à l'instant même où les assises de la maison furent secouées par l'explosion massive de toutes les armes des escortes tirées à l'unisson, une première fois, nom d'un bordel, sans bruit intermédiaire, sans une lamentation, puis une seconde, nom d'un bordel, ça y est, fini les emmerdements, il ne resta qu'un relent de poudre dans le silence du monde, il ne resta que lui sain et sauf à jamais en ce naufrage du pouvoir, et il vit parmi les mauves du jour nouveau les ordonnances de service patauger dans le marécage sanglant de la salle des fêtes, il vit sa mère Bendicion Alvarado défaillir d'horreur en découvrant que le sang suintait des murs bien qu'on les séchât avec de la chaux et de la cendre, oui, mon bon monsieur, les tapis même tordus continuaient à cracher du sang, le sang jaillissait à torrents dans les couloirs et les bureaux qu'on voulait à tout prix laver pour dissimuler l'étendue du massacre des derniers héritiers de notre guerre qui selon le communiqué officiel avaient été assassinés par leurs gardes du corps devenus fous furieux, et dont les dépouilles enveloppées dans le drapeau de la patrie saturèrent le panthéon des hommes illustres après des funérailles grandioses, car pas un membre de l'escorte n'avait échappé vivant au guet-apens tragique, non, personne mon général, à l'exception du général Saturno Santos que ses chapelets de scapulaires immunisaient et qui connaissait des secrets d'Indiens pour se métamorphoser à volonté, ô maudite créature qui pouvait se changer en tatou ou en étang mon général, qui pouvait devenir tonnerre, et lui avait su que c'était la vérité car ses limiers les plus malins avaient perdu sa trace depuis Noël, ses chiens tigriers les mieux entraînés le cherchaient en sens contraire, il l'avait vu désigné par le roi de cœur dans les jeux de cartes des pythonisses, et il était vivant, il dormait le jour et voyageait la nuit à travers des ravins de terre et l'eau en laissant une traînée de prières qui brouillait la jugeote de ses poursuivants et émoussait la volonté de ses ennemis, mais lui n'avait pas renoncé à le traquer un seul instant du jour et de la nuit durant des années et des années jusqu'à cette année où il vit par la portière du train présidentiel une foule d'hommes et de femmes avec leurs enfants, leurs animaux et leurs batteries de cuisine comme il en avait tant surpris derrière les soldats en campagne, il les vit défiler sous la pluie en transportant leurs malades dans des hamacs accrochés à un bâton derrière un homme très pâle dans une tunique de toile de chanvre qui prétend être un envoyé du ciel mon général, alors il se frappa le front c'est lui, nom d'un bordel, c'était le général Saturno Santos qui mendiait la charité aux pèlerins grâce aux sortilèges de sa harpe aux cordes manquantes, il était misérable et sombre sous son chapeau de feutre usé et son poncho en lambeaux, mais même dans ce triste état de misère il ne fut pas comme il le pensait facile de l'expédier dans l'autre monde, car après avoir décapité à la machette trois de ses meilleurs soldats il affronta les plus farouches avec tant de courage et d'adresse que l'ordre fut donné au train de s'arrêter devant le triste cimetière du trou perdu où prêchait l'envoyé du ciel, tout le monde détala lorsque les gardes présidentiels sautèrent l'arme au poing du wagon peint aux couleurs nationales, il ne resta personne en vue à l'exception du général Saturno Santos près de sa harpe mythique, la main crispée sur la poignée de sa machette, et qui semblait fasciné par la vision de l'ennemi mortel qui se tenait là sur la banquette du wagon, dans son uniforme de toile sans insignes, sans armes, plus vieux et plus lointain que si nous ne nous étions pas vus depuis un siècle mon général, il me parut fatigué et solitaire, avec une peau jaunâtre d'hépatique et des yeux larmoyants, pourtant il avait l'éclat livide de celui qui n'est pas seulement maître de son pouvoir mais aussi du pouvoir disputé à ses morts, je me préparai donc à mourir sans résistance tant il me paraissait inutile de contrarier un vieillard qui venait de si loin sans autres raisons ni mérites que l'appétit barbare de commander, mais il lui montra la paume de sa main de raie cornue et lui dit Dieu te garde, macho, la patrie a besoin de toi, car il savait depuis toujours que contre un homme invincible il n'existe pas d'autre arme que l'amitié, et le général Saturno Santos baisa la terre qu'il avait foulée et le supplia accordez-moi la grâce de vous servir comme vous l'entendrez mon général tant que mes mains auront la force de faire chanter cette machette, il accepta, d'accord, il en fit son garde du corps à une seule condition c'est que tu ne te mettes jamais derrière moi, il en fit son complice aux dominos et à eux deux ils plumèrent à quatre mains de nombreux despotes en disgrâce, il l'acceptait pieds nus dans son carrosse présidentiel et l'emmenait dans les réceptions diplomatiques avec cette haleine de tigre qui ameutait les chiens et donnait le vertige aux épouses des ambassadeurs, il l'obligea à coucher la nuit devant la porte de sa chambre pour avoir moins peur de dormir quand la vie devint si risquée qu'il tremblait à l'idée de se trouver seul avec les gens des rêves, il le maintint à deux doigts de sa confiance durant bien des années jusqu'au jour où l'urée paralysa sa vertu de faire chanter sa machette et où il lui demanda tuez-moi de votre main mon général pour ne pas donner à quelqu'un d'autre le plaisir de me tuer sans aucun droit, mais il l'envoya mourir avec une bonne pension et une médaille de reconnaissance dans ce trou désertique de voleurs de bestiaux où il était né et il ne put retenir ses larmes quand le général Saturno Santos mit de côté toute pudeur pour lui dire dans un torrent de sanglots vous voyez mon général quelle connerie même les mâles les mieux montés finissent par devenir de pauvres pédales. De sorte que personne ne comprenait mieux que Bendicion Alvarado la jubilation puérile avec laquelle il rattrapait les années noires et l'inconscience qui le poussait à gaspiller les deniers du pouvoir pour posséder vieux ce qui lui avait manqué dans sa jeunesse, mais elle enrageait qu'on abusât de son innocence prématurée pour lui refiler ce bric-à-brac des amerlots qui n'était pas si bon marché et ne réclamait pas autant d'astuce que ces oiseaux bidon qui ne trouvaient jamais plus de quatre preneurs, c'est bien que tu en profites, disait-elle, mais pense à l'avenir, je ne veux pas te voir mendigoter avec un chapeau à la porte d'une église si demain ou plus tard Dieu nous en garde on te chasse de ce fauteuil où tu es assis, si au moins tu savais chanter, ou si tu étais archevêque ou navigateur, mais tu n'es que général, donc tu n'es bon qu'à commander, enterre en lieu sûr l'argent qu'il te reste du gouvernement, lui conseillait-elle, là où personne ne pourra mettre la main dessus, pour si un jour tu dois te débiner comme ces pauvres présidents sans patries qui ruminent l'oubli en mendiant des adieux de bateaux dans la maison des falaises, regarde-toi dans leur miroir, lui disait-elle, mais lui s'en foutait bien et d'une formule magique muselait ses inquiétudes ne te casse pas la nénette maman, ces gens-là m'aiment. Bendicion Alvarado devait vivre bien des années en se lamentant sur sa pauvreté, en se bagarrant avec les servantes pour des comptes de marché et même en sautant des repas pour économiser, sans que personne osât lui révéler qu'elle était une des femmes les plus riches de l'univers, que tout ce qu'il accumulait grâce aux affaires du gouvernement était enregistré à son nom à elle, que non seulement elle possédait un nombre incalculable de terres et de troupeaux mais aussi les tramways locaux, les postes et télégraphes et le service des eaux de la nation, de sorte que tout bateau qui naviguait sur les affluents de l'Amazone ou les mers territoriales devait lui verser une redevance qu'elle ignora jusqu'à sa mort, comme elle ignora durant tant d'années que son fils n'était pas aussi déshérité qu'elle le supposait quand il arrivait à la résidence des faubourgs en suffoquant émerveillé par les joujoux de la vieillesse, car outre l'impôt personnel qu'il percevait pour chaque tête de bétail qu'on abattait dans le pays, outre le prix de ses faveurs et les cadeaux intéressés que lui envoyaient ses partisans, il avait imaginé et exploitait depuis déjà pas mal de temps un système infaillible pour se faire du fric avec la loterie. Ce fut juste après sa fausse mort, aux temps du bruit, monsieur, qu'on n'appela pas ainsi comme beaucoup d'entre nous le croyaient à cause du grondement souterrain qu'on surprit dans toute la patrie la nuit du martyre de saint Héracle et qui ne fut jamais nettement éclairci, mais à cause de l'incessante trépidation des travaux entrepris qui s'annonçaient par leurs soubassements comme les plus grands du monde mais qui restèrent inachevés, une époque tranquille où il réunissait le conseil des ministres à l'heure de la sieste dans la résidence des faubourgs, s'allongeait dans son hamac et s'éventait avec son chapeau sous les doux branchages des tamariniers, écoutait les yeux fermés les docteurs à la parole d'or et aux moustaches gominées qui s'asseyaient pour discuter autour du hamac, livides de chaleur dans leurs redingotes de drap et leurs cols de celluloïd, les ministres civils si détestés et pourtant reconduits par intérêt qu'il entendait débattre des affaires de l'Etat au milieu du vacarme des coqs qui coursaient les poules dans la cour, du sifflet ininterrompu des cigales et du phono insomniaque qui braillait dans le voisinage la rengaine Suzanne viens Suzanne, ils se taisaient soudain, silence, le général s'est endormi, mais lui beuglait sans ouvrir les yeux, sans cesser de ronfler, je ne suis pas endormi crétins, continuez, ils continuaient, jusqu'au moment où il sortait tantale tâtonnant d'entre les toiles d'araignée de la sieste et décrétait que dans ce sac de conneries il n'y a que mon compère le ministre de la Santé qui ait raison, et puis merde point final, on le mettait, il bavardait avec ses collaborateurs privés les emmenant d'un coin à l'autre tandis qu'il mangeait, l'assiette dans une main et la cuiller dans l'autre, avant de les congédier froidement dans l'escalier faites comme vous voulez après tout c'est moi qui commande, merde alors, il avait perdu sa lubie de demander si on l'aimait ou on ne l'aimait pas, il coupait des rubans inauguraux, se montrait des pieds aux cheveux en public, assumant les risques du pouvoir comme il ne l'avait pas fait en des temps paisibles, merde alors, il jouait interminablement aux dominos avec mon compère de toute la vie le général Rodrigo de Aguilar et mon compère le ministre de la Santé, les seuls à avoir assez confiance en lui pour lui demander la mise en liberté d'un prisonnier ou la grâce d'un condamné à mort, les seuls à oser lui suggérer de recevoir en audience privée la reine de beauté des pauvres, une splendide créature de ce marais de misère que nous appelions le quartier des batailles de chiens car tous les chiens du quartier s'y battaient sans un instant de répit depuis des années, un réduit fatal où les patrouilles de la garde nationale n'entraient plus car elles en ressortaient complètement à poil, et où on vous subtilisait comme dans un tour de passe-passe les pièces des voitures, où les pauvres ânes égarés s'engageaient dans une rue et la quittaient à l'autre bout sous la forme d'un petit tas d'os dans un sac, où l'on mangeait rôtis les enfants des riches mon général, on les vendait sur le marché transformés en saucisses, vous voyez ça hein, eh bien là était née et là vivait cette Manuela Sanchez de mon malheur, une rose de fumier dont la beauté invraisemblable rendait baba la patrie mon général, et il s'était senti si intrigué par la révélation que si tout ce que vous dites est vrai non seulement je lui accorde une audience privée mais nous danserons aussi la première valse, merde alors, que la presse l'annonce, ordonna-t-il, les pauvres adorent ces conneries-là. Pourtant, le soir qui suivit l'audience, alors qu'ils jouaient aux dominos, il affirma au général Rodrigo de Aguilar avec une certaine amertume que la reine des pauvres ne valait pas qu'on perdît son temps à danser avec elle, qu'elle était aussi quelconque que toutes ces Manuelas Sanchez des faubourgs avec sa robe de nymphe à volants de mousseline, sa couronne dorée sertie de bijoux de bazar et sa rose à la main, sous l'œil vigilant d'une mère qui la surveillait comme une statue d'or, bon, il lui avait accordé tout ce qu'elle voulait rien moins que l'électricité et l'eau courante pour son quartier des batailles de chiens, mais je vous avertis que c'est la dernière fois que j'accepte une requête, nom d'un bordel, qu'on ne compte plus sur moi pour parler aux pauvres, annonça-t-il, et sans finir la partie, il claqua la porte, disparut, entendit les coups métalliques de huit heures, soigna les vaches dans les étables, fit monter les bouses, inspecta toute la maison, son assiette à la main, en mangeant de la viande avec des haricots, du riz et des tranches de banane verte, compta les sentinelles du portail d'entrée jusqu'aux chambres, elles étaient au complet et à leur poste, quatorze, il vit le reste de sa garde en train de jouer aux dominos dans l'abri de la première cour, il vit les lépreux couchés sous les rosiers, les paralytiques sur les marches, il était neuf heures, il posa sur le rebord d'une fenêtre son assiette à moitié pleine et se retrouva en train de farfouiller dans l'ambiance fangeuse du baraquement des concubines qui dormaient parfois à trois avec leurs prématurés dans un même lit, se percha sur un amoncellement qui sentait le fricot de la veille et écarta ici deux têtes et là six jambes et trois bras sans se demander s'il saurait jamais qui était qui ni quelle femme l'avait soulagé sans se réveiller, sans rêver à lui, ni quelle autre avait murmuré endormie d'un autre lit allez-y plus doucement mon général, vous faites peur aux gosses, il rentra chez lui, vérifia les espagnolettes des vingt-trois fenêtres, enflamma les bouses de vache tous les cinq mètres du vestibule jusqu'aux chambres privées, sentit l'odeur de la fumée, se souvint d'une enfance incertaine qui pouvait être la sienne et qui ne resurgissait qu'à cet instant où la fumée commençait à monter mais qu'il oubliait immédiatement, fit demi-tour pour éteindre en sens inverse les lumières des dernières chambres jusqu'au vestibule en couvrant les cages des oiseaux endormis qu'il comptait avant de laisser tomber sur eux leurs rideaux de cretonne, quarante-huit, parcourut une nouvelle fois toute la maison une lampe à la main, se vit devenir quatorze généraux qui marchaient avec une lampe allumée dans les miroirs, il était dix heures, rien à signaler, repassa par les chambres de la garde présidentielle dont il éteignit les lumières, bonsoir messieurs, fureta dans les bureaux publics du rez-de-chaussée, les antichambres, les cabinets, derrière les rideaux, sous les tables, il n'y avait personne, sortit le paquet de clefs qu'il était capable de distinguer au toucher une à une, ferma les bureaux, monta au premier fouiller les chambres chambre à chambre et boucler les portes, sortit le pot de miel de sa cachette derrière un tableau et en prit deux cuillerées, les deux cuillerées qu'il prenait toujours avant de se coucher, pensa à sa mère endormie dans la résidence des faubourgs, Bendicion Alvarado somnolente à l'heure des adieux entre la mélisse et l'origan avec sa main d'oiselière peintre exsangue de loriots pareille à une mère morte couchée sur le côté, bonne nuit, maman, dormez bien, bonne nuit fiston lui répondit endormie Bendicion Alvarado dans la résidence des faubourgs, il suspendit au-dessus de la porte de sa chambre la lampe portative qui n'en bougeait plus pendant qu'il dormait l'ordre était formel ne l'éteignez pas car c'était le lumignon des départs en catastrophe, onze heures sonnèrent, il inspecta une dernière fois la maison, dans l'obscurité, pour le cas où quelqu'un s'y serait infiltré le croyant endormi, il laissait derrière lui la traînée de poussière cosmique de son éperon d'or dans les aubes fugaces, les jets verts que le phare lâchait en tournant comme les ailes d'un moulin, il vit entre deux instants de clarté un lépreux égaré qui marchait endormi, il lui barra la route, le conduisit dans l'ombre sans le toucher en l'éclairant avec le fanal de sa vigilance, l'abandonna dans les rosiers, il recompta les sentinelles dans l'obscurité, regagna sa chambre, il voyait en passant devant les fenêtres une mer identique à chaque fenêtre, celle des Caraïbes en avril, il la regarda vingt-trois fois sans s'arrêter, elle était comme toujours en avril pareille à un marécage doré, il entendit sonner minuit, et avec le dernier coup de battant de la cathédrale il sentit la torsion des sifflements ténus de l'horreur herniaire, il n'y avait plus aucun bruit sur terre, lui seul était la patrie, il tira les trois barres, les trois verrous, les trois targettes de la chambre, urina assis sur son seau hygiénique, deux gouttes, quatre gouttes, sept gouttes pénibles, il se laissa choir à plat ventre sur le sol et s'endormit séance tenante sans rêver, il était trois heures moins le quart quand il se réveilla trempé de sueur, ébranlé par la certitude que quelqu'un l'avait regardé pendant qu'il dormait, quelqu'un qui avait le pouvoir de s'introduire sans toucher aux verrous, qui va là demanda-t-il, personne, il ferma les yeux, il sentit à nouveau qu'on le regardait, il ouvrit les yeux pour voir, effrayé, et alors il vit, nom d'un bordel, c'était Manuela Sanchez qui allait et venait dans la chambre sans rien déverrouiller car elle entrait et sortait à sa guise en traversant les murs, cette Manuela Sanchez de mon malheur dans sa robe de mousseline, avec la braise de sa rose à la main et l'odeur naturelle de réglisse de son haleine, dis-moi que c'est faux, que je délire, disait-il, dis-moi que ce n'est pas toi, dis-moi que ce vertige de mort n'est pas le marasme de réglisse de ta respiration, mais c'était bien elle, c'était sa rose, c'était son souffle chaud qui parfumait la chambre entière comme une basse obstinée qui avait plus de maîtrise et d'ancienneté que les poumons de la mer, cette Manuela Sanchez de mon désastre qui n'était pas écrite dans la paume de ma main, ni au fond de mon café, ni même dans les eaux de ma mort dans les écuelles des pythonisses, ne touche pas à mon air, à mon sommeil, à l'obscurité de cette chambre où jamais une femme n'est entrée ni ne devait entrer, éteins cette rose, gémissait-il, tandis qu'il cherchait à quatre pattes le bouton de l'interrupteur et ne trouvait pour toute lumière que Manuela Sanchez de ma folie, merde alors, pourquoi faut-il que je te retrouve si tu ne m'as pas perdu, si tu veux emporte ma maison, toute la patrie avec son dragon, mais laisse-moi allumer la lumière, scorpion de mes nuits, Manuela Sanchez de ma hernie, fille de putain, cria-t-il, croyant que la lumière le libérerait de l'envoûtement, sortez-la, criait-il, débarrassez-m'en, précipitez-la du haut des falaises avec une ancre autour du cou pour que personne ne souffre plus de l'éclat de sa rose, il s'égosillait d'effroi dans les couloirs, il barbotait dans les galettes de bouse de l'obscurité, s'interrogeant ahuri que se passe-t-il il va être huit heures du matin et tout le monde dort dans cette maison de coquins, debout, cocus, criait-il, on alluma les lumières, on sonna la diane à trois heures, la citadelle du port, la garnison de San Jeronimo, les casernes du pays la répétèrent, il y eut un fracas d'armes affolées, de roses qui s'ouvraient alors qu'il manquait encore deux heures pour le serein, de concubines somnambules qui secouaient des tapis sous les étoiles, découvraient les cages des oiseaux endormis et remplaçaient par des fleurs de la veille au soir les fleurs de cette nuit blanche dans les vases, une équipe de maçons élevait des murs d'urgence et désorientait les tournesols en collant des soleils de papier doré sur les vitres des fenêtres pour qu'on ne vît pas que c'était encore la nuit dans le ciel et dimanche 25 dans la maison et avril sur la mer, une meute effrontée de blanchisseurs chinois jetait hors de leurs lits les derniers dormeurs pour emporter les draps, des aveugles vaticinateurs annonçaient l'amour là où il n'était pas, des fonctionnaires vicieux découvraient des poules en train de pondre leurs œufs du lundi alors que ceux de la veille étaient encore dans les tiroirs des archives, des foules abasourdies se bousculaient et des chiens se battaient dans les conseils ministériels convoqués en hâte pendant que lui se frayait un passage que le jour soudain rendait scintillant parmi les flatteurs sans vergogne qui le proclamaient pulvérisateur de l'aube, commandant du temps et dépositaire de la lumière, jusqu'au moment où un officier du haut commandement osa l'arrêter dans le vestibule et se planta au garde-à-vous avec la nouvelle mon général il est à peine deux heures cinq, une autre voix, trois heures cinq du matin mon général, mais il lui cingla le visage d'un revers de main féroce et hurla de toute sa poitrine effrayée pour que la terre entière l'entendît, il est huit heures, nom d'un bordel, huit heures, je vous dis, c'est un ordre de Dieu. Bendicion Alvarado lui demanda en le voyant entrer dans la résidence des faubourgs d'où viens-tu avec une tête pareille on dirait qu'une tarentule t'a piqué, que fais-tu avec cette main sur le cœur, lui dit-elle, mais il s'effondra dans la bergère d'osier sans lui répondre, changea sa main de place, il l'avait à nouveau oubliée quand sa mère le mit en joue avec son pinceau à loriots et lui demanda étonnée s'il se prenait vraiment pour le Sacré-Cœur avec ces yeux langoureux et cette main sur la poitrine, il la cacha troublé, merde maman, il claqua la porte et s'en alla ou plutôt se mit à tourner en rond dans la maison les mains dans les poches pour qu'elles n'aillent pas de leur propre chef se placer là où il ne fallait pas, contempla la pluie par la fenêtre, vit l'eau glisser sur les étoiles d'enveloppes à biscuits et les lunes de papier d'argent qu'on avait collées sur les vitres pour faire croire qu'il était huit heures du soir à trois heures de l'après-midi, vit les soldats de la garde transis de froid dans la cour, vit la mer triste, la pluie de Manuela Sanchez dans ta ville sans elle, le terrible salon vide, les chaises renversées sur les tables, la solitude irrémédiable des premières ombres d'un autre samedi éphémère, d'une autre nuit sans elle, merde alors, si on pouvait m'enlever cette ivresse qui est ce qui me fait le plus souffrir, soupira-t-il, il eut honte de son état, passa en revue les endroits de son corps où poser sa main errante à l'exception du cœur et finit par la poser sur la hernie calmée par la pluie, elle était inchangée, elle avait la même forme, le même poids, elle le lancinait tout autant, c'était encore plus atroce que d'avoir son propre cœur à vif dans la paume de sa main, et il comprit alors ce que tant de gens d'autres époques lui avaient dit le cœur c'est notre troisième roupette mon général, merde alors, il s'éloigna de la fenêtre, fit les cent pas dans la salle des audiences avec l'angoisse sans solution d'un président immortel qui s'est planté dans l'âme une arête de poisson, il se retrouva dans la salle du conseil des ministres en train d'entendre comme toujours sans comprendre, sans écouter, en train de subir un rapport soporifique sur la situation fiscale, quand soudain quelque chose se produisit, le ministre des Finances s'interrompit, les autres le regardaient lui par les lézardes d'une carapace fendillée par la douleur, il se vit désarmé et seul au bout de la table de noyer le visage tremblant d'avoir été surpris au grand jour la main sur la poitrine dans son piteux état de président à vie, sa vie se brûla aux braises glaciales des yeux d'orfèvre de mon compère le ministre de la Santé, des yeux minutieux qui semblaient l'examiner intérieurement tandis que mon compère faisait tourner la léontine de sa montre-gousset en or, attention, dit quelqu'un, ce doit être une attaque, mais lui avait déjà posé sur la table de noyer sa main de sirène durcie par la rage, ses couleurs étaient revenues, il cracha en paroles une rafale mortelle d'autorité, vous auriez voulu que ce soit une attaque, salopards, poursuivons, ils poursuivirent, mais ils parlaient sans s'écouter pensant qu'une chose grave devait le tenailler pour que sa rage fût si grande, on le chuchota, le bruit courut, on le montrait du doigt, regardez que lui est-il arrivé pour qu'il se tienne ainsi le cœur, ses coutures ont craqué, murmurait-on, la rumeur se répandit qu'il avait fait appeler d'urgence le ministre de la Santé et que celui-ci l'avait trouvé le bras droit posé comme une patte d'agneau sur la table de noyer et ordonnant coupez-moi ça compère, humilié par sa triste situation de président en larmes, mais le ministre lui avait répondu mon général cet ordre je ne l'exécuterai pas devrait-on me fusiller, avait-il dit, c'est une question de justice, général, je vaux moins cher que votre bras. Cette version et beaucoup d'autres sur son état circulaient chaque jour plus affirmatives tandis qu'il mesurait dans les étables le lait pour les casernes en voyant s'élever dans le ciel le mardi des Cendres de Manuela Sanchez, chassait les lépreux des rosiers pour qu'ils n'empestent plus les roses de ta rose, Manuela, cherchait les recoins solitaires pour chanter en cachette ta première valse de reine, afin que tu ne m'oublies pas, chantait-il, et que tu sentes que tu meurs si tu m'oublies, chantait-il, il s'enfonçait dans la lie des chambres des concubines essayant de trouver un baume à son tourment, et pour la première fois dans sa longue vie d'amant fugace ses instincts se débridaient, il s'attardait en fantaisies, il arrachait soupir sur soupir aux femmes les plus lésineuses, lesquelles riaient d'étonnement dans les ténèbres vous n'avez pas honte général, à votre âge, mais lui ne savait que trop que cette volonté de résister était une illusion qu'il s'offrait pour tuer le temps, que chaque foulée de sa solitude, chaque obstacle de sa respiration le rapprochaient irrémédiablement de cette canicule de deux heures d'un certain après-midi inéluctable où il alla supplier pour l'amour de Dieu l'amour de Manuela Sanchez dans ton palais de fumier de ton royaume féroce de ton quartier des batailles de chiens, il s'y rendit en civil, sans escorte, dans un taxi qui s'échappa en pétaradant à travers les vapeurs d'essence de la ville prostrée dans la léthargie de la sieste, esquiva le fracas asiatique des méandres du commerce, vit la mer immense de Manuela Sanchez de mon malheur avec un pélican solitaire à l'horizon, vit les tramways déglingués qui vont jusque chez toi et ordonna leur remplacement par des tramways jaunes à vitres teintées avec un trône de velours pour Manuela Sanchez, vit les plages désertes de tes dimanches au bord de la mer et ordonna l'installation de cabines pour se déshabiller et se rhabiller, et d'un drapeau d'une couleur différente selon les humeurs du temps, et d'un barbelé sur une plage réservée à Manuela Sanchez, vit les villas avec des terrasses de marbre et les prés songeurs des quatorze familles enrichies par ses faveurs, vit une villa plus grande avec des jets d'eau tournoyants et des vitraux aux balcons où je veux te voir vivre pour moi seul, et on l'expropria en la prenant d'assaut, en décidant du sort des gens tandis qu'il rêvait lui les yeux ouverts sur le siège arrière de la voiture aux lattes branlantes, jusqu'au moment où cessa la brise marine et où la ville cessa, où par les interstices des portières s'insinua le vacarme démoniaque de ton quartier des batailles de chiens dans lequel il se vit sans y croire pensant madre mía Bendicion Alvarado regarde où je suis sans toi, aide-moi, mais personne ne reconnut dans le tumulte les yeux désolés, les lèvres débiles, la main langoureuse plaquée sur le cœur, la voix endormie du bisaïeul qui dans son costume de lin blanc, sous son chapeau de contremaître, se penchait à travers les vitres brisées pour savoir où habitait Manuela Sanchez de ma honte, la reine des pauvres, madame, celle qui a une rose à la main, se demandant effrayé où tu pouvais vivre parmi cette sauvagerie de nœuds d'échines hérissées de regards diaboliques, de crocs sanglants dans une traînée de hurlements fugitifs avec la queue entre les pattes, carnage de chiens qui se déchiraient à coups de dents au milieu des bourbiers, où s'abrite-t-elle l'odeur de réglisse de ton haleine dans ce tonnerre perpétuel de haut-parleurs où la fille de pute c'est toi supplice de mon cœur avec ces poivrots vidés à coups de botte dans le cul de l'abattoir des bouis-bouis, où seras-tu allée te perdre dans cette nouba sans fin du maranguango et de la burundanga, les philtres pour retenir l'homme, et du gordolobo [1] et de la marihuana, et de la terrible saucisse avec son trou de bite, et du centavo noir de la putain qu'on veut ensuite ouvrir en rab dans le délire ininterrompu du paradis mythique d'Adam le Noir [2] et de Juancito Trucupey [3], nom d'un bordel, où est ta maison dans cette mêlée de murs écaillés d'un jaune potiron avec des plinthes violettes de balandran d'évêque des

1. Nom populaire du rhum blanc, à Barranquilla. *(N.d.T.)*

2. Personnage des quartiers noirs de Barranquilla, célèbre pour ses histoires et ses exploits sexuels. *(N.d.T.)*

3. Héros d'une guaracha cubaine. *(N.d.T.)*

fenêtres vert perruche des cloisons couleur boules de bleu à lessive des colonnes roses comme la rose que tient ta main, quelle heure sera-t-il pour toi si ces peigne-culs ignorent mes ordres qui veulent qu'il soit maintenant trois heures de l'après-midi et non huit heures du soir, du soir d'hier comme cela semble le cas dans cet enfer, laquelle es-tu parmi ces femmes qui dodelinent de la tête dans les pièces vides en se ventilant avec leurs jupes, jambes écartées dans les fauteuils, respirant de chaleur par l'entrecuisse tandis qu'il demandait par les ouvertures de la portière où habite Manuela Sanchez de ma rage, celle qui a une robe d'écume scintillante de diamants et un diadème en or massif qu'il lui avait offert pour le premier anniversaire de son couronnement, je la connais, monsieur, dit quelqu'un dans le brouhaha, une gros-lolos fessue qui se prend pour la maman de la femelle-gorille, c'est ici qu'elle habite, monsieur, ici, dans une maison comme toutes les autres, criarde à souhait, avec l'empreinte fraîche d'un passant qui avait glissé sur la mélasse d'une crotte de chien au beau milieu des mosaïques du galandage, une maison de pauvrette si différente de Manuela Sanchez sur la bergère des vice-rois qu'on imaginait mal que ce fût la sienne, mais c'était bien la sienne, madre mía Bendicion Alvarado de mes entrailles, donne-moi la force d'entrer, maman, car c'était bien la sienne, il avait fait dix fois le tour du quartier pour reprendre haleine, il avait frappé à la porte trois coups qui parurent trois suppliques de ses jointures, il avait attendu dans l'ombre brûlante de la pergola sans savoir si l'air fétide qu'il respirait était vicié par la réverbération solaire ou l'anxiété, il attendit sans même penser à son propre état jusqu'au moment où la mère de Manuela Sanchez le fit entrer dans la pénombre fraîche au relent de poisson frit de la grande salle presque nue d'une maison endormie, plus vaste intérieurement qu'extérieurement, il examina le cadre de sa frustration assis sur un tabouret de cuir tandis que la mère de Manuela Sanchez réveillait celle-ci de sa sieste, il vit les murs lézardés avec leurs ruissellements de pluies anciennes, un sofa défoncé, deux autres tabourets à fond de cuir, un piano sans cordes dans un coin, c'est tout, merde alors, souffrir autant pour cette cloche, soupirait-il lorsque la mère de Manuela Sanchez revint avec une corbeille à ouvrage et s'assit pour faire de la dentelle, entre-temps Manuela Sanchez s'habillait, se coiffait, enfilait ses plus beaux souliers pour accueillir avec la dignité de circonstance le vieillard inattendu qui se demandait perplexe où es-tu Manuela Sanchez de mon malheur car je viens te chercher et ne te trouve pas dans cette maison de mendigots, où est ton odeur de réglisse dans ce relent de frichti froid, où est ta rose, où est ton amour, sors-moi de ce cachot de doutes immondes, soupirait-il, quand il la vit paraître dans l'encadrement de la porte telle une image de rêve reflétée dans le miroir d'un autre rêve avec sa robe d'étamine à quatre sous le yard, ses cheveux relevés à la hâte avec un peigne, ses souliers fendillés, pourtant c'était la femme la plus belle et la plus altière de la planète avec sa rose allumée à la main, une vision si éblouissante qu'il retrouva à peine ses esprits pour s'incliner quand elle le salua tête haute Dieu protège votre excellence, elle prit place devant lui sur le sofa, là où ses effluves de vieillard fétide ne l'atteignaient pas, et alors j'ai osé le regarder en face pour la première fois en faisant tourner entre deux doigts la braise de ma rose pour qu'il ne remarque pas mon effroi, j'ai scruté sans pitié ses lèvres de chauve-souris, ses yeux muets qui semblaient me lorgner du fond d'un étang, sa peau sans poils, une peau de mottes de terre battues avec de l'huile de fiel qui devenait plus tendue et plus épaisse à la main droite celle qui épuisée sur son genou portait la bague avec le sceau présidentiel, son costume de lin étriqué comme s'il était vide, ses énormes souliers de cadavre, sa pensée invisible, son pouvoir secret, le vieillard le plus vieux du monde, le plus redoutable, le plus détesté et le moins plaint de la patrie qui s'éventait avec son chapeau de contremaître en me contemplant en silence de son autre rive, mon dieu, quel homme lugubre, ai-je pensé effrayée, elle demanda froidement en quoi puis-je être utile à votre excellence, et il répondit d'un air solennel je viens seulement vous demander une faveur, majesté, celle de me recevoir. Il lui rendit visite fidèlement durant des mois, tous les jours, aux heures mortes de la chaleur, celles où il se rendait d'ordinaire chez sa mère, pour que les services de sécurité le crussent dans la résidence des faubourgs, lui seul ignorait ce que tout le monde savait à savoir que les tireurs d'élite du général Rodrigo de Aguilar le protégeaient tapis sur les terrasses, ils emberlificotaient la circulation, vidaient à coups de crosses les rues qu'il devait emprunter, les interdisaient pour qu'elles parussent désertes de deux heures à cinq heures avec l'ordre d'abattre toute personne qui tenterait de se montrer à un balcon, mais les moins curieux s'arrangeaient pour guetter le passage fugitif de la limousine présidentielle maquillée en taxi avec le vieillard caniculaire dissimulé en civil dans son innocent costume de lin, ils voyaient sa pâleur d'orphelin, son visage creusé d'avoir vu se lever tant et tant de jours, d'avoir pleuré en cachette, ce visage maintenant indifférent à l'effet que produisait sa main sur la poitrine, ils voyaient l'animal taciturne, antédiluvien qui laissait une traînée d'illusions regardez-le son cœur n'en peut plus dans l'air des rues interdites vitrifié par la chaleur, et on jasa tant et si fort sur ses maladies étranges qu'on finit par se trouver nez à nez avec la vérité il n'était pas au domicile maternel mais dans la pénombre du havre secret de Manuela Sanchez sous la surveillance implacable de la mère qui tricotait sans respirer, car c'était pour elle qu'il achetait les machines ingénieuses qui attristaient si fort Bendicion Alvarado, il essayait de la séduire avec le mystère des aiguilles aimantées, les tempêtes de neige de janvier prisonnier des presse-papiers de quartz, les instruments des astronomes et des pharmaciens, les pyrographes, les manomètres, les métronomes et les gyroscopes qu'il continuait d'acheter à qui voulait bien les lui vendre malgré l'opinion de sa mère, malgré sa propre avarice forcenée, et pour le seul plaisir de jouer avec eux près de Manuela Sanchez, il lui collait à l'oreille la conque patriotique qui ne recelait pas en son fond le bruit de la mer mais les marches militaires exaltant son régime, il approchait des thermomètres la flamme de l'allumette pour que tu voies monter et descendre le mercure opprimant de ce que je pense en mon for intérieur, il contemplait Manuela Sanchez sans rien lui demander, sans lui exprimer ses intentions, mais il l'accablait en silence avec ces cadeaux démentiels pour essayer de lui dire par leur truchement ce qu'il était incapable d'exprimer, lui qui ne savait manifester ses désirs les plus intimes que par les symboles visibles de son pouvoir démesuré, comme le jour de l'anniversaire de Manuela Sanchez où il lui avait demandé d'ouvrir la fenêtre, ce qu'elle avait fait, et je suis restée figée d'effroi quand j'ai vu comment ils avaient transformé mon pauvre quartier des batailles de chiens, j'ai vu les maisons de bois blanches avec leurs fenêtres à moustiquaires et leurs terrasses de fleurs, les prés bleus avec leurs jets d'eau tournoyants, les paons, le vent d'insecticide glacial, une réplique infâme des anciennes résidences des officiers d'occupation qu'on avait calquées sans bruit à la faveur de la nuit, on avait égorgé les chiens, on avait chassé de leurs maisons les vieux locataires qui n'avaient pas le droit d'être les voisins d'une reine et on les avait envoyés pourrir sur un autre fumier, on avait ainsi construit durant tant de nuits furtives le nouveau quartier de Manuela Sanchez pour que tu le voies de ta fenêtre le jour de ta fête, je te l'offre, ma reine, pour que tu aies beaucoup d'années de bonheur, pour voir si cet étalage du pouvoir réussira à modifier ton attitude courtoise mais inflexible de pas si près, excellence, maman nous surveille elle tient le gong de ma vertu, et lui étouffait dans ses désirs, il rongeait sa rage, avalait à petites gorgées de vieux pépé le jus frais et charitable de corossol qu'elle lui préparait pour apaiser l'assoiffé, il supportait l'élancement de la glace sur la tempe pour qu'on ne découvrît pas les tares de l'âge, pour que tu ne m'aimes pas par pitié après qu'il aurait épuisé toutes les ressources pour être aimé d'amour, elle le laissait si seul quand je suis avec toi que je n'ai même plus le courage d'être ici, mourant d'envie de l'effleurer fût-ce uniquement de son haleine avant que l'archange grand comme un homme ne volât dans la maison en sonnant l'heure de ma mort, il buvait une dernière gorgée de visite en rangeant les jouets dans leurs cartons d'origine il ne s'agit pas que la vrillette de mer te les grignote, rien qu'une minute, ma reine, il se levait jusqu'au lendemain, toute une vie, quelle chiotte, il lui restait à peine un instant pour adresser un dernier regard à la jeune fille insaisissable qui au passage de l'ange était restée immobile sa rose morte sur la poitrine tandis qu'il s'en allait, il s'esquivait parmi les premières ombres en essayant de cacher une honte que tout le monde commentait dans la rue et qu'une chanson anonyme connue du pays entier mais non de son protagoniste divulguait, même les perroquets la chantaient dans les cours écartez-vous bonnes femmes voici le général qui pleure comme une madeleine la main sur le cœur, regardez-le il n'en peut mais de son pouvoir, il gouverne endormi, et avec ça sa blessure qui ne se referme pas, cette rengaine les perroquets sauvages l'avaient apprise des perroquets captifs, les perruches et les geais l'apprirent, ils l'emportèrent en bandes au-delà des frontières de son immense royaume d'ennui, et sous tous les cieux de la patrie on entendit au soir tombant cette voix unanime des foules fugitives qui chantaient voilà le général de mes amours qui par la bouche fait caca et par la poupe fait des lois, une chanson sans fin à laquelle chacun, perroquets compris, ajoutait des strophes pour brocarder les services de la Sûreté qui essayaient de la capturer, les soldats sur le pied de guerre patrouillaient, arrachaient des lattes aux patios et fusillaient sur leurs perchoirs les perroquets subversifs, ils jetaient aux chiens des poignées de perruches vivantes, proclamaient l'état de siège pour essayer d'extirper la chanson ennemie, pour que personne ne découvrît ce que tout le monde savait qu'il se glissait comme un fuyard au soir tombant par les portes de service de la présidence, traversait les cuisines et disparaissait dans la fumée des bouses des chambres privées jusqu'au lendemain quatre heures, ma reine, jusqu'à tous les jours à la même heure où il arrivait chez Manuela Sanchez tellement chargé de cadeaux bizarres qu'on avait dû réquisitionner les maisons voisines et abattre des murs mitoyens pour pouvoir les entreposer, la grande salle nue elle-même était devenue un hangar immense et sombre qui abritait une multitude d'horloges de toutes les époques, des phonos de toutes sortes depuis le premier gramophone à cylindre jusqu'à ceux munis de diaphragmes à miroir, une infinité de machines à coudre à manivelle à pédale à moteur, il y avait des chambres entières pleines à craquer de galvanomètres, de pharmacies homéopathiques, de boîtes à musique, d'appareils à illusions, de collections de papillons, d'herbiers asiatiques, de laboratoires de physiothérapie et d'éducation corporelle, d'instruments d'astronomie, d'orthopédie et de sciences naturelles, et tout un monde de poupées avec des mécanismes secrets imitant les hommes, des chambres condamnées où personne n'entrait jamais même pour balayer car les choses y étaient restées telles qu'on les avait posées à leur arrivée, personne ne voulait en entendre parler et Manuela Sanchez moins que personne elle qui ne voulait rien savoir de l'existence depuis ce samedi noir où on m'a élue reine pour mon malheur, cet après-midi-là le monde a pris fin pour moi, ses anciens prétendants étaient morts l'un après l'autre foudroyés par des collapsus impunis et des maladies invraisemblables, ses amies disparaissaient sans laisser de trace, on l'avait transportée avec sa maison dans un quartier de gens inconnus, elle y était seule, surveillée dans ses intentions les plus bénignes, prisonnière d'un piège du destin dans lequel elle n'avait pas le courage de dire non n'ayant pas non plus le courage de dire oui à ce prétendant abominable qui la guettait avec son amour de vieillard bon pour l'asile, qui la contemplait avec une sorte de stupeur révérencielle en s'éventant avec son chapeau blanc, trempé de sueur, si loin de lui-même qu'elle s'était demandé me voit-il vraiment ou n'est-ce qu'une vision d'effroi, elle l'avait vu chanceler en pleine lumière, elle l'avait vu mâcher les jus de fruits, elle l'avait vu tomber de sommeil le verre à la main sur la bergère d'osier à l'heure où le bourdonnement de cuivre des cigales rendait plus dense la pénombre de la salle, elle l'avait vu ronfler, ho ho excellence, lui disait-elle, il se réveillait en sursaut en murmurant non non, ma reine, je ne dormais pas, je fermais seulement les yeux, sans réaliser qu'elle lui avait retiré son verre pour qu'il ne tombât pas pendant qu'il dormait, elle l'avait distrait par des astuces subtiles jusqu'à cette soirée incroyable où il était arrivé en suffoquant sous la nouvelle aujourd'hui je t'apporte le plus beau cadeau de l'univers, une merveille céleste qui passera cette nuit à onze heures zéro six pour que tu la voies, ma reine, uniquement pour que tu la voies, et c'était la comète. Ce fut une de nos grandes dates de désillusion, car depuis longtemps un bruit courait parmi tant d'autres selon lequel l'horaire de sa vie n'obéissait plus aux normes du temps des hommes mais aux cycles de la comète, qu'il était né pour la voir une fois mais pas deux malgré les prédictions arrogantes de ses adulateurs, aussi avions-nous attendu comme on attend la date de sa naissance cette nuit séculaire de novembre où on prépara les musiques d'allégresse, les cloches de joie, les pétards de fête qui pour la première fois en un siècle n'éclateraient pas pour exalter sa gloire mais pour attendre les onze coups de métal qui devaient signaler le terme de sa vie, pour célébrer un événement providentiel qu'il attendit sur la terrasse de la maison de Manuela Sanchez, assis entre elle et sa mère, respirant avec force pour qu'on ne remarquât pas l'embarras de son cœur sous un ciel transi par les mauvais présages, aspirant pour la première fois l'haleine nocturne de Manuela Sanchez, l'intensité de son intempérie, son plein air, il surprit à l'horizon les tambours imprécatoires qui s'avançaient à la rencontre du désastre, il entendit des lamentations lointaines, les rumeurs de boue volcanique des foules qui se prosternaient de terreur devant une créature étrangère à son pouvoir et qui avait précédé et devait dépasser les années de son âge, il sentit le poids du temps, il souffrit durant un instant le malheur d'être mortel, et alors il la vit, c'est elle, dit-il, et c'était elle, car il la connaissait, il l'avait vue à son passage vers l'autre extrémité de l'univers, c'était la même , ma reine, plus vieille que le monde, la douloureuse méduse de lumière de la grandeur du ciel qui à chaque empan de sa trajectoire remontait un million d'années vers son origine, ils entendirent le cliquetis de franges de papier d'étain, ils virent son visage ravagé, ses yeux inondés de larmes, les marques de poisons glacés de sa chevelure ébouriffée par les vents de l'espace qui laissait sur le monde une traînée de poussière radieuse de décombres sidéraux, d'aubes retardées par des lunes de goudron et de cendres de cratères d'océans antérieurs aux origines du temps terrestre, regarde-la, ma reine, murmura-t-il, regarde-la bien, car nous ne la reverrons plus avant un siècle, et elle se signa terrorisée, plus belle que jamais sous l'éclat de phosphore de la comète, la tête enneigée par cette fine bruine de décombres astraux et de sédiments célestes, et c'est alors que l'événement se produisit, madre mía Bendicion Alvarado, c'est alors que Manuela Sanchez ayant vu dans le ciel l'abîme de l'éternité et essayant de s'agripper à la vie tendit la main dans le vide et ne rencontra pour tout appui que la main indésirable portant l'anneau présidentiel, la main de proie chaude et lisse cuisinée à petit feu sur la cendre chaude du pouvoir. Il y eut très peu de gens pour s'émouvoir du passage biblique de la méduse de clarté qui effraya les cerfs du ciel et fumigea la patrie d'une traînée de poussière radieuse de décombres sidéraux, car même les plus incrédules d'entre nous guettaient cette mort géante qui devait détruire les principes de la chrétienté et implanter les origines du troisième testament, nous attendîmes en vain jusqu'au petit jour, nous rentrâmes chez nous plus fatigués d'attendre que de n'avoir pas dormi dans les rues de fin de fête où les femmes de l'aube balayaient l'ordure céleste des résidus de la comète, et même alors nous ne nous résignâmes pas à croire que rien n'était arrivé, mais au contraire, que nous avions été victimes d'une nouvelle duperie historique, car les organes officiels proclamèrent que le passage de la comète était une victoire du régime sur les forces du mal, on profita de l'occasion pour démentir les rumeurs de maladies étranges de l'homme au pouvoir en exaltant les actes sans équivoque de sa vitalité, on rendit public un message solennel dans lequel il exprimait ma décision unique et souveraine d'être à mon poste au service de la patrie quand la comète repassera, mais par contre il entendit les musiques et les fusées comme des éléments étrangers à son régime, il entendit sans s'émouvoir la clameur de la foule concentrée sur la Place d'Armes avec de grandes banderoles gloire éternelle au bienfaiteur de la patrie qui doit vivre pour témoigner, il se moquait bien des obstacles du gouvernement, il déléguait ses pouvoirs à des fonctionnaires de troisième catégorie, le souvenir de la main de braise de Manuela Sanchez dans sa main le torturait, il rêvait de revivre cet instant de bonheur dût la nature renoncer à ses lois et l'univers se dégrader, il le désirait si fort qu'il finit par supplier ses astronomes d'inventer une comète de feu d'artifice, une étoile filante, un dragon d'étincelles, bref un engin sidéral suffisamment terrifiant pour provoquer un vertige d'éternité chez une jolie femme, mais la seule chose qu'ils purent trouver dans leurs calculs fut une éclipse totale de soleil le mercredi de la semaine suivante à quatre heures de l'après-midi mon général, il accepta, d'accord, et ce fut en plein jour une nuit si véridique que les étoiles brillèrent, les fleurs se fanèrent, les poules sautèrent sur leurs perchoirs, et les animaux au plus sûr instinct prémonitoire en restèrent saisis, tandis qu'il aspirait lui l'haleine crépusculaire de Manuela Sanchez qui se transformait en haleine nocturne à mesure que la rose languissait dans sa main abusée par les ombres, regarde, ma reine, lui dit-il, c'est ton éclipse, mais Manuela Sanchez ne répondit pas, elle ne lui toucha pas la main, elle ne respirait pas, elle semblait si irréelle qu'il ne put résister au désir et étendit la main dans l'obscurité pour toucher la sienne, mais il ne la trouva pas, il la chercha avec le bout des doigts à l'endroit où son odeur s'était élevée, mais il ne la trouva pas non plus, il continua de la chercher à deux mains dans l'énorme maison, nageant avec ses yeux ouverts de somnambule dans les ténèbres, se demandant douloureusement où es-tu Manuela Sanchez de mon malheur je te cherche et ne te trouve pas dans la nuit infortunée de ton éclipse, où est ta main inclémente, où est ta rose, il nageait comme un scaphandrier égaré dans un étang aux eaux invisibles avec des pièces où flottaient les langoustes préhistoriques des galvanomètres, les crabes des horloges musicales, les homards de tes machines pour métiers illusoires, mais par contre il ne trouvait pas ton haleine de réglisse, et à mesure que les ombres de cette nuit éphémère se dissipaient la lumière de la vérité s'allumait dans son âme, il se sentit plus vieux que Dieu dans la pénombre de cette aube de six heures du soir dans la maison déserte, il se sentit plus triste, plus seul que jamais dans la solitude éternelle de ce monde sans toi, ma reine, perdue à jamais dans l'énigme de l'éclipse, à jamais vraiment, car jamais par la suite durant les très longues années de son pouvoir il ne retrouva Manuela Sanchez de ma perdition dans le labyrinthe de sa maison, elle s'était éclipsée avec l'éclipse mon général, on la vit, lui dit-on, dans un bal populaire de Porto-Rico, là où ils ont bousillé Elena mon général, mais ce n'était pas elle, on la vit faire la foire avec ceux qui veillèrent Papa Montero, *zumba, canalla y rumbero* [1], mais ce n'était pas elle, on la vit danser le tiquiquitaque à Barlovento sur l'air de la mine, et la cumbiamba à Aracataca, et le tam-

1. Célèbre poème du poète cubain Nicolas Guillén. *(N.d.T.)*

borito à Panama sur l'air du joli vent, mais ce n'était pas elle non plus, mon général, elle est allée au diable, et s'il ne s'abandonna pas au caprice de la mort ce ne fut pas que la rage lui manqua pour mourir mais parce qu'il se savait irrémédiablement condamné à ne pas mourir d'amour, il le savait depuis un soir des débuts de son empire où il avait consulté une pythonisse afin qu'elle lui lût dans les eaux d'une écuelle les clefs du destin qui n'étaient pas écrites dans la paume de sa main, ni dans les cartes, ni dans le marc de café, ni dans quoi que ce fût, rien que dans ce miroir d'eaux prémonitoires où il se vit lui-même mort de sa belle mort pendant son sommeil dans le bureau voisin de la salle des audiences, couché à plat ventre sur le sol tel qu'il avait dormi toutes les nuits de sa vie depuis sa naissance, dans son uniforme de toile sans insignes, avec ses guêtres et son éperon d'or, le bras droit replié sous la tête en guise d'oreiller, à un âge indéterminé, entre cent sept et deux cent trente-deux ans.

III

On le découvrit dans cette position à la veille de son automne, quand le cadavre était en réalité celui de Patricio Aragonès, et on le redécouvrit dans la même position bien des années plus tard à une époque si pleine d'incertitudes que personne ne pouvait identifier comme vraiment sien ce corps sénile rongé par les charognards et couvert de parasites du fond de la mer. Dans la main transformée en boudin noir par la putréfaction il ne restait aucun indice permettant d'affirmer qu'elle était celle qui s'était posée un jour sur un cœur meurtri par le dédain d'une improbable jeune fille des temps du bruit, et nous n'avions pas non plus retrouvé le moindre élément de vie sur lequel établir sans erreur son identité. Bien entendu, nous n'en fûmes pas surpris puisque même au temps de son apogée les raisons de douter de son existence n'avaient pas manqué, ses propres sicaires n'ayant sur son âge aucun renseignement précis en cette époque de confusion où il semblait avoir quatre-vingts ans dans les tombolas de bienfaisance, soixante ans dans les audiences civiles et moins de quarante ans dans les fêtes publiques. L'ambassadeur Palmerston, l'un des derniers diplomates à lui avoir présenté des lettres de créance, racontait dans ses mémoires interdits qu'il était impossible de concevoir une vieillesse aussi avancée que la sienne ni un état de désordre et d'abandon plus grand que celui de cette présidence où il avait dû se frayer un passage entre un dépotoir de papiers déchirés, des cacas d'animaux et des restes de pâtées de chiens endormis dans les couloirs, personne ne me renseigna dans les recettes et les bureaux et il me fallut recourir aux lépreux et aux paralytiques qui avaient envahi les premières chambres privées et qui m'indiquèrent le chemin de la salle des audiences où les poules picoraient les blés illusoires des tapisseries et où une vache déchiquetait pour le manger le portrait d'un archevêque, je le vis et compris sur-le-champ qu'il était sourd comme un pot non seulement parce que je l'interrogeais sur une chose et qu'il me répondait sur une autre mais aussi parce qu'il se plaignait que les oiseaux ne chantassent pas alors qu'il était presque impossible de respirer dans cette cacophonie de forêt au petit matin, puis il interrompit soudain la cérémonie des lettres de créance le regard lucide et la main en cornet derrière l'oreille pour me montrer par la fenêtre la plaine de poussière où la mer avait séjourné en me disant d'une voix à réveiller les morts écoutez ce galop de mulets, écoutez mon cher Stetson, c'est la mer qui revient. Il était difficile d'admettre que ce vieillard irréparable fût l'homme messianique qui au début de son régime apparaissait dans les villages à l'heure la plus inattendue avec pour toute escorte un paysan aux pieds nus armé d'une machette de coupeur de canne et une petite suite de députés et de sénateurs qu'il désignait lui-même du doigt selon les humeurs de sa digestion, il se renseignait sur le rendement des récoltes, la santé des animaux et la conduite des gens, s'asseyait dans un rocking-chair de lianes à l'ombre des manguiers de la place en s'éventant avec son chapeau de contremaître, et bien qu'il parût somnoler sous la chaleur il ne laissait de côté aucun détail dans la conversation qu'il entretenait avec les hommes et les femmes qu'il avait convoqués autour de lui les appelant par leurs noms et leurs prénoms comme s'il avait eu dans la tête tout l'état civil et un registre des chiffres et des problèmes de la nation entière, c'est ainsi que sans ouvrir les yeux il m'a appelée, viens ici Jacinta Moralès, il m'a dit, raconte-moi un peu ce qu'est devenu ce garçon que lui-même l'année dernière avait saisi par le menton pour lui faire avaler un flacon d'huile de ricin, et toi, Juan Prieto, il m'a dit, comment va ton taureau inséminateur que lui-même avait soigné à coups de formules magiques pour faire tomber les vers de ses oreilles, et toi, Mathilde Peralta, voyons un peu, que me donnes-tu si je te rends ton coureur de mari, tiens je te le ramène, traîné par le collet au bout d'une corde et prévenu par moi que la prochaine fois qu'il essaie d'abandonner sa légitime je l'envoie pourrir dans une cangue chinoise, et toujours avec ce sens politique du moment présent il avait ordonné à un tueur des abattoirs de couper publiquement les mains à un trésorier prodigue, et il arrachait les tomates d'un jardin privé et les mangeait avec des airs de connaisseur en présence de ses agronomes en disant il manque à cette terre beaucoup de crottin d'âne entier, qu'on en distribue aux frais du gouvernement, ordonnait-il, et il interrompait le défilé civique pour me crier mort de rire par la fenêtre holà Lorenza Lopez que devient cette machine à coudre qu'il m'avait offerte vingt ans plus tôt, et moi je répondais elle a rendu l'âme, mon général, figurez-vous que les choses et les gens nous ne sommes pas faits pour durer éternellement, mais il répliquait si si le monde est éternel, et il s'était mis à démonter la machine avec un tournevis et une burette indifférent au cortège officiel qui l'attendait au beau milieu de la rue, parfois on notait le désespoir dans son halètement de taureau et il se barbouillait d'huile jusqu'aux yeux, mais au bout d'un peu moins de trois heures la machine à coudre se remettait à fonctionner comme une machine neuve, tant il est vrai qu'à cette époque il n'y avait pas une contrariété de la vie quotidienne, même insignifiante, qui n'eût pour lui autant d'importance que la plus grave affaire d'Etat, et il croyait de bon cœur possible de répartir le bonheur et de soudoyer la mort avec des feintes de soldat. Il était difficile d'admettre que ce vieillard irréparable fût le résidu d'un homme dont le pouvoir avait été si grand qu'un jour il avait demandé quelle heure est-il? l'heure que vous voudrez mon général lui avait-on répondu, et c'était vrai, car non seulement il modifiait les moments du jour pour la bonne marche de ses affaires mais il rectifiait aussi les dates des fêtes d'obligation afin de pouvoir parcourir le pays de foire en foire accompagné par l'ombre de l'Indien aux pieds nus quelques sénateurs lugubres et des cageots de coqs splendides qu'il opposait aux coqs les plus farouches de l'endroit, lui-même fixait les paris, il faisait trembler de rire les assises du gallodrome car nous nous sentions tous obligés de nous fendre la pipe quand il s'esclaffait comme une étrange grosse caisse qui couvrait les flonflons de la musique et les pétards, nous souffrions quand il se taisait, nous éclations en hourras de soulagement quand ses coqs foudroyaient les nôtres toujours si bien dressés pour perdre qu'aucun n'y faillit jamais, hormis cette ordure de coq de Dionisio Iguaran qui liquida le trouble-fête du pouvoir en une attaque si nette et si réussie qu'il fut le premier à traverser la piste pour serrer la main du vainqueur, tu ne manques pas de couilles, lui dit-il de bonne humeur, reconnaissant car quelqu'un lui faisait enfin la grâce d'une défaite sans importance, je donnerais cher pour avoir ce champion écarlate, lui dit-il, et Dionisio Iguaran lui répondit en tremblant il est à vous mon général et c'est pour moi beaucoup d'honneur, puis il rentra chez lui sous les applaudissements du peuple en liesse le chahut de la musique et des pétards montrant à tout le monde les six coqs de race qu'il lui avait offerts contre son coq rouge invaincu, pourtant le même soir il s'enferma dans sa chambre avala seul une pleine gourde de rhum et se pendit avec la corde de son hamac, le malheureux, non il n'était pas conscient de la kyrielle de tuiles domestiques que provoquèrent ses apparitions d'allégresse, ni de l'alignement de cadavres involontaires qu'il laissait sur son passage, ni de la condamnation définitive de ses partisans en disgrâce auxquels il donnait un nom erroné devant des sicaires empressés qui interprétaient l'erreur comme un signe délibéré de froideur, il parcourait tout le pays avec sa démarche étrange de tatou, sa traînée de sueur sauvage, sa barbe antédiluvienne, il apparaissait sans s'annoncer dans les cuisines avec cet air de grand-père inutile qui faisait trembler d'effroi les gens de la maison, il puisait de l'eau dans la jarre avec la louche à servir la soupe, il mangeait dans la marmite en attrapant les morceaux avec les doigts, trop jovial et trop sans manières, sans soupçonner que la maison porterait à jamais les stigmates de sa visite, son attitude n'était inspirée ni par le calcul politique ni par un besoin d'amour comme ce fut le cas en d'autres temps non c'était son comportement naturel quand le pouvoir n'était pas encore ce bourbier sans rives de la plénitude de son automne mais un torrent fiévreux que nous voyions jaillir de ses sources primaires, il suffisait qu'il montrât du doigt les arbres qui devaient donner des fruits les animaux qui devaient grandir les hommes qui devaient prospérer, il avait ordonné qu'on supprimât la pluie des endroits où elle gênait les récoltes et qu'on la fît tomber en terre sèche, ce qui s'était produit, monsieur, je l'ai vu de mes yeux vu, car sa légende avait commencé bien avant qu'il se crût lui-même l'unique maître de sa puissance, quand il était encore à la merci des présages et des interprètes de ses cauchemars et qu'il interrompait brusquement un voyage à peine commencé après avoir entendu chanter la pigua sur sa tête, modifiait la date d'une apparition en public parce que sa mère Bendicion Alvarado avait trouvé deux jaunes dans un œuf, liquidait l'escorte de sénateurs et de députés empressés qui l'accompagnaient partout et prononçaient à sa place les discours qu'il n'aurait jamais osé prononcer parce qu'il s'était vu dans la grande maison vide d'un mauvais rêve entouré d'hommes pâles en redingotes grises qui en souriant le transperçaient avec des couteaux de boucher, le traquaient avec une telle frénésie que partout où il regardait il découvrait une lame disposée pour le blesser à la tête et aux yeux, il s'était vu cerné comme un fauve par les assassins silencieux et souriants qui se disputaient le privilège de participer au sacrifice et de s'ébattre dans son sang, pourtant il n'éprouvait ni rage ni peur rien qu'un soulagement immense qui se faisait plus profond à mesure que sa vie s'en allait, il se sentait léger et pur, si bien qu'il souriait lui aussi tandis qu'ils le tuaient, il souriait pour eux et pour lui dans l'ambiance de la maison du cauchemar dont les murs de chaux vive se teignaient des éclaboussures de mon sang, jusqu'au moment où quelqu'un, un de ses fils en rêve lui tailladait l'aine par laquelle sortait mon dernier souffle, et alors il se cachait la tête dans sa couverture trempée de sang pour que ceux qui n'avaient pu le connaître vivant ne pussent le connaître mort et il s'effondrait secoué par les râles d'une agonie si véridique qu'il ne put réprimer l'envie de s'en ouvrir d'urgence à mon compère le ministre de la Santé lequel acheva de le consterner par cette révélation une telle mort est déjà arrivée une fois dans l'histoire des hommes mon général, et il lui lut l'épisode dans un des gros bouquins roussis du général Lautaro Muñoz, c'était absolument cela, maman, tant et si bien qu'au cours de la lecture il se souvint d'une chose qu'il avait oubliée en se réveillant, tandis qu'on le tuait toutes les fenêtres de la présidence s'étaient ouvertes brusquement sans aucun vent, il y avait en réalité autant de fenêtres que de blessures dans son rêve, vingt-trois, une coïncidence terrifiante qui vint s'ajouter la même semaine à une expédition de corsaires contre le sénat et la cour de justice devant l'indifférence complice des forces armées, ils ont déraciné l'auguste maison de nos grands hommes du passé et du balcon présidentiel on a vu les flammes monter très tard dans la nuit, mais lui ne broncha pas devant la nouvelle mon général ils n'ont même pas laissé les pierres des soubassements, il promit un châtiment exemplaire aux auteurs de l'attentat, lesquels se gardèrent bien de montrer le bout du nez, il nous promit de reconstruire une réplique exacte du panthéon des hommes illustres dont les décombres calcinés sont restés tels jusqu'à nos jours, il ne fit rien pour dissimuler le terrible exorcisme du mauvais rêve mais profita de l'occasion pour liquider l'appareil législatif et judiciaire de la vieille république, écrasa d'honneurs et de fortune les sénateurs les députés les magistrats dont il n'avait plus besoin désormais pour sauver la façade comme au début de son régime, il les exila dans des ambassades heureuses et lointaines ne gardant pour toute suite que l'ombre solitaire de l'Indien à la machette qui ne l'abandonnait jamais, goûtait sa nourriture et son eau, maintenait les distances, surveillait la porte tandis que lui restait chez moi alimentant la rumeur qu'il était mon amant secret alors qu'en réalité il me rendait visite deux fois par mois pour consulter les tarots durant ces nombreuses années où il se croyait encore mortel, avait la vertu du doute, savait se tromper et accordait plus de confiance aux cartes qu'à son instinct primitif, arrivait toujours aussi effrayé et vieux que la première fois où il s'était assis devant moi et sans dire un mot m'avait tendu ces mains aux paumes lisses et tendues comme un ventre de crapaud telles que je n'en avais jamais vu et ne devais jamais en revoir au cours de ma longue vie de liseuse de destins étrangers, il les avait posées en même temps sur la table comme deux suppliques muettes de condamné, il me parut alors si anxieux et désabusé que je fus moins impressionnée par ces paumes arides que par sa mélancolie sans soulagement, la débilité de ses lèvres, son pauvre cœur de vieillard rongé par l'incertitude et dont le destin non seulement nous échappait dans les lignes de ses mains mais dans toutes les sources de consultation dont nous disposions, car dès qu'il les coupait les cartes devenaient des puits troubles, le marc de café s'embrouillait au fond de la tasse où il avait bu, les clefs de tout ce qui avait quelque chose à voir avec son avenir, son bonheur et la réussite de ses actions s'évanouissaient pour devenir limpides dès qu'il s'agissait par contre du destin des gens qu'il fréquentait de près ou de loin, nous vîmes donc sa mère Bendicion Alvarado en train de peindre des oiseaux aux noms étrangers à un âge si avancé qu'elle pouvait à peine distinguer les couleurs à travers un air raréfié par une vapeur pestilentielle, pauvre maman, nous vîmes notre ville dévastée par un cyclone si terrible qu'il ne méritait pas son nom de femme, nous vîmes un homme masqué de vert avec une épée à la main et alors il demanda le cœur serré en quel endroit du monde se trouve-t-il, et les cartes lui répondirent qu'il était tous les mardis plus près de lui que les autres jours de la semaine, ah ah dit-il, et alors il demanda ses yeux de quelle couleur sont-ils, et les cartes lui répondirent qu'il en avait un couleur jus de canne en transparence et l'autre dans les ténèbres, ah ah dit-il, et alors il demanda quelles sont les intentions de cet homme-là, et ce fut la dernière fois que je lui révélai jusqu'au bout la vérité des tarots car je lui répondis le masque vert est celui de la perfidie et de la trahison, ah ah dit-il, avec une emphase de victoire, je sais qui c'est, nom d'un bordel, et c'était le colonel Narciso Miraval, un de ses plus proches collaborateurs qui deux jours plus tard se tira un coup de pistolet dans une oreille sans la moindre explication, le malheureux, le destin de la patrie s'ordonnait donc ainsi et ainsi les prédictions des tarots devançaient-elles son histoire quand il entendit parler d'une voyante unique en son genre qui déchiffrait la mort dans les eaux sans équivoque des écuelles et il partit secrètement à sa recherche par des chemins muletiers sans autre témoin que l'ange à la machette, il la trouva dans la chaumière de la montagne désertique où elle vivait avec une arrière-petite-fille mère de trois enfants et prête à accoucher d'un quatrième hérité de son mari mort un mois plus tôt, il la découvrit infirme et à demi aveugle au fond d'une ténébreuse alcôve, mais quand elle lui demanda de poser les mains sur les eaux de l'écuelle celles-ci rayonnèrent d'une douce et limpide clarté intérieure, et il se vit c'était bien lui, allongé à plat ventre sur le sol, dans son uniforme de toile sans insignes, avec ses guêtres et son éperon d'or, et alors il demanda où suis-je étendu, et la femme examinant les eaux dormantes lui répondit dans une pièce de la grandeur de celle-ci avec quelque chose qui ressemble à une table de travail, un ventilateur électrique, une fenêtre donnant sur la mer et des murs blancs où sont accrochés des tableaux de chevaux et un drapeau avec un dragon, ah ah redit-il, car il avait sans doute reconnu le bureau contigu à la salle des audiences, et alors il demanda est-ce d'un mauvais coup ou d'une mauvaise maladie, et elle lui répondit non, ce doit être en dormant et sans douleur, ah ah dit-il, et alors il demanda en tremblant et c'est pour quand, et elle lui répondit dors sur tes deux oreilles car ce ne sera pas avant que tu aies mon âge, cent sept ans, mais pas non plus après les cent vingt-cinq ans qui suivront, ah ah dit-il, et alors il assassina la vieille dans son hamac afin que personne d'autre ne connût les circonstances de sa mort, il l'étrangla avec la lanière de son éperon d'or, sans douleur, sans un soupir, comme un maître bourreau, bien qu'elle fût le seul être de cette terre à qui il accorda l'honneur de périr de sa propre main dans la paix ou dans la guerre, la malheureuse. L'évocation de ses fastes d'infamie ne lui tortura plus la conscience durant les nuits de son automne, au contraire, elle lui servit de fable exemplaire au sujet de ce qu'il aurait dû être et n'était pas, en particulier quand Manuela Sanchez s'éclipsa avec l'éclipse et qu'il voulut revenir au bon temps de sa barbarie pour extirper la rage de cet affront qui lui chauffait les tripes, il s'étendait dans son hamac sous les grelots du vent des tamariniers pour penser à Manuela Sanchez avec une rancœur qui troublait son sommeil tandis que les armées de terre, de mer et de l'air la cherchaient sans relever la moindre piste jusque dans les confins vierges des déserts du salpêtre, où t'es-tu donc fourrée nom d'un bordel, se demandait-il, où penses-tu te planquer nom d'un bordel pour échapper à mon bras qui va t'apprendre qui est le maître ici, et les violences du cœur secouaient son chapeau posé sur sa poitrine, la colère le figeait sans qu'il prêtât l'oreille aux relances de sa mère qui essayait de savoir la vérité pourquoi ne parles-tu pas depuis le soir de l'éclipse, pourquoi ne regardes-tu qu'au-dedans de toi, mais lui ne répondait pas, elle est partie, merde maman, il traînait ses pattes d'orphelin en perdant son fiel, blessé dans son orgueil par l'amertume insurmontable ces conneries-là m'arrivent parce que je suis devenu une couille molle, je ne suis plus l'arbitre de mon destin comme autrefois, parce que je suis entré chez une salope avec la permission de sa maman et non comme il était entré dans l'hacienda fraîche et silencieuse de Francisca Linero quand c'était encore lui en personne et non Patricio Aragonès qui représentait le pouvoir en public, il était entré sans même agiter le heurtoir de la porte selon le bon plaisir de sa volonté alors que l'horloge sonnait onze heures, j'entendis l'éperon d'or depuis la terrasse du patio et je compris que ces pas de pilon si impérieux sur le carrelage ne pouvaient être que les siens, je le pressentis dans toute sa stature avant de le voir apparaître dans l'embrasure de la porte de la terrasse intérieure où le butor chantait onze heures parmi les géraniums d'or, où le troupiale chantait aussi grisé par le parfum d'acétone des régimes de bananes à leur clou sous l'avant-toit, la lumière de ce funeste mardi d'août se récréait entre les feuilles nouvelles des bananiers du patio et le corps du jeune cerf que mon mari Poncio Daza avait chassé et tué au petit jour et qu'il avait mis à saigner pendu par les pattes près des régimes de bananes tigrées par le miel intérieur, je le vis plus grand et plus sombre que dans un rêve avec ses bottes crottées, sa veste kaki trempée de sueur, il ne portait pas d'arme à la ceinture mais l'ombre d'un Indien pieds nus qui demeurait immobile derrière lui la main serrée sur le manche d'une machette le protégeait, je vis les yeux inéluctables, sa main de jeune fille endormie qui arracha un fruit au régime le plus proche et le mangea par anxiété, puis en mangea un autre et un autre, toujours par anxiété avec un bruit de marécage sans quitter des yeux la provocante Francisca Linero qui le regardait sans savoir quoi faire en sa pudeur de nouvelle mariée car il était venu assouvir son caprice et lui seul avait le pouvoir d'y renoncer, c'est à peine si je sentis le souffle craintif de mon mari qui s'assit à mon côté, nous restâmes tous deux immobiles main dans la main avec nos deux cœurs dc carte postale effrayés à l'unisson sous le regard tenace du vieillard énigmatique qui planté à deux pas de la porte mangeait banane sur banane et jetait les peaux dans le patio par-dessus son épaule, sans avoir cillé une seule fois depuis qu'il s'était mis à m'examiner, et c'est seulement quand il eut fini le régime entier et qu'un monceau de peaux s'élevait auprès du cerf mort qu'il fit signe à l'Indien aux pieds nus et ordonna à Poncio Daza d'aller un moment avec mon compère l'homme à la machette qui a une affaire à régler avec toi, moi j'agonisais de peur mais je conservais assez de lucidité pour comprendre que ma seule planche de salut était de le laisser me faire tout ce qu'il voudrait sur la grande table, mieux, je l'aidai à me trouver dans les dentelles de mes jupons après qu'il m'eut coupé le souffle avec son odeur d'ammoniaque, il déchira ma culotte d'un coup de patte, ses doigts me cherchaient où je n'étais pas tandis que je pensais abasourdie Seigneur Jésus quelle honte, quelle malchance, car ce matin-là je n'avais pas eu le temps de me laver à cause du cerf, bref il assouvit son caprice au bout de tant de mois de siège, mais il le fit très vite et très mal, comme s'il avait été plus vieux ou beaucoup trop jeune, il était si troublé que je me rendis à peine compte qu'il me prenait du mieux qu'il pouvait, finalement il se mit à pleurer, des larmes d'urine chaude de grand orphelin solitaire, il pleurait avec un chagrin si profond que non seulement je m'apitoyai sur lui mais sur tous les hommes de la terre, je me mis à lui gratter la tête avec le bout des doigts et à le consoler il n'y a pas de quoi fouetter un chat mon général, la vie est longue, pendant ce temps l'homme à la machette emmenait Poncio Daza parmi les bananiers et le découpait en tranches si fines qu'il fut impossible de reconstituer le corps éparpillé par les cochons, le malheureux, mais il n'y avait pas d'autre solution, expliqua-t-il, car il serait devenu un ennemi à vie, un ennemi mortel. C'étaient là des images de son pouvoir qui lui arrivaient de très loin exacerbant son amertume ah comme ils avaient dilué le sel de sa puissance s'il ne pouvait même plus conjurer les maléfices d'une éclipse, un filet de bile noire le secouait à la table de dominos devant la maîtrise glacée du général Rodrigo de Aguilar le seul militaire à qui il avait confié sa vie depuis que l'urémie avait cristallisé les articulations de l'ange à la machette, pourtant il se demandait si tant de confiance et d'autorité déléguées à un seul homme n'avaient pas été la cause de son malheur, si ce n'était pas mon compère de toute la vie qui l'avait transformé en bœuf pour essayer de le priver de son cuir naturel de caudillo de village pour le réduire à l'état d'invalide de palais incapable de concevoir un ordre s'il n'était pas déjà exécuté, à cause aussi de cette invention malsaine de montrer en public une tête qui n'était pas la sienne quand l'Indien aux pieds nus des temps heureux se suffisait à lui-même pour ouvrir un sentier dans la foule à coups de machette en criant écartez-vous bande de cons laissez passer le chef, sans qu'on pût distinguer dans ce buisson de hourras les bons patriotes des faux jetons car nous n'avions pas encore découvert que les plus ténébreux étaient ceux qui criaient le plus haut que viva el macho, carajo, vive le général, mais maintenant les armes de l'autorité se révélaient incapables de retrouver la reine minable qui avait échappé à l'enclos pourtant infranchissable de ses désirs séniles, merde alors, il envoya rouler au sol les dominos, il cessait de jouer en pleine partie sans raison apparente déprimé par la révélation soudaine que tout finissait par trouver sa place en ce monde, tout sauf lui, conscient pour la première fois que la sueur trempait sa chemise à une heure injustifiable, conscient de la puanteur de charogne qui montait avec l'évaporation de la mer et du doux sifflement de flûte de sa hernie harcelée par la chaleur humide, oui c'est la chaleur, se disait-il peu convaincu, en essayant de déchiffrer de sa fenêtre l'étrange clarté de la ville immobile dont les seuls éléments vivants semblaient être les bandes de charognards qui fuyaient épouvantés les corniches de l'hospice et l'aveugle de la Place d'Armes qui devina la présence tremblante du vieillard à la fenêtre de la maison civile et lui fit avec sa canne un signe pressant, il lui criait quelque chose qu'il n'arrivait pas à comprendre et qu'il interpréta comme un indice supplémentaire dans cette impression accablante qu'un événement allait survenir, oui se répéta-t-il pour la deuxième fois au terme de ce long lundi de découragement, c'est la chaleur, et il s'endormit aussitôt, bercé par les éraflures de la pluie sur les vitres de brume des filtres d'un sommeil troublé, mais il se réveilla en sursaut, effrayé, qui va là, cria-t-il, c'était son propre cœur qu'oppressait le silence étrange des coqs au lever du jour, il sentit que le bateau de l'univers avait relâché dans un port pendant son sommeil, il flottait dans un bouillon de vapeur, les animaux de la terre et du ciel qui avaient la faculté d'entrevoir la mort au-delà des présages bébêtes et des sciences humaines les mieux fondées étaient muets de terreur, l'air disparut, le temps changeait de direction, il sentit en se mettant sur son séant que son cœur se gonflait un peu plus à chaque battement, ses tympans éclataient, une matière bouillante s'échappait par ses narines, c'est la mort, pensa-t-il, son uniforme baigné de sang, avant de prendre conscience de ce que non mon général, c'était le cyclone, le plus dévastateur de tous ceux qui avaient morcelé en une traînée d'îles le vieux royaume compact des Caraïbes, une catastrophe si secrète que son instinct prémonitoire avait été le seul à le détecter bien avant que ne commençât l'affolement des chiens et des poules, et si intempestive qu'on eut à peine le temps de lui trouver un nom de femme dans la confusion des officiers terrorisés qui vinrent m'annoncer maintenant c'est sûr mon général, ce pays est foutu bien foutu, mais il donna l'ordre de consolider portes et fenêtres avec des poutrelles de haute mer, on consigna les sentinelles dans les couloirs, on enferma poules et vaches dans les bureaux du premier étage, on cloua chaque chose en son lieu de la Place d'Armes aux derniers confins de son royaume d'ennui et de terreur, toute la patrie demeura ancrée sur place avec cet ordre sans appel au premier symptôme de panique vous tirez deux fois en l'air et la troisième fois sans pardon, et pourtant rien ne résista au passage du terrible coutelas de vents tourbillonnants qui trancha net les battants blindés de l'entrée principale et emporta mes vaches à travers ciel, mais lui sous l'effet du sortilège n'entrevit pas la source fondamentale de ce fracas de pluies horizontales qui dispersaient sous elles une grêle volcanique de débris de balcons et de bêtes des forêts du fond de la mer, il n'eut pas non plus la lucidité suffisante pour penser aux proportions désastreuses du cataclysme, non, il marchait en plein déluge avec le goût de musc de la rancœur en se demandant où es-tu Manuela Sanchez de ma salive amère, nom d'un bordel, où t'es-tu donc fourrée pour échapper à ce désastre de ma vengeance? Durant le calme plat qui succéda à l'ouragan il se retrouva seul avec ses collaborateurs les plus proches en train de naviguer sur une barcasse à rames dans cette soupière de gravats de la salle des audiences, ils sortirent par la porte de la remise en ramant sans accrocs parmi les moignons des palmiers et les réverbères renversés de la Place d'Armes, ils entrèrent dans la lagune morte de la cathédrale et il fut un instant meurtri par une lueur de lucidité il n'avait pas été et ne serait jamais le maître entier de son pouvoir, le relent de cette certitude fielleuse continua de le mortifier tandis que la barque affrontait des espaces d'une densité différente selon les variations de couleur et de lumière des vitraux sur la frondaison d'or massif et les grappes d'émeraude du maître-autel, les dalles funèbres des vice-rois enterrés vivants et celles des archevêques morts de désenchantement, et le promontoire de granit du mausolée vide de l'amiral de la mer océane avec les trois caravelles de profil qu'il avait fait construire s'il voulait un jour que ses os reposent parmi nous, nous sortîmes par le canal du presbyterium vers une cour intérieure transformée en aquarium lumineux avec un fond de céramique où des bancs de gals erraient parmi les tiges des nards et les tournesols, nous remontâmes les lits ténébreux du couvent des Basquaises cloîtrées, nous vîmes les cellules abandonnées, nous vîmes le clavecin à la dérive dans le bassin intime de la salle de chant, nous vîmes au fond des eaux dormantes du réfectoire toute la communauté des vierges noyées sur leurs tabourets devant la longue table servie, il vit en sortant par les balcons la vaste étendue lacustre sous le ciel radieux et c'était l'ancien emplacement de la ville, alors il crut pour la première fois la nouvelle mon général ce désastre a frappé tout l'univers rien que pour me délivrer de la géhenne de Manuela Sanchez, merde alors, Dieu a des méthodes vraiment barbares comparées aux nôtres, pensait-il satisfait, en regardant le bourbier trouble où la ville s'était élevée, une surface infinie sur laquelle flottait tout un monde de poules noyées et que seuls interrompaient les clochers de la cathédrale, la lanterne du phare, les terrasses ensoleillées des belles résidences du quartier des vice-rois, les îles parsemées des collines de l'ancien port négrier où campaient les naufragés de l'ouragan, nous les derniers survivants incrédules qui contemplions le passage silencieux de l'embarcation peinte aux couleurs du drapeau parmi les sargasses que constituaient les corps inertes des poules, nous vîmes les yeux tristes, les lèvres fanées, la main pensive qui faisait des signes de croix des signes de bénédiction pour que les pluies cessent et que le soleil brille, et alors il ressuscita les poules noyées, et il ordonna aux eaux de baisser et les eaux baissèrent. Les cloches carillonnaient, les fusées montaient joyeuses, les fanfares explosaient, bref on célébrait la pose de la première pierre de la reconstruction, et la foule concentrée sur la Place d'Armes acclamait le bienfaiteur de la patrie qui avait mis en fuite le dragon de l'ouragan, quand quelqu'un le saisit par le bras et l'entraîna jusqu'au balcon maintenant plus que jamais le peuple a besoin de vos paroles d'encouragement, il ne put se dérober et entendit la clamcur unanime qui s'infiltra dans ses entrailles comme un vent de mer agitée, que viva el macho, car depuis le premier jour de son régime il connaissait la détresse d'être vu par toute une ville en même temps, ses mots se pétrifièrent, il comprit dans un éclair mortel de lucidité qu'il n'avait pas et n'aurait jamais le courage de se montrer de plein corps sur l'abîme des foules, de sorte que nous n'entrevîmes sur la Place d'Armes que son éphémère image habituelle, la nuée vaporeuse d'un vieillard insaisissable vêtu de toile qui accorda sa bénédiction silencieuse du haut du balcon présidentiel et disparut aussitôt après, pourtant cette vision fugitive suffisait à alimenter notre confiance il est bien là, il veille sur notre vie et sur notre sommeil à l'ombre des tamariniers historiques de la résidence des faubourgs, il était songeur dans son rocking-chair d'osier, son verre de limonade intact à la main il écoutait le bruit des grains de maïs que sa mère Bendicion Alvarado battait dans une calebasse, à trois heures à travers la réverbération de la chaleur il la vit attraper une poule gris cendre la mettre sous son bras et lui tordre le cou avec une certaine tendresse tandis qu'elle me disait d'une voix maternelle en me regardant dans les yeux à force de penser autant sans te nourrir correctement tu deviens tuberculeux, reste ici à dîner, le supplia-t-elle, essayant de le séduire par cette poule étranglée qu'elle tenait à deux mains pour éviter qu'elle lui échappe durant les râles de l'agonie, c'est bon, maman, je reste, répondit-il, il restait les yeux fermés dans le rocking-chair d'osier jusqu'à la tombée de la nuit, sans dormir, bercé par la douce odeur de la poule en train de cuire dans la marmite, surveillant le cours de nos vies, la seule chose qui nous rassurait sur cette terre étant la certitude qu'il était là, invulnérable à la peste et au cyclone, invulnérable à la fourberie de Manuela Sanchez, invulnérable au temps, livré au bonheur messianique de penser pour nous, en sachant bien comme nous le savions aussi qu'il ne devait prendre aucune décision pour nous qui ne fût à notre mesure, car il n'avait pas survécu à tout grâce à son courage incroyable ou à son infinie prudence mais parce qu'il était le seul d'entre nous à connaître la dimension réelle de notre destin, et il était arrivé là-bas, maman, au terme d'un voyage pénible il s'était assis pour se reposer sur la dernière pierre historique de la lointaine frontière orientale où étaient gravés le nom et les dates du dernier soldat mort en défendant l'intégrité de la patrie, il avait vu la ville lugubre et glaciale de la nation voisine, la bruine éternelle, la brume du matin avec son odeur de suie, les hommes en tenue de cérémonie dans les tramways électriques, les enterrements huppés dans des corbillards gothiques tirés par des percherons blancs avec des faisceaux de plumes, les enfants qui dormaient enveloppés dans des journaux sur le parvis de la cathédrale, merde alors, quels gens bizarres, s'était-il écrié, on dirait des poètes, mais non, mon général, ce sont les ostrogoths [1]

1. En espagnol, *godos,* terme péjoratif de Colombie désignant les conservateurs. *(N.d.T.)*

au pouvoir, lui avait-on répondu, et il était revenu de ce voyage surexcité par la révélation il n'y a rien de comparable à ce vent de goyaves pourries à ce brouhaha de marché à cette profonde sensation d'accablement quand le soir tombe sur cette patrie de misère dont il ne devait plus franchir les frontières, non qu'il eût peur de bouger de cette chaise où il était assis, comme l'affirmaient ses ennemis, mais parce qu'un homme cela ressemble à un arbre des forêts, maman, cela ressemble à un animal des bois qui ne quitte sa tanière que pour manger, disait-il, évoquant à l'heure de la sieste avec cette lucidité mortelle de la somnolence ce soporifique jeudi d'un lointain mois d'août où il avait osé avouer qu'il connaissait les limites de son ambition, il l'avait révélé à un guerrier d'une autre époque et d'un autre pays qu'il avait reçu en tête à tête dans la pénombre en feu de son bureau, c'était un jeune homme timide, étourdi par l'orgueil et marqué depuis toujours des stigmates de la solitude, qui était resté immobile sur le seuil sans se décider à le franchir jusqu'au moment où ses yeux s'étant accoutumés à la pénombre parfumée par un brasero de glycines dans la chaleur il avait pu enfin le distinguer assis sur son fauteuil tournant, le poing immobile sur la table nue, si quotidien et affadi qu'il n'avait plus rien à voir avec son image publique, sans escorte et sans armes, sa chemise trempée par une sueur d'homme mortel et des feuilles de sauge plaquées sur les tempes pour chasser les maux de tête, et quand je fus convaincu ô vérité incroyable que ce vieillard rouillé était bien l'idole de notre enfance, l'incarnation la plus pure de nos rêves de gloire, alors seulement il entra dans le bureau et déclina son identité en parlant d'une voix claire et ferme comme quelqu'un qui espère être reconnu grâce à ses actes, il me serra la main de sa main douce et mesquine, une main d'évêque, et prêta une attention étonnée aux songes fabuleux de l'étranger qui voulait des armes et la solidarité pour une cause qui est aussi la vôtre, excellence, il voulait l'assistance logistique et le soutien politique pour une guerre sans merci qui balaierait une fois pour toutes les régimes conservateurs de l'Alaska à la Patagonie, et sa véhémence l'avait tellement ému qu'il lui avait demandé pourquoi te fourres-tu dans ce guêpier, merde alors, pourquoi veux-tu mourir, et l'étranger lui avait répondu sans un vestige de pudeur il n'y a pas de plus grande gloire que de mourir pour la patrie, excellence, alors il lui avait répondu en souriant de compassion pas de conneries, jeune homme, la patrie ça consiste à rester vivant, lui avait-il dit, c'est ça, lui avait-il dit en ouvrant son poing appuyé sur la table, et il lui avait montré dans le creux de sa main cette bille de verre, une chose qu'on a ou qu'on n'a pas, mais celui qui l'a il l'a bien, jeune homme, la patrie c'est ça, lui avait-il dit en le congédiant avec de petites tapes dans le dos sans rien lui accorder, même pas la consolation d'une promesse, et à l'aide de camp qui referma la porte il avait annoncé foutez-lui la paix, ne perdez pas votre temps à le surveiller, il a la fièvre dans les plumes, il n'est bon à rien. Cette phrase nous ne l'entendîmes plus jusqu'au jour où après le cyclone il accorda une nouvelle amnistie aux prisonniers politiques et autorisa le retour de tous les exilés à l'exception, bien entendu, des hommes de lettres, ceux-là pas question, dit-il, ils ont la fièvre dans les plumes comme les coqs de race quand ils font les leurs, croyez-moi ils ne sont bons à rien sauf quand ils sont bons à quelque chose, ils sont pires que les politiciens, pires que les curés, vous voyez ça d'ici, mais que les autres reviennent sans distinction de couleur car la reconstruction de la patrie doit être l'œuvre de tous, personne ne devait ignorer qu'il était à nouveau le seigneur et maître de tout son pouvoir avec l'appui féroce de certains secteurs de l'armée, ceux d'avant qui avaient rejoint leurs postes depuis qu'il avait réparti entre les membres du haut commandement les cargaisons de victuailles et de médicaments et le matériel de secours populaire de l'aide extérieure, depuis que les familles de ses ministres passaient leur dimanche à la plage dans les hôpitaux démontables et les tentes de la Croix-Rouge, vendaient au ministère de la Santé les livraisons de plasma et les tonnes de lait en poudre que le ministère de la Santé revendait à son tour aux hospices, les officiers de l'état-major avaient troqué leurs ambitions contre des adjudications de travaux publics et des programmes de rééducation financés grâce à l'emprunt d'urgence accordé par l'ambassadeur Warren pourvu que les bateaux de son pays puissent pêcher partout dans nos eaux territoriales, merde alors, celui qui l'a il l'a bien, se disait-il en se souvenant de la bille de verre qu'il avait montrée à ce pauvre rêveur disparu sans laisser de traces, si passionné par l'œuvre de reconstruction qu'il décidait sur place et en personne des moindres détails comme aux premiers temps de son pouvoir, pataugeait dans les marécages des rues en tenue de chasseur de canards sauvages afin qu'on n'édifiât pas une ville différente de celle qu'il avait conçue pour sa gloire dans ses rêveries de noyé solitaire, ordonnait aux ingénieurs enlevez-moi ces maisons d'ici et mettez-les à tel endroit où elles ne gêneront pas, on les enlevait, surélevez cette tour de deux mètres pour qu'on voie les bateaux au large, on la surélevait, faites circuler ce fleuve en sens inverse, on renversait le cours du fleuve, sans broncher, sans une trace de découragement, il était si absorbé par cette restauration fiévreuse, si livré à son ardeur, si oublieux des affaires mineures de l'Etat qu'il s'étala de tout son long sur la réalité le jour où un aide de camp distrait lui posa par erreur le problème des enfants, quels enfants demanda-t-il du haut de sa nébuleuse, les enfants mon général, mais lesquels nom d'un bordel, car on lui avait caché jusqu'alors que l'armée maintenait au secret les enfants qui tiraient le numéro gagnant de la loterie, songez-y s'ils avaient eu l'idée de révéler pourquoi celui du président sortait toujours, et aux parents qui réclamaient on répondait non non ce n'est pas évident en attendant de trouver une meilleure justification, c'était, leur disait-on, des bobards lancés par les apatrides, des calomnies de l'opposition, et ceux qui se révoltèrent devant une caserne furent repoussés à coups de mortier sans compter un petit massacre que nous vous avons aussi caché pour ne pas vous ennuyer mon général, mais il faut que vous sachiez que les enfants sont enfermés dans les réduits de la forteresse du port, ils s'y trouvent au mieux, en parfaite santé avec un moral du tonnerre, pourtant une chose nous enquiquine nous ne savons plus quoi en faire mon général, et ils sont environ deux mille. Cette méthode infaillible pour gagner le gros lot il l'avait trouvée sans la chercher, en observant les numéros damasquinés des boules de billard, il s'agissait d'une idée si simple et si lumineuse que lui-même ne pouvait y croire, d'une idée surgie quand il avait vu la foule avide débordant de la Place d'Armes depuis midi se livrer à des calculs anticipés en attendant le miracle sous le soleil de feu parmi des cris de gratitude et des banderoles gloire éternelle au bienfaiteur qui répand le bonheur, des musiciens et des équilibristes étaient arrivés, des buvettes et des friteries, des roulettes anachroniques et des loteries écaillées avec leurs lots d'animaux, des décombres d'autres mondes et d'autres époques qui maraudaient aux alentours de la fortune en essayant de s'enrichir avec les miettes de tant d'illusions, à trois heures on ouvrit la fenêtre du balcon, on fit monter trois jeunes enfants de sept ans choisis au hasard par la foule elle-même pour bien prouver l'honnêteté du procédé, on remit à chacun d'eux un sac de couleur différente après avoir vérifié devant témoin que chaque sac contenait dix boules de billard numérotées de un à zéro, attention, mesdames et messieurs, la foule ne respirait plus, chacun de ces enfants aux yeux bandés va retirer une boule de son sac, nous allons commencer par ce garçon au sac bleu, ensuite viendra le tour de celui au sac rouge et enfin de celui au sac jaune, l'un après l'autre les trois enfants plongeaient la main dans leur sac, ils palpaient au fond neuf boules identiques et une boule glacée, alors obéissant à l'ordre que nous leur avions donné en douce ils saisissaient la boule glacée, la montraient à la foule, en chantaient le numéro, et c'est ainsi qu'on tirait les trois boules refroidies dans la glace durant plusieurs jours avec leurs trois numéros, ceux du billet qu'il avait gardé pour lui, or nous n'avions pas pensé un seul instant que les enfants pouvaient vendre la mèche mon général, nous y songeâmes même si tard que nous n'eûmes plus d'autre ressource que de les faire disparaître trois par trois, puis cinq par cinq, puis vingt par vingt, imaginez un peu mon général, car en tirant un petit peu plus sur la ficelle de la vérité il finit par découvrir que tous les officiers du haut commandement des armées de terre de mer et de l'air étaient impliqués dans cette pêche miraculeuse de la loterie nationale, il apprit que les premiers enfants étaient montés au balcon avec le consentement de leurs parents initiés d'ailleurs par eux au préalable à la science illusoire de reconnaître au toucher les numéros damasquinés des boules d'ivoire, mais que les suivants y avaient été conduits manu militari le bruit ayant couru que les enfants qui montaient au balcon n'en redescendaient plus, les parents cachaient leur progéniture, ils enterraient vivants leurs enfants à minuit quand passaient les patrouilles qui les cherchaient, les troupes de choc bouclaient la Place d'Armes non pour canaliser le délire public, comme on le lui disait, mais pour tenir à distance les foules qui se bousculaient comme des troupeaux en hurlant des menaces de mort, les diplomates qui avaient demandé une audience pour proposer leur médiation dans le conflit se heurtaient au refus absurde des fonctionnaires eux-mêmes qui donnaient comme véridiques les légendes de ses étranges maladies, non il ne peut pas vous recevoir car les crapauds ont proliféré dans son ventre, il est obligé de dormir debout pour ne pas s'écorcher aux crêtes d'iguane qui lui poussent dans les vertèbres, on lui avait caché les messages de protestation et de demande de clémence du monde entier, on lui avait subtilisé un télégramme du Saint-Père dans lequel on exprimait notre angoisse apostolique pour le destin des innocents, il n'y a plus de place dans les prisons pour de nouveaux parents rebelles mon général, il n'y a plus d'enfants pour le tirage du lundi, nom d'un bordel, dans quel merdier nous sommes-nous mis. Pourtant il ne mesura pas la véritable profondeur de l'abîme avant de découvrir les enfants entassés comme du bétail d'abattoir dans la cour intérieure de la forteresse du port, il les vit sortir des réduits comme une débandade de chèvres éblouies par la violence solaire après tant de mois de terreur nocturne, ils s'égaraient dans la lumière, si nombreux à la fois qu'au lieu de deux mille créatures séparées ses yeux crurent apercevoir un énorme animal informe qui exhalait un relent impersonnel de cuir hâlé, répandait une rumeur d'eaux profondes et échappait à la destruction grâce à sa nature multiple, non il n'était pas possible de liquider une telle quantité de vie sans laisser une traînée d'horreur qui ferait le tour de la terre, merde alors, rien à faire, résigné il réunit le haut commandement, quatorze officiers tremblants et plus redoutables que jamais car jamais ils n'avaient été aussi effrayés, il prit tout son temps pour enfoncer son regard dans les yeux de chacun, un à un, et alors il comprit qu'il était seul contre tous, il garda donc la tête haute, durcit sa voix, les exhorta à l'unité maintenant plus que jamais pour le prestige et l'honneur des forces armées, les amnistia le poing fermé sur la table pour qu'ils ne surprennent pas son tremblement d'incertitude et leur ordonna par conséquent de rester à leurs postes pour y accomplir leur devoir avec ce zèle et cette autorité dont ils avaient toujours fait preuve, je déclare par décision suprême et irrévocable qu'ici il ne s'est rien passé, la séance est levée, je réponds de tout. Par simple mesure de précaution les enfants quittèrent la forteresse du port et furent expédiés dans des fourgons nocturnes vers les régions les moins habitées tandis que lui affrontait la tempête déchaînée par la déclaration officielle et solennelle non ce n'est pas évident, pas évident du tout, non seulement aucun enfant n'est entre les mains des autorités mais il ne reste même plus un seul prisonnier d'aucune sorte dans les prisons, la fausse nouvelle de la séquestration massive est une infamie des apatrides destinée à troubler les esprits, les portes du pays sont grandes ouvertes pour que la vérité soit établie, venez voir vous-mêmes, on vint, une commission de la Société des Nations vint remuer les pierres les plus cachées de la nation et interrogea comme elle voulut qui elle voulut avec une telle minutie que Bendicion Alvarado finit par demander mais qui sont ces intrus vêtus comme des spirites qui sont entrés chez moi chercher deux mille enfants sous les lits, dans ma corbeille à couture, dans mes pots à pinceaux, et qui pour finir ont reconnu publiquement avoir trouvé les prisons fermées, la patrie en paix, chaque chose à sa place, et n'avoir découvert aucun indice permettant de confirmer la rumeur de méfiance selon laquelle les principes des droits de l'homme auraient été violés par intention ou réellement par action ou omission, dormez sur vos deux oreilles mon général, ils sont partis, il les salua de sa fenêtre avec un mouchoir à lisérés brodés et une sensation de soulagement car quelque chose s'achevait définitivement, adieu, bande de cons, bonne mer et bon voyage, soupira-t-il, et maintenant finis les emmerdements, mais le général Rodrigo de Aguilar lui rappela que non, que les emmerdements n'étaient pas finis mon général car les enfants sont toujours là, il se frappa le front, nom d'un bordel, je les avais complètement oubliés, qu'allons-nous en faire. Il essaya de chasser cette mauvaise pensée et en attendant de découvrir quelque formule draconienne il fit sortir les enfants de leur cachette des forêts, on les ramena en sens inverse dans les provinces aux pluies éternelles où aucun vent félon ne divulguerait leurs cris, où les animaux terrestres pourrissaient en marchant, où des nénuphars poussaient dans les mots et où les poulpes nageaient parmi les arbres, il ordonna leur déportation dans les grottes andines aux brouillards perpétuels afin que personne ne sût où ils étaient, il décida leur transfèrement des novembres troubles de la putréfaction aux jours horizontaux de février afin que personne ne sût à quelle date ils étaient, il leur envoya des dragées de quinine et des couvertures de laine quand il apprit qu'ils grelottaient de fièvre après être restés des jours et des jours cachés dans les rizières avec de la boue jusqu'au cou pour échapper aux observateurs des aéroplanes de la Croix-Rouge, il fit teindre en rouge les rayons du soleil et le scintillement des étoiles pour les guérir de la scarlatine, il les fit arroser de poudre insecticide du haut du ciel pour qu'ils ne fussent pas dévorés par les pucerons du bananier, il leur envoyait des pluies de bonbons et des avalanches de glaces à la crème qui tombaient de ses avions et des parachutes chargés de joujoux de Noël pour qu'ils ne perdissent pas leur joie tandis qu'il cherchait une solution magique, il se mit ainsi à l'abri du maléfice de sa mémoire, et il les oublia, il s'enfonça dans le marécage désolé d'innombrables nuits toutes d'insomnie domestique, entendit les coups métalliques saluant neuf heures, attrapa les poules qui dormaient sur les corniches de la maison civile et les emmena au poulailler, il n'avait pas fini de compter les volatiles assoupis sur leurs perchoirs quand une mulâtresse de la maison entra ramasser les œufs, il sentit l'irradiation chaude de sa jeunesse, surprit la rumeur de son corsage et se jeta sur elle, attention mon général, murmura-t-elle en tremblant, vous allez casser mes œufs, cassons-les, merde alors, répondit-il et il la renversa brutalement sans la déshabiller ni se déshabiller tenaillé par le désir de fuir le bonheur insaisissable de ce mardi enneigé d'excréments verts d'animaux endormis, il glissa, roula dans le vertige illusoire d'un précipice sillonné de franges livides d'évasion, de relents de sueur, de soupirs de femme sensuelle, de fallacieuses menaces d'oubli, il laissa dans sa chute la courbe du tintement haletant de l'éperon d'or devenu étoile filante, la traînée de graviers de son souffle oppressé de mari en rut, ses pleurnicheries de petit toutou, sa terreur d'exister à travers la fulguration et le tonnerre silencieux de la déflagration instantanée de la foudre de la mort, mais au fond du précipice il retrouva la paille souillée, le sommeil agité des poules, la désolation de la mulâtresse qui se relevait, sa robe barbouillée de mélasse jaune, je vous l'avais dit mon général, ils sont cassés, il grogna en essayant de dompter la rage d'un autre amour sans amour, compte combien il y en avait, lui dit-il, je les retiendrai sur ta paye, et il partit, il était dix heures, il examina l'une après l'autre les gencives de ses vaches dans les étables, vit une de ses femmes écartelée par la douleur sur le sol de sa baraque au moment où l'accoucheuse arrachait à ses entrailles un bébé fumant avec le cordon ombilical enroulé autour du cou, c'est un garçon, quel nom lui donnons-nous mon général, celui que vous voudrez, répondit-il, il était onze heures, comme chaque soir depuis le premier jour de son régime il compta les sentinelles, vérifia si les portes étaient bien fermées, couvrit les cages des oiseaux, éteignit les lumières, il était minuit, la paix régnait sur la patrie, le monde dormait, il se dirigea vers sa chambre à travers une maison enténébrée où les ailes du phare tournaient en répandant une clarté d'aubes fugaces, il pendit à l'endroit habituel la lampe des départs en catastrophe, tira les trois barres, les trois verrous, les trois targettes, s'assit sur son seau hygiénique et tout en expulsant son pipi d'oiseau se mit à caresser son testicule hernié, jusqu'au moment où la torsion se relâcha, l'enfant terrible s'endormit dans sa main, la douleur cessa mais réapparut instantanément dans un éclair de panique dès qu'une rafale entra par la fenêtre, un vent qui venait d'au-delà des déserts du salpêtre répandit dans la chambre la sciure d'une chanson de foule bon enfant qui s'enquérait de la santé d'un certain chevalier qui s'en était allé-t-en guerre une foule qui soupirait quelle douleur quelle douleur quelle peine qui montait à sa tour pour voir quand reviendra qui le vit revenir car il est revenu quel bonheur dans une caisse de velours quelle douleur quelle douleur quelle perte, le chœur était si nombreux et si lointain qu'il se serait endormi dans l'illusion d'entendre chanter les étoiles, mais il se redressa furieux, assez nom d'un bordel, cria-t-il, c'est eux ou moi, cria-t-il, et ce furent eux, car avant le lever du jour il ordonna l'embarquement des enfants sur une chaloupe chargée de ciment, on les emmena en chantant jusqu'à la limite des eaux territoriales où une charge de dynamite les expédia dans l'autre monde toujours chantant et sans souffrances, et quand leur crime accompli les trois officiers se plantèrent devant lui au garde-à-vous mon général votre ordre a été exécuté il les récompensa de deux nouveaux galons et leur remit la croix des loyaux et fidèles services, puis les fit fusiller sans tambour ni trompette comme de vulgaires crapules car il y a des ordres qu'on peut donner mais qu'on ne doit pas exécuter, merde alors, les pauvres gosses. Des expériences aussi cruelles venaient confirmer sa très vieille conviction selon laquelle l'ennemi le plus redoutable était en nous-même dans la confiance du cœur, oui les hommes qu'il armait et privilégiait pour soutenir son régime finissaient tôt ou tard par cracher sur la main qui les nourrissait, il les pulvérisait d'un coup de patte, en sortait d'autres du néant, les élevait aux plus hauts grades en les désignant du doigt selon les élans de son inspiration, toi je te fais capitaine, et toi colonel, et toi général, tous les autres seront lieutenants, quelle foutue merde, il les voyait grandir dans leur uniforme au point d'en craquer les coutures, il les perdait de vue, et une circonstance telle que la découverte de deux mille enfants séquestrés lui permettait de constater que ce n'était pas un seul homme qui l'avait abusé mais tout le commandement de certaines forces armées qui sont tout juste bonnes à accroître les dépenses en lait étant donné qu'à l'heure des coups durs elles chient dans l'assiette où elles viennent de manger, je les ai tous conçus, merde alors, je les ai sortis de mes côtes, il avait conquis pour eux le respect et le pain, et pourtant il n'avait pas eu un instant de répit tant il lui fallait se préserver de leur ambition, il maintenait les plus dangereux près de lui pour mieux les surveiller et expédiait les moins audacieux aux postes-frontière, à cause d'eux il avait accepté l'occupation des marines, maman, et non pour combattre la fièvre jaune comme l'avait écrit l'ambassadeur Thompson dans un communiqué officiel, ou encore pour le protéger de l'incompatibilité publique, comme le prétendaient les politiciens en exil, mais pour apprendre à nos soldats à être des gens comme-il-faut, cc qui fut fait, maman, à chacun sa besogne, ils leur apprirent à marcher avec des souliers, à s'essuyer avec du papier, à utiliser des capotes anglaises, et ils me révélèrent à moi le secret d'entretenir des services parallèles pour fomenter chez les militaires des rivalités qui les neutralisaient, ils inventèrent à mon intention le bureau de la sécurité du territoire, l'agence générale de filature, le département national de l'ordre public et tant d'autres bazars que je finissais moi-même par les oublier, des organismes identiques qu'il présentait comme différents pour régner avec la plus grande tranquillité au milieu de la tempête en faisant croire aux uns que les autres les surveillaient, en mélangeant avec du sable la poudre des casernes et en entortillant la vérité de ses intentions dans les simulacres de la vérité contraire, pourtant ils se mutinaient, il surgissait dans les casernes en suçotant une écume de bile, écartez-vous lavettes, criait-il, car vous avez devant vous celui qui commande, hurlait-il aux officiers épouvantés qui s'entraînaient au tir sur mes portraits, désarmez-les, ordonnait-il sans s'arrêter mais avec tant de rage et d'autorité qu'ils jetaient eux-mêmes leurs armes, qu'ils retirent ces uniformes réservés aux braves, ordonnait-il, et ils les retiraient, la base de San Jeronimo s'est soulevée mon général, et il était entré par le grand portail en traînant ses grandes pattes de vieillard endolori entre une double file de gardes insurgés qui lui avaient rendu les honneurs dus au général chef de l'Etat, il était apparu dans la salle du commando rebelle, sans escorte, sans arme, mais en criant, un cri qui avait retenti comme une déflagration du pouvoir à plat ventre abrutis car voici celui qui peut tout, à plat ventre, cloportes, et dix-neuf officiers d'état-major s'étaient écrasés sur le ventre, on les avait traînés dans les villages du littoral à bouffer de la terre pour que tout le monde comprenne bien ce que valait un militaire sans uniforme, fils de putains, il entendit par-dessus les autres cris de la caserne affolée ses propres ordres sans appel fusillez nez au mur les responsables de la rébellion, on exhiba leurs cadavres pendus par les chevilles au soleil et sous la lune pour que personne n'ignore comment finissent ceux qui outragent Dieu, vagabonds, mais ces purges sanglantes ne liquidaient jamais l'emmerdement car au premier moment d'inattention réapparaissait la menace de ce parasite tentaculaire qu'il croyait avoir extirpé et qui se remettait à proliférer dans les galernes de son pouvoir, à l'ombre des privilèges inévitables, des miettes d'autorité et de la confiance intéressée qu'il devait accorder aux officiers les plus braves contre sa propre volonté, dans l'impossibilité où il se trouvait de se maintenir sans eux mais aussi avec eux, condamné définitivement à respirer cet air qui l'asphyxiait, merde alors, quelle injustice, et puis comment vivre menacé par l'éternel sursaut de pureté de mon compère le général Rodrigo de Aguilar qui était entré dans mon bureau avec une tête d'enterrement impatient de savoir ce qu'étaient devenus ces deux mille enfants de mes gros lots à la loterie nationale, tout le monde dit que nous les avons noyés en mer, et lui répondait sans se troubler ne croyez pas aux bobards des apatrides, compère, les enfants dont vous parlez grandissent dans la paix de Dieu, tous les soirs je les entends chanter là-bas, disait-il en dessinant avec la main un vaste cercle qui désignait un endroit indéfini de l'univers, n'avait-il pas laissé l'ambassadeur Evans lui-même dans une aura d'incertitude quand il lui avait répliqué impassible je ne sais pas de quels enfants vous voulez parler puisque le délégué de votre pays devant la Société des Nations a reconnu publiquement que les écoliers étaient au complet et en bonne santé dans nos écoles, merde alors, l'affaire est close, pourtant il ne put empêcher une nouvelle de le réveiller à minuit mon général les deux garnisons principales du pays se sont soulevées ainsi que la caserne del Conde à deux rues de la présidence, une insurrection des plus redoutables dirigée par le général Bonivento Barboza lequel s'était retranché avec quinze cents hommes bien armés et bien ravitaillés en munitions achetées en contrebande avec la complicité de consuls acquis à la cause de l'opposition, ce qui signifie que cette fois l'affaire est grave mon général, on pourrait y laisser des plumes. A une autre époque cette subversion volcanique aurait stimulé sa passion du risque, mais il savait maintenant mieux que personne quel était le poids véritable de son âge, il trouvait à peine la volonté de résister aux ravages de son monde secret, les nuits d'hiver il ne pouvait dormir s'il n'avait apaisé d'abord dans le creux de sa main avec une berceuse dodo l'enfant do son testicule hernié lancinant enfant de douleurs, il s'abandonnait au découragement assis sur son seau, poussant son âme goutte à goutte comme à travers un filtre encrassé par les moisissures de tant de nuits de pipis solitaires, ses souvenirs se décousaient, il ne réussissait plus à reconnaître avec certitude qui était qui ou qui venait de la part de qui, il se sentait à la merci d'un destin inéluctable dans cette désolante maison qu'en des temps reculés il aurait quittée pour une autre, loin d'ici, dans un trou d'Indiens moribonds où personne n'aurait su qu'il avait été l'unique président de la patrie durant un si grand nombre d'années si longues que lui-même n'arrivait pas à les compter, et pourtant, quand le général Rodrigo de Aguilar s'offrit comme médiateur pour négocier un compromis honorable avec la subversion ce ne fut pas le vieillard gaga qui pionçait durant les audiences qui le reçut mais l'ancien bison irascible lequel sans réfléchir un seul instant répondit pas de conneries, je ne pars pas, bien que la question ne fût pas de partir ou de rester, simplement tout est contre nous mon général, même l'Eglise, non dit-il, l'Eglise est avec celui qui commande, oui mais les généraux du haut commandement réunis depuis quarante-huit heures n'ont pas réussi à se mettre d'accord, aucune importance dit-il, tu verras comme ils se décideront quand ils sauront qui leur donne le plus de fric, oui mais les dirigeants de l'opposition civile ont enfin montré le bout du nez et ils conspirent en pleine rue, tant mieux dit-il, pends-en un à chaque réverbère de la Place d'Armes pour qu'on sache bien quel est l'homme qui peut tout ici, mais tout est perdu mon général, tout le monde est avec eux, des histoires dit-il, les gens sont avec moi et on ne me sortira d'ici que les pieds devant, décida-t-il en abattant sur la table sa rude main de demoiselle, ce qu'il ne faisait que dans les grandes occasions, et il s'endormit jusqu'à l'heure de la traite, où il trouva la salle des audiences transformée en dépotoir car les insurgés de la caserne del Conde avaient catapulté des pierres qui n'avaient pas laissé une vitre intacte dans la galerie orientale, et des boules de feu qui s'introduisaient par les fenêtres béantes, semant toute la nuit la panique parmi les gens de la maison, si vous aviez vu cela mon général, nous n'avons pas fermé l'œil, nous courions de tous côtés avec des couvertures et des bidons pleins d'eau pour éteindre les mares de feu qui surgissaient dans les endroits les plus inattendus, mais lui écoutait à peine, je vous le répète laissez tomber, disait-il en traînant ses pattes lourdes comme des dalles de cimetière dans les couloirs jonchés de cendres, de débris de tapis et de tapisseries roussies, mais ils vont remettre cela, lui disait-on, ils nous ont prévenu que les boules de feu n'étaient qu'un avertissement, maintenant nous sommes bons pour les explosions mon général, mais il traversa le jardin sans regarder personne, huma dans les dernières ombres la rumeur des roses fraîches écloses, l'anarchie des coqs dans le vent marin, qu'est-ce qu'on fait mon général, je vous l'ai déjà dit laissez tomber, nom d'un bordel, et il partit comme tous les jours à la même heure surveiller la traite, de telle sorte que les révoltés de la caserne del Conde virent apparaître comme tous les jours à la même heure la charrette et les mules tirant les six barils de lait des étables présidentielles, sur le siège se tenait l'éternel charretier porteur d'un message oral mon général vous envoie ce lait bien que vous persistiez à cracher sur la main qui vous nourrit, leur cria-t-il avec une telle innocence que le général Bonivento Barboza ordonna d'accepter le lait à condition que le charretier y goûtât au préalable pour être sûr qu'il n'était pas empoisonné, on ouvrit alors les battants de fer et les quinze cents rebelles penchés aux balcons intérieurs virent entrer la charrette jusqu'au centre de la cour pavée, ils virent l'ordonnance monter sur le siège avec un pot et une louche pour faire goûter le lait au charretier, ils le virent enlever le couvercle du premier baril, ils le virent flotter dans le méandre éphémère d'une déflagration éblouissante, puis ils ne virent plus rien pour les siècles des siècles dans la chaleur volcanique du bâtiment lugubre de ciment jaune qu'aucune fleur n'avait jamais orné et dont les décombres restèrent un instant suspendus dans l'espace après l'énorme explosion des six barils de dynamite. C'est fait, soupira-t-il dans la maison présidentielle, secoué par l'haleine sismique qui souffla encore quatre maisons aux alentours de la caserne et brisa la verrerie nuptiale des placards dedans et hors la ville, c'est fait, soupira-t-il, quand les tombereaux à ordures sortirent des cours de la forteresse du port les cadavres de dix-huit officiers fusillés en colonne par deux pour économiser les munitions, c'est fait, soupira-t-il, quand le commandant Rodrigo de Aguilar au garde-à-vous lui dit mon général il ne reste plus à nouveau dans les prisons un seul espace libre pour les prisonniers politiques, c'est fait, soupira-t-il, quand les cloches carillonnèrent, quand les fusées montèrent joyeuses, quand les fanfares explosèrent, annonçant un nouveau siècle de paix, c'est fait, nom d'un bordel, le coup dur est passé, dit-il, et il en demeura si convaincu, il se montra si insouciant, il négligea tellement sa propre sécurité qu'un matin où il traversait la cour en rentrant de la traite il n'eut pas le réflexe d'apercevoir à temps le faux lépreux qui se dressa soudain entre les rosiers et lui barra la route dans la lente bruine d'octobre, il vit trop tard le flash d'acier du revolver, l'index tremblant qui se mit à appuyer sur la gâchette lorsqu'il cria les bras ouverts et la poitrine offerte, ose un peu salaud, ose un peu, stupéfait à l'idée que sa dernière heure pouvait arriver en contrecarrant les prémonitions les plus lucides des écuelles, tire donc si tu as des couilles, cria-t-il, en cet instant imperceptible d'hésitation où une étoile livide s'alluma dans le ciel des yeux de l'agresseur, ses lèvres s'étiolèrent, sa volonté trembla, et alors il écrasa ses poings comme deux maillets sur les tympans de l'autre, l'abattit net, l'étourdit d'un coup de pied dur comme un pilon en pleine mâchoire, entendit dans un autre monde le remue-ménage de la garde qui accourait à ses cris, passa à travers la déflagration bleue du tonnerre ininterrompu des cinq explosions, des cinq balles que le faux lépreux recroquevillé dans une mare de sang s'était tiré dans le ventre pour ne pas tomber vivant aux mains des redoutables tortionnaires de la garde présidentielle, entendit sur les autres cris de la maison sens dessus dessous ses propres ordres sans appel écartelez le cadavre, que cela serve de leçon, on découpa donc le cadavre en petits morceaux, on exhiba la tête macérée dans du gros sel sur la Place d'Armes, la jambe droite à l'extrémité orientale de Santa María del Altar, la gauche dans l'Ouest sans limites des déserts du salpêtre, un bras dans les hauts plateaux, l'autre dans la forêt, les morceaux du tronc frit dans du saindoux furent exposés au soleil et à la rosée jusqu'au moment où il ne resta plus que l'os dénudé sur toute sa longueur dans ce hasardeux et difficile foutoir de nègres, pour que tout le monde sache bien comment finissent ceux qui osent lever la main sur leur père, et encore vert de rage il explora les rosiers d'où la garde présidentielle expulsait les lépreux à la pointe des baïonnettes car il voulait voir si enfin vous montrez le bout du nez, vagabonds, il monta au premier étage en écartant à coups de pied les paralytiques car il voulait voir si enfin vous apprenez qui a engrossé vos mères, enfants de putain, il traversa les corridors en criant tirez-vous de là nom d'un bordel car vous avez devant vous celui qui commande semant la panique chez les ronds-de-cuir et les adulateurs sans vergogne qui le proclamaient immortel, il laissa au long de la maison la trace de la traînée de pierres de son souffle de four, disparut comme un éclair en fuite dans la salle des audiences pour gagner les appartements privés, entra dans sa chambre, tira les trois barres, les trois targettes, les trois verrous, et enleva du bout des doigts son pantalon barbouillé de merde. Il ne connut pas un instant de repos, flairant autour de lui pour découvrir l'ennemi secret qui avait armé le faux lépreux, il sentait que c'était quelqu'un à portée de sa main, quelqu'un de si intime qu'il connaissait les cachettes de ses pots de miel, collait ses yeux aux trous des serrures et ses oreilles aux cloisons à toute heure et partout comme il y a partout mes portraits, une présence mouvante qui sifflait dans les alizés de janvier et le détectait du fond de la braise des jasmins les nuits de chaleur, qui l'avait poursuivi durant des mois et des mois dans la terreur des insomnies quand il traînait ses effrayantes pattes de revenant dans les chambres les plus écartées de la maison plongée dans l'ombre, jusqu'à cette soirée où au cours d'une partie de dominos il vit le présage se matérialiser dans une main songeuse qui ferma le jeu avec un double cinq, tout se passa comme si une voix intérieure lui révélait que cette main était celle de la trahison, merde alors, c'est lui, se dit-il perplexe, il leva les yeux et son regard traversant le jet lumineux de la lampe suspendue au centre de la table croisa les beaux yeux d'artilleur de mon compère bien-aimé le général Rodrigo de Aguilar, quelle histoire, son bras droit, son complice sacro-saint, impossible, pensa-t-il, d'autant plus catastrophé qu'il déchiffrait plus clairement la machination, les fausses vérités avec lesquelles on l'avait amusé durant tant d'années pour cacher la vérité brutale mon compère de toute la vie était au service des politiciens à gages qu'il avait sortis par opportunité du tréfonds obscur de la guerre fédérale, les enrichissant et les écrasant de passe-droits fabuleux, mon compère s'était laissé manœuvrer par eux, il avait toléré qu'ils se servissent de lui pour s'élever plus haut que ne l'avait jamais rêvé la vieille aristocratie balayée par le souffle irrésistible de la tornade libérale, et ils n'étaient pas encore satisfaits, merde alors, ils convoitaient cette place d'élu de Dieu qu'il s'était réservée, ils voulaient être moi, misérable vermine, et que leur chemin fût éclairé par la lucidité glaciale et la prudence infinie de l'homme qui avait su accumuler sous son régime le plus de confiance et d'autorité en usant du privilège d'être le seul dont il acceptait des papiers à signer, il lui faisait lire à haute voix les arrêtés et les lois que je pouvais seul décréter, il lui signalait les amendements, signait avec le pouce et apposait le sceau de l'anneau qu'il gardait alors dans un coffre-fort dont lui seul connaissait la combinaison, à la vôtre, compère, lui disait-il toujours en lui tendant les papiers signés, vous avez de quoi vous torcher, lui disait-il en riant, tout se passait comme si le général Rodrigo de Aguilar avait réussi à établir un autre système de pouvoir dans mon pouvoir si étendu et si fécond, ce qui ne l'avait pas empêché de fomenter en catimini le soulèvement de la caserne del Conde avec la complicité et l'assistance sans réserve de l'ambassadeur Norton, son acolyte en putains hollandaises, son maître d'armes, qui protégé par l'immunité diplomatique avait introduit les munitions en contrebande dans des barils de morue norvégienne tandis qu'il m'endormait en m'encensant à la table de dominos, il n'y avait pas de gouvernement plus ami, ni plus juste ni plus exemplaire que le mien, et c'étaient eux aussi qui avaient glissé le revolver dans la main du faux lépreux avec les cinquante mille pesos en billets coupés en deux que nous avions retrouvés enterrés chez l'agresseur, les autres moitiés devant lui être remises après le crime par mon compère de toute la vie, maman, quelle amère trahison, pourtant ils ne se résignaient pas à l'échec et avaient même fini par concevoir un plan parfait où aucun sang ne serait versé, pas même le vôtre mon général, car le général Rodrigo de Aguilar avait accumulé les témoignages les plus dignes de foi affirmant que je passais des nuits blanches à bavarder avec les vases à fleurs, les portraits des hommes illustres et des archevêques de la maison dans les ténèbres, que je prenais la température des vaches avec un thermomètre et leur donnais de la phénacétine pour faire tomber la fièvre, que j'avais fait construire un mausolée pour un amiral de la mer océane qui n'existait que dans mon imagination fiévreuse alors que j'avais vu de mes yeux miséricordieux vu les trois caravelles ancrées devant ma fenêtre, que j'avais dilapidé les fonds publics avec mon vice irrépressible d'acheter des instruments ingénieux et que j'avais même prétendu obtenir des astronomes qu'ils perturbent le système solaire pour être agréable à une reine de beauté qui n'avait existé que dans les visions de son délire, et que dans une crise de folie sénile j'avais donné l'ordre d'embarquer deux millc enfants sur une chaloupe chargée de ciment et qu'on avait ensuite dynamitée au large, maman, imaginez un peu, quels fils de putain, et c'était sur la base de ces témoignages solennels que le général Rodrigo de Aguilar et l'état-major des gardes présidentiels au grand complet avaient décidé de l'interner sur la falaise à l'asile des vieillards illustres, le 1er mars à minuit durant le dîner annuel du Saint Ange Gardien, patron des gardes du corps, c'est-à-dire dans trois jours mon général, imaginez un peu, mais malgré l'imminence et l'importance de la conspiration il ne laissa rien transparaître qui pût éveiller les doutes sur le fait qu'il savait tout, au contraire à l'heure prévue il reçut comme tous les ans les invités de sa garde personnelle et les fit asseoir à la table du banquet pour y prendre l'apéritif en attendant l'arrivée du général Rodrigo de Aguilar qui devait porter le toast d'honneur, il bavarda avec eux, rit avec eux, l'un après l'autre, à la moindre occasion les officiers regardaient discrètement leurs montres, les portaient à leur oreille, les remontaient, il était minuit moins cinq et le général Rodrigo de Aguilar n'arrivait toujours pas, il faisait une chaleur de chaudière de bateau à laquelle se mêlaient des parfums de fleurs, la salle fermée sentait les glaïeuls, les tulipes, les roses vives, quelqu'un ouvrit une fenêtre, nous respirâmes, nous regardâmes nos montres, nous reniflâmes une petite rafale marine et une odeur de douce cuisine comme pour un repas de noce, tout le monde transpirait sauf lui, tous nous souffrions de ce brasier de l'instant sous le feu intact de l'animal antédiluvien qui papillotait les yeux ouverts dans son espace réservé d'un autre âge du monde, à votre santé, dit-il, et sa main sans appel, sa main de lis langoureux leva une nouvelle fois le verre avec lequel il avait trinqué toute la soirée sans boire lui-même, on entendit les bruits viscéraux des mécanismes de nos montres dans le silence d'un abîme final, il était minuit et le général Rodrigo de Aguilar n'arrivait toujours pas, quelqu'un tenta de se lever, avec votre permission, dit-il, il le pétrifia d'un regard mortel qui signifiait que personne ne bouge, que personne ne respire, que personne ne vive sans ma permission jusqu'au douzième coup de minuit où les rideaux s'ouvrirent et où l'illustre général de division Rodrigo de Aguilar fit son entrée sur un plat d'argent, étendu de tout son long sur une garniture de choux-fleurs et de laurier, macéré dans les épices, doré au four, accommodé avec son uniforme à cinq amandes d'or des grandes occasions et les ganses du courage illimité sur la manche retroussée de son bras de manchot, sept kilos de médailles sur la poitrine et un brin de persil dans la bouche, prêt à être servi à ce banquet de camarades par les équarrisseurs officiels devant nous tous les invités pétrifiés d'horreur qui assistâmes le souffle coupé à l'exquise cérémonie du découpage et de la distribution, puis quand il y eut dans chaque assiette une part de ministre de la Défense farci aux pignons et aux herbes, il donna l'ordre de commencer, bon appétit messieurs.

IV

VI

Il avait évité tant d'écueils durant les chambardements telluriques, tant d'éclipses funestes, tant de boules de feu dans le ciel qu'il semblait impossible qu'un homme de notre temps crût encore aux prédictions des tarots concernant son destin. Pourtant, au fur et à mesure que nous avancions dans les formalités de préparation et d'embaumement du cadavre, les moins candides d'entre nous attendaient sans l'avouer l'accomplissement des vieux augures affirmant par exemple que le jour où il mourrait la boue des marécages devrait remonter aux sources par les affluents, la pluie tomber en gouttes de sang, les poules pondre des œufs pentagonaux, et le silence et les ténèbres occuper à nouveau l'univers puisque sa fin signifiait celle de la création. Son éternité, les rares journaux que l'on publiait encore se consacraient comme par le passé à la proclamer, ils trichaient sur sa splendeur en présentant du matériel d'archives, ils nous le montraient chaque jour à la une dans le temps statique de leur première page, vêtu de cet uniforme coriace qui arborait les cinq soleils lugubres de ses temps glorieux, plus autoritaire plus diligent et plus solide que jamais même si depuis belle lurette nous avions cessé de recenser le nombre de ses années, il inaugurait pour la énième fois sur les photos sempiternelles des monuments connus ou des ouvrages publics que personne n'avait jamais vus dans la vie réelle, il présidait des cérémonies officielles d'hier disait-on mais qui en fait remontaient à plus d'un siècle, d'ailleurs était-ce même certain, personne ne l'avait aperçu en public depuis la mort atroce de Laetitia Nazareno où il était resté seul dans cette maison sans âme tandis que les affaires courantes de l'Etat continuaient de se régler seules et seulement dans l'inertie de son pouvoir immense et si ancien, il s'était enfermé jusqu'à son dernier soupir dans ce palais délabré d'où nous regardions le cœur serré par les fenêtres les plus hautes l'approche sinistre de la nuit, spectacle qu'il avait dû voir si souvent de son trône d'illusions, nous voyions la clarté intermittente du phare qui inondait de ses eaux vertes et langoureuses les salles en ruine, nous voyions les lampes minables dans l'ancienne enceinte des récifs ministériels dont les vitres solaires avaient brillé avant que des hordes de miséreux ne les envahissent lorsque les baraques bariolées des collines du port avaient été emportées par l'un de nos nombreux cyclones, nous voyions en bas la ville dispersée et fumante, l'horizon instantané d'éclairs blafards que formait le cratère de cendre de la mer vendue, la première nuit sans lui, son vaste empire lacustre aux anémones de paludisme, ses villages torrides dans les deltas des affluents bourbeux, les barbelés voraces de ses provinces privées où proliférait une race nouvelle de vaches magnifiques qui naissaient marquées au fer présidentiel. Non seulement nous avions fini par croire vraiment qu'il était né pour survivre à la troisième comète, mais cette conviction nous inculquait une assurance et un calme que nous croyions dissimuler sous toute sorte de plaisanteries au sujet de la vieillesse, nous lui attribuions les vertus séniles des tortues et les habitudes des éléphants, nous racontions dans les bouis-bouis que quelqu'un avait annoncé sa mort au conseil des ministres et que tous s'étaient regardés affolés, et maintenant qui va lui annoncer ça, s'étaient-ils demandé ha, ha, ha, alors que la nouvelle ne lui aurait fait ni chaud ni froid et que lui-même se serait peut-être interrogé est-ce une blague de ces ploucs oui ou non, car il était le seul à savoir qu'il ne lui restait que quelques débris isolés du passé dans les mâchicoulis de la mémoire, il était seul au monde, sourd comme un pot, traînant ses lourdes guibolles décrépites à travers des bureaux ténébreux où un individu en redingote et col cassé lui avait adressé un signe énigmatique avec un mouchoir blanc, salut, lui avait-il dit, et la méprise s'était transformée en loi, les bureaucrates de la présidence devaient se mettre debout avec un mouchoir blanc quand il passait, les sentinelles dans les couloirs, les lépreux dans les rosiers agitaient sur son passage un mouchoir blanc, salut mon général, salut mais lui n'entendait pas, il n'entendait plus rien depuis le deuil crépusculaire de Laetitia Nazareno quand il pensait que les oiseaux de ses cages étaient en train de devenir aphones à force de chanter, alors il leur donnait à manger de son miel pour qu'ils chantent plus fort, il leur versait dans le bec avec un compte-gouttes de la chantorine, il leur chantait des chansons du bon vieux temps, ô scintillante lune de janvier, chantait-il, car il ne réalisait pas que ce n'étaient pas les oiseaux qui perdaient la voix mais lui qui les entendait un peu moins chaque jour, et une nuit le bourdonnement de ses tympans éclata en morceaux, tout s'acheva, tout ne fut plus qu'un air compact de mortier que traversaient à peine les adieux plaintifs des bateaux illusoires des ténèbres du pouvoir, que traversaient des vents imaginaires, des cacophonies d'oiseaux intérieurs qui finirent par le consoler de l'abîme de silence des oiseaux réels. Les rares personnes qui avaient accès à la maison civile le voyaient dans son rocking-chair d'osier, il endurait la chaleur du début de l'après-midi sous l'arceau des bougainvillées, il avait déboutonné sa tunique, dégrafé son ceinturon aux couleurs du drapeau, enlevé son sabre et ses bottes en gardant toutefois les chaussettes pourpres envoyées par le Souverain Pontife, douze douzaines de paires de chaussettes fabriquées par les tricoteurs privés du Saint-Siège, les fillettes d'un collège voisin qui grimpaient sur les murs du fond où la surveillance était moins sévère l'avaient surpris souvent dans cette somnolence d'insomniaque, pâle, les tempes garnies de feuilles médicinales, les flaques de lumière de la pergola le tigrant dans son extase de raie vampire ventre en l'air au fond d'un bassin, vieux gaga, lui criaient-elles, il les voyait déformées à travers le halo de la réverbération solaire, il leur souriait, les saluait de sa main libérée du gant de satin, mais il ne les entendait pas, il sentait le relent de boue de crevettes de la brise marine, il sentait le picotement des poules dans ses doigts de pied, mais il ne surprenait pas le tonnerre lumineux des cigales, il n'entendait pas les fillettes, il n'entendait rien. Ses rares contacts avec la réalité de ce monde étaient quelques résidus isolés de ses souvenirs les plus notoires, eux seuls l'avaient maintenu vivant quand, ayant renoncé aux affaires du gouvernement, il s'était contenté de nager dans l'innocence des limbes du pouvoir, avec eux seuls il affrontait le souffle dévastateur de son âge excessif lorsqu'il déambulait à la nuit tombante dans la maison déserte, se cachait dans les bureaux éteints, arrachait les marges des dossiers et y écrivait de son écriture fleurie les lambeaux des derniers souvenirs qui le préservaient de la mort, une nuit il avait écrit je m'appelle Zacharie, il avait relu sa phrase sous l'éclat fugitif du phare, il l'avait relue souvent par la suite et le nom si souvent répété avait fini par lui paraître lointain et étranger, merde alors, s'était-il écrié en déchirant en petits morceaux la languette de papier, je m'appelle moi un point c'est tout, et il avait écrit sur une autre languette j'ai eu cent ans lors du deuxième passage de la comète encore qu'à cette époque il ne fût pas très sûr du nombre exact de ses apparitions, et il avait écrit de mémoire sur un autre papier plus long honneur au blessé et honneur aux fidèles soldats qui ont trouvé la mort frappés par une main étrangère, car il y eut des époques où il écrivait tout ce qu'il pensait, tout ce qu'il savait, et il avait écrit sur un carton qu'il avait épinglé à la porte d'un des lieux d'aisances il est interdit de fère des çaletés dans les cabinés, en effet ayant poussé la porte par erreur il avait surpris un officier supérieur en train de se masturber accroupi sur les latrines, il écrivait les rares choses dont il se souvenait pour être sûr de ne jamais les oublier, Laetitia Nazareno, écrivait-il, mon unique et légitime épouse qui lui avait appris à lire et à écrire dans la plénitude de la vieillesse, il faisait des efforts pour évoquer son image publique, il voulait la revoir avec son ombrelle de taffetas aux couleurs du drapeau et son col de queues de renards argentés de première dame du pays, mais elle lui apparaissait toujours nue à deux heures de l'après-midi sous la lumière farineuse de la moustiquaire, il se souvenait du lent repos de ton corps calme et livide dans le bourdonnement du ventilateur électrique, il sentait tes nichons vivants, ton odeur de chienne, l'humeur corrosive de tes mains féroces de novice qui coupaient le lait oxydaient l'or et fanaient les fleurs, de bonnes mains pourtant pour l'amour, car elle seule avait obtenu triomphe inimaginable que tu enlèves tes bottes car tu salis mes draps de coton fin, il les enlevait, que tu enlèves tout ton harnachement car tu m'écrases la poitrine avec tes anneaux, il l'enlevait, que tu enlèves ton sabre, ton bandage, tes guêtres, que tu enlèves tout le reste mon amour car je ne te sens pas, et il enlevait tout le reste pour toi comme il ne l'avait jamais fait auparavant et ne devait plus jamais le refaire avec aucune femme après Laetitia Nazareno, mon unique et légitime amour, soupirait-il, et il écrivait ses soupirs sur les languettes jaunies des dossiers qu'il roulait comme des cigarettes pour les cacher dans les recoins les plus imprévus de la maison où lui seul pourrait les retrouver pour se souvenir de lui quand il ne pourrait plus se souvenir de rien, où personne ne les découvrit jamais quand l'image elle-même de Laetitia Nazareno acheva de disparaître dans les égouts de la mémoire ne laissant que le souvenir impérissable de sa mère Bendicion Alvarado les soirs d'adieux dans sa résidence des faubourgs, sa mère moribonde qui appelait les poules en secouant les grains de maïs dans une calebasse pour qu'il ne devinât pas qu'elle était aux portes de la mort, qui continuait de lui apporter des jus de fruits dans son hamac tendu entre les tamariniers pour qu'il ne soupçonnât pas que la douleur l'empêchait presque de respirer, sa mère qui l'avait conçu seule, qui l'avait enfanté seule, qui avait pourri seule jusqu'au moment où la souffrance solitaire était devenue si aiguë qu'elle avait été plus forte que l'orgueil et l'avait contrainte à demander à son fils regarde mon dos et dis-moi pourquoi je sens ce feu de braises qui me cuit, elle avait ôté sa chemise puis s'était tournée et il avait vu avec une horreur muette le dos mortifié par les ulcères fumants qui puaient la pulpe de goyave et dans lesquels crevaient les bulles minuscules des premières larves, des premiers vers. Sale époque mon général, où tous les secrets d'Etat sans exception étaient du domaine public et où l'on n'exécutait plus aucun ordre tambour battant depuis qu'on avait servi à la table de gala le cadavre exquis du général Rodrigo de Aguilar, mais lui s'en souciait comme d'une guigne, il négligea les anicroches du pouvoir durant ces mois cruels où sa mère pourrissait à petit feu dans une chambre contiguë à la sienne après que les médecins spécialistes en fléaux asiatiques eurent estimé que sa maladie n'était ni la peste, ni la gale, ni le pian, ni aucune autre calamité orientale mais un maléfice d'Indiens que seul son auteur pouvait guérir, il comprit que c'était la mort et s'enferma pour s'occuper de sa mère avec une abnégation toute maternelle, il resta à pourrir auprès d'elle pour que personne ne la vît mijoter dans son bouillon de larves, il donna l'ordre de transporter ses poules à la maison civile, on transporta ses paons, ses oiseaux peints qui se baladèrent à leur guise à travers salons et bureaux pour que sa mère ne regrettât pas les allées et venues champêtres de la résidence des faubourgs, lui-même brûlait des troncs de rocouyers dans la chambre pour que personne ne perçût le relent de cadavre de la moribonde, il lénifiait lui-même avec des pommades germicides le corps rougi par le mercurochrome, jauni par l'acide picrique, bleui par le méthylène, il badigeonnait lui-même avec des baumes turcs les ulcères fumants malgré le diagnostic du ministre de la Santé qui abhorrait les maléfices, merde alors, maman, tant mieux si nous mourons ensemble, disait-il, mais Bendicion Alvarado sachant qu'elle était seule menacée essayait de révéler à son fils les secrets de famille qu'elle ne voulait pas emporter dans la tombe, elle lui racontait comment on avait jeté son placenta aux cochons, oui monsieur, et la raison pour laquelle je n'ai jamais pu savoir lequel de tous ces vagabonds des trous perdus était ton père, elle essayait de lui expliquer pour les annales qu'il l'avait engendré debout sans enlever son chapeau à cause des mouches métalliques qui vous torturaient autour des outres de mélasse fermentée dans une arrière-salle de bistrot, elle avait craché le pauvre lardon par un petit jour d'août dans le vestibule d'un monastère, elle l'avait reconnu à la lueur des harpes mélancoliques des géraniums et il avait le testicule droit gros comme une figue, il se vidait comme un soufflet et exhalait un soupir de gaïta en respirant, elle le démaillotait, l'extirpait des chiffons offerts par les novices et l'exhibait sur les places durant les fêtes foraines avec l'espoir que quelqu'un lui indiquerait peut-être un meilleur remède et surtout un remède moins cher que le miel qu'on lui recommandait pour sa malformation, on l'abusait avec des formules de consolation, on n'échappe pas à son destin, lui disait-on, car en définitive l'enfant pouvait tout faire sauf jouer d'un instrument à vent, lui disait-on, et seule une voyante de cirque s'en rendit compte le nouveau-né n'avait pas de lignes dans la paume de la main ce qui signifiait qu'il était venu au monde pour être roi, c'était vrai, mais lui s'en moquait bien, il la suppliait de dormir sans gratter le passé car il lui était plus facile de croire que ces accrocs à l'histoire nationale étaient des délires causés par la fièvre, il la suppliait, dormez, maman, il l'enveloppait de la tête aux pieds dans un des nombreux draps de lin qu'il faisait tisser spécialement pour ne pas écorcher ses plaies, il l'installait sur le côté la main sur la poitrine, il la consolait maman, oubliez ces petits emmerdements de toute façon moi c'est moi, alors dormez tranquille. Les nombreuses et pénibles interventions officielles pour tenter d'étouffer la rumeur publique selon laquelle la fondatrice de la patrie pourrissait vivante se révélèrent inutiles, on divulguait des ordonnances bidon mais leurs propres propagateurs confirmaient la vérité de ce qu'ils démentaient, les vapeurs de la corruption, disaient-ils, étaient si intenses dans la chambre de la moribonde qu'elles avaient chassé jusqu'aux lépreux, on égorgeait des moutons pour l'asperger de sang frais, on retirait de son lit des draps trempés d'une matière tournesol qui coulait de ses plaies mais ces draps lavés et relavés ne retrouvaient jamais leur éclat originel, sans compter que personne ne l'avait revu lui dans les étables en train de surveiller la traite ni dans les chambres des concubines comme c'était sa coutume à l'aube même durant les époques les plus critiques, le primat en personne était venu lui proposer d'administrer les derniers sacrements à la moribonde mais il l'avait planté là sur le seuil, il n'y a pas de moribonde ici, mon père, n'écoutez donc pas les bobards, lui avait-il dit, il partageait le repas de sa maman dans la même assiette et avec la même cuiller malgré l'atmosphère de maladrerie qu'on respirait dans la chambre, il la lavait avant de la coucher avec le savon du bon chienchien reconnaissant tandis que son cœur cessait de battre sous l'émotion quand les dernières effilochures de sa voix dictaient les soins à donner aux animaux après sa mort, ne plumez pas les paons pour faire des chapeaux, non maman, disait-il, et il lui enduisait tout le corps de crésyl, ne forcez pas les oiseaux à chanter dans les fêtes, non maman, et il l'enveloppait dans son drap, chassez les poules des nids quand il tonnera car il ne s'agit pas qu'elles couvent des basilics, oui maman, et il la couchait la main sur la poitrine, oui maman, dormez tranquille, et il l'embrassait sur le front, puis il s'assoupissait durant les quelques heures qui lui restaient allongé à plat ventre auprès du lit, à la merci de telle ou telle dérivation de son sommeil ou de délires interminables qui devenaient de plus en plus lucides au fur et à mesure qu'ils se rapprochaient de la mort, qu'il apprenait nuit après nuit à coups de rages accumulées à supporter la rage folle de ce douloureux lundi où le terrible silence du monde au petit jour le réveilla et où sa mère de ma vie Bendicion Alvarado avait cessé de respirer, alors il dénuda le corps nauséabond et découvrit peint de profil sur le drap un autre corps identique qui avait lui aussi la main sur la poitrine, tout cela sous les cocoricos discrets des premiers coqs, et il vit que le corps peint de profil loin de présenter les lésions de la peste ou les ravages de la vieillesse était au contraire dur et lisse comme une peinture à l'huile qui aurait recouvert les deux faces du suaire, exhalant un parfum naturel de tendres fleurs qui purifiait l'atmosphère d'hôpital de la chambre, et on eut beau la frotter et la refrotter avec du sable et la plonger dans de la lessive bouillante on ne réussit pas à effacer l'image du drap car elle était intégrée à l'endroit et à l'envers à la trame du lin, elle était devenue lin éternel, mais lui n'eut pas la sérénité suffisante pour mesurer l'étendue du prodige, il abandonna la chambre en refermant rageusement la porte qui claqua comme un coup de feu, et alors les cloches de la cathédrale se mirent à sonner le glas suivies par celles de toutes les églises de la capitale puis par celles de toute la nation qui bourdonnèrent sans répit durant cent jours, et ceux que les cloches réveillèrent comprirent sans illusions qu'il était à nouveau le maître tout-puissant et que l'énigme de son cœur oppressé par la rage de la mort se dressait avec plus de force que jamais contre les velléités de la raison, de la dignité et de l'indulgence, car sa mère de ma vie Bendicion Alvarado était morte en cette aube du lundi 23 février et un nouveau siècle de confusion et de scandale commençait dans le monde. Aucun d'entre nous n'était assez vieux pour témoigner de cette mort mais le tintamarre des funérailles était arrivé jusqu'à notre époque et nous savions de source sûre qu'il n'était plus le même, personne n'eut plus le droit de perturber ses insomnies d'orphelin bien au-delà des cent jours du deuil officiel, on ne le revit plus dans la maison de douleur dont l'enceinte avait été envahie par les résonances puissantes du glas, on ne sonnait plus d'autres heures que celles de son deuil, on parlait en soupirant, les gardes privés déambulaient nu-pieds comme durant les premières années de son régime et seules les poules pouvaient aller et venir à leur caprice dans la maison interdite dont le monarque désormais invisible s'épuisait de rage dans son rocking-chair d'osier tandis que sa mère de mon âme Bendicion Alvarado circulait à travers des bleds chauds et miteux dans un cercueil bourré de sciure et de glace pilée pour l'empêcher de pourrir plus que de son vivant, on promena la morte en procession solennelle jusqu'aux confins les plus oubliés de son royaume pour ne priver personne du privilège d'honorer sa mémoire, on la trimbala au milieu des hymnes et des crêpes noirs du vent jusqu'aux gares des hauts déserts où elle fut reçue par les mêmes fanfares lugubres et les mêmes foules taciturnes qui à l'époque glorieuse étaient venues apercevoir le pouvoir caché dans la pénombre du wagon présidentiel, on l'exposa dans le monastère de charité où à l'origine des temps une oiselière nomade avait accouché à la va-comme-je-te-pousse d'un fils de personne qui avait réussi à devenir roi, on ouvrit les portails du sanctuaire pour la première fois en un siècle, des soldats à cheval raflèrent des Indiens dans les villages, les amenèrent séquestrés, les poussèrent à coups de crosse dans la vaste nef affligée par les soleils glacés des vitraux où neuf évêques en habit de cérémonie chantaient l'office des ténèbres, dors en paix dans ta gloire, chantaient les diacres, les enfants de chœur, paix à tes cendres, chantaient-ils, au-dehors il pleuvait dans les géraniums, les novices distribuaient du guarapo avec le pain des morts, on vendait des côtelettes de porc, des chapelets, des flacons d'eau bénite sous les arcades de pierre des patios, il y avait de la musique dans les tavernes des coins perdus, il y avait de la poudre, on dansait dans les vestibules, c'était dimanche, maintenant et à jamais, c'étaient des années de fête dans les layons des fugitifs et les défilés brumeux par où sa mère de ma mort Bendicion Alvarado était passée de son vivant talonnant son fils chahuté par la bourrasque fédérale, car elle avait veillé sur lui durant la guerre, elle avait empêché les mules des soldats de le piétiner quand il s'écroulait sans connaissance sur le sol enveloppé dans une couverture, débitant des énormités sous l'effet de la fièvre, elle avait essayé de lui inculquer sa peur ancestrale des dangers qui guettent les gens de la montagne quand ils descendent dans les villes de la mer ténébreuse, elle redoutait les vice-rois, les statues, les crabes qui buvaient les larmes des nouveau-nés, elle avait tremblé d'effroi devant la majesté de la maison du pouvoir qu'elle avait reconnue à travers la pluie la nuit de l'assaut sans imaginer alors que ce serait le lieu de sa mort, la maison de solitude où il vivait lui, où il se demandait dans le feu de la rage couché à plat ventre sur le sol merde alors où t'es-tu fourrée, maman, dans quel embrouillamini de mangroves ton corps s'est-il donc empêtré, qui chasse les papillons autour de ta tête, soupirait-il, anéanti par la douleur, tandis que sa mère Bendicion Alvarado naviguait sous un dais de feuilles de bananier parmi les exhalaisons nauséabondes des marécages pour être exhibée dans les écoles des fins fonds de la brousse, dans les casernes des déserts du salpêtre, dans les cabanes d'Indiens, on l'exposait dans les maisons des riches auprès d'un portrait qui la représentait jeune fille, elle était langoureuse, elle était belle, elle avait rehaussé son front d'un diadème, elle avait mis contre sa volonté une collerette de dentelles, elle s'était laissé poudrer et mettre du rouge à lèvres pour cette seule circonstance, on lui avait glissé une tulipe de soie dans une main pour qu'elle la tienne comme ça, non, madame, pas comme ça, comme ceci, négligemment sur la poitrine, lorsque le photographe vénitien des monarques européens avait tiré le portrait officiel de la première dame du pays qu'on avait exposé auprès du cadavre comme une preuve définitive écartant tout soupçon de remplacement, cadavre et photo étaient identiques, car on n'avait rien laissé au hasard, le corps était reconstruit par des opérations clandestines au fur et à mesure que le cosmétique se désagrégeait et que la peau crevassée par la paraffine fondait sous la chaleur, on lui enlevait la mousse qui poussait sur ses paupières durant les périodes de pluie, les couturières de l'armée entretenaient la robe de la morte comme si on la lui avait enfilée la veille, elles conservaient en état de grâce la couronne de fleurs d'oranger et le voile de mariée vierge qu'elle n'avait jamais portés de son vivant, personne dans ce lupanar d'idolâtres ne devait oser répéter un jour que tu étais différente de ton portrait, maman, personne ne devait oublier que c'est moi qui commande ici pour les siècles des siècles même dans les patelins les plus minables des rives sablonneuses de la forêt où au bout de tant d'années d'oubli on vit revenir à minuit tous feux allumés le vétuste bateau à aubes lequel fut accueilli par des tambours de Pentecôte car on crut au retour des temps glorieux, que viva el macho, cria-t-on, et on se jeta à l'eau avec un chargement de tatous bien gras, avec un potiron gros comme un bœuf, on grimpa à même la dentelle de bois des balustrades pour offrir son tribut d'allégeance au pouvoir invisible dont les dés déterminaient le hasard de la patrie et on resta là le souffle coupé devant le catafalque de glace pilée et de gros sel qui se multipliait dans les miroirs stupéfaits de la salle à manger présidentielle, exposé au jugement public sous les ventilateurs à ailettes du bateau de plaisance antédiluvien qui navigua des mois et des mois entre les îles éphémères des affluents équatoriaux pour s'égarer finalement dans un âge de cauchemar où les gardénias avaient l'usage de la raison et où les iguanes volaient dans les ténèbres, le monde s'acheva, la roue de bois s'enlisa dans les sables d'or et s'y cassa, la glace fondit, le sel aussi, et le corps tuméfié se mit à flotter à la dérive sur une soupe de sciure, pourtant il ne se putréfia pas, bien au contraire mon général, car nous vîmes madame votre mère ouvrir les yeux et ses pupilles étaient lumineuses, elles avaient la couleur de l'aconit en janvier et l'éclat de la pierre de lune, les plus incrédules d'entre nous virent s'embuer la plaque de verre du catafalque sous son haleine, une sueur vivante et parfumée suintait de ses pores, et même nous vîmes qu'elle souriait. Vous ne pouvez pas vous faire une idée de la situation mon général, ce fut la panique, nous vîmes les mules mettre bas, nous vîmes des fleurs pousser sur le salpêtre, nous vîmes les sourds-muets abasourdis par le prodige de leurs propres cris miracle, miracle, miracle, criaient-ils, ils pulvérisèrent les vitres du cercueil mon général et il s'en fallut de peu qu'ils ne découpent le cadavre pour se partager les reliques, nous dûmes opposer un bataillon de grenadiers à la ferveur des foules frénétiques et tumultueuses qui arrivaient de la pépinière d'îles des Caraïbes envoûtées par la nouvelle l'âme de sa maman Bendicion Alvarado avait obtenu de Dieu la faculté de contrecarrer les lois de la nature, on vendait des fils de son linceul, on vendait des scapulaires, l'eau de ses hanches, des portraits d'elle en tenue de reine, c'était une cohue si folle si gigantesque qu'on aurait cru voir dévaler une avalanche de bœufs sauvages dont les sabots auraient tout dévasté sur leur passage dans un fracas de tremblement de terre si puissant que vous pouvez l'entendre d'ici si vous prêtez l'oreille mon général, écoutez plutôt, alors il mit sa main en cornet derrière son oreille, elle bourdonnait moins, il écouta avec attention et il entendit, madre mía Bendicion Alvarado, il entendit le tonnerre sans fin, il vit le marécage bouillonnant de l'énorme foule qui débordait jusqu'à la mer, il vit le torrent de cierges allumés qui charriaient un autre jour plus radieux dans la clarté radieuse de midi, car sa mère de mon âme Bendicion Alvarado regagnait la ville de ses anciennes terreurs telle qu'elle y était arrivée la première fois avec la marabunta de la guerre, avec l'odeur de chair crue de la guerre, mais délivrée à jamais des périls du monde puisqu'il avait fait arracher des livres d'école les pages concernant les vice-rois désormais rayés de l'histoire, il avait interdit les statues qui t'empêchent de dormir, maman, elle rentrait donc sans ses angoisses congénitales portée par une foule pacifique, elle rentrait sans cercueil, à ciel ouvert, dans un air interdit aux papillons, écrasée par l'or des ex-voto qu'on avait accrochés à son corps durant le voyage interminable qui des confins de la forêt l'avait conduite à travers son vaste royaume d'ennui son royaume convulsé, cachée sous un amas de petites béquilles en or déposées par les paralytiques requinqués, enfouie sous les étoiles en or des naufragés, sous les nourrissons en or des femmes stériles incrédules qui avaient dû accoucher d'urgence derrière les buissons, comme à la guerre, mon général, elle naviguait à la dérive au milieu du torrent dévastateur de la migration biblique de toute une nation qui ne trouvait pas où caser ses ustensiles de cuisine, ses animaux, les restes d'une vie sans autre espoir de salut que les prières secrètes que Bendicion Alvarado adressait au ciel durant les combats pour détourner les balles tirées contre son fils, lui qui avait surgi dans le tumulte de la guerre un chiffon rouge sur la tête en criant durant les trêves laissées par les délires de la fièvre vive le parti libéral nom d'un bordel, vive le fédéralisme triomphant, ostrogoths de merde, bien qu'il fût attiré en fait par la curiosité atavique de connaître la mer, à cette différence près que la foule des gueux qui avait envahi la ville avec le corps de sa mère était beaucoup plus turbulente et frénétique que toutes celles qui avaient dévasté le pays pendant l'aventure de la guerre fédérale, plus vorace que la marabunta, plus terrible que la panique, la plus effroyable que mes yeux aient vue au cours de ces innombrables journées des années innombrables de son pouvoir, le monde entier mon général, regardez, quelle merveille. Convaincu par l'évidence, il sortit enfin des brumes de son deuil, il en sortit pâle et dur en arborant un brassard noir, bien décidé à utiliser toutes les ressources de son autorité pour obtenir la canonisation de sa maman Bendicion Alvarado en invoquant les preuves écrasantes de sa sainteté, il dépêcha à Rome ses ministres lettrés, il réinvita le nonce à venir boire le chocolat et croquer des biscuits dans les flaques de lumière de la tonnelle fleurie de bougainvillées, il le reçut à la bonne franquette, étendu dans son hamac, torse nu et s'éventant avec son chapeau blanc, et le nonce assis devant lui avec sa tasse de chocolat brûlant, indifférent à la chaleur et à la poussière dans l'aura de lavande qui nimbait sa soutane du dimanche, indifférent à la prostration du tropique, indifférent aux fientes des oiseaux de la défunte qui volaient en liberté dans les mares solaires de la tonnelle, absorbait parcimonieusement son chocolat à la vanille, il grignotait les biscuits avec une pudeur de mariée en tâchant de retarder le poison inévitable de la dernière gorgée, rigide sur ce fauteuil d'osier où personne n'avait le droit de s'asseoir, sauf vous, mon père, comme durant ces soirs mauves des temps glorieux où un autre nonce vieillard candide essayait de le convertir à la foi du Christ en recourant à des devinettes scolastiques de Thomas d'Aquin, à cette différence près que maintenant c'est moi qui vous fais signe pour vous convertir, mon père, c'est le monde à l'envers, car maintenant je crois, dit-il, et il répéta la phrase sans sourciller, oui maintenant je crois, encore qu'en réalité il ne crût à rien ni ici-bas ni ailleurs n'était que sa mère de ma vie avait droit à la gloire des autels vu les mérites de sa vocation de sacrifice et sa modestie exemplaire, il y croyait si fort qu'il ne basait pas sa sollicitation sur les âneries publiques affirmant que l'étoile polaire se déplaçait dans le sens du cortège funèbre et que les instruments à cordes jouaient tout seuls dans les armoires quand ils entendaient passer le cadavre non il fondait sa demande sur la vertu de ce drap qu'il déploya toutes voiles dehors dans la splendeur d'août pour que le nonce vît ce qu'il vit en effet imprimé dans la texture du lin, il vit l'image de sa mère Bendicion Alvarado sans traces de vieillesse ni stigmates de peste couchée de côté la main sur le cœur, il surprit sous ses doigts l'humidité de la sueur éternelle, aspira un parfum de fleurs vivantes au milieu du vacarme des oiseaux excités par le souffle du miracle, regardez cette merveille, mon père, disait-il, en montrant le drap à l'endroit et à l'envers, même les oiseaux la reconnaissent, mais le nonce observait la toile avec une attention incisive qui avait su découvrir des impuretés de cendre volcanique dans la matière travaillée par les grands maîtres de la chrétienté, qui avait détecté les failles d'un caractère et même les doutes d'une foi dans l'intensité d'une couleur, qui avait subi l'extase de la rotondité de la terre allongé sur le dos sous le dôme d'une chapelle solitaire dans une ville irréelle où le temps ne s'écoulait pas mais flottait, jusqu'au moment où il eut le courage d'écarter les yeux du drap au terme d'une contemplation profonde pour opiner d'une voix douce mais irrémédiable que le corps imprimé dans le lin n'était pas une intervention de la Divine Providence désirant nous apporter une nouvelle preuve de sa miséricorde infinie, loin de là, excellence, c'est l'œuvre d'un peintre expert dans les beaux et les mauvais arts qui a abusé de la grandeur d'âme de votre excellence, car ces couleurs ne sont pas celles d'un artiste mais un vulgaire produit domestique, un badigeon pour portes et fenêtres, excellence, sous le parfum des résines naturelles qu'on avait dissoutes dans la peinture persistait le relent bâtard de la térébenthine, persistaient des grumeaux de plâtre, persistait une humidité qui n'était pas la sueur du dernier frisson de la mort comme on le lui avait fait accroire mais l'humidité artificielle du lin saturé d'huile du même nom et entreposé dans des endroits obscurs, croyez-moi je suis désolé, conclut le nonce avec un regret sincère, mais il ne sut rien dire de plus devant ce vieillard granitique qui l'observait sans sourciller de son hamac, qui l'avait écouté du fond du marécage bourbeux de ses lugubres silences asiatiques sans même remuer les lèvres pour le contredire bien que personne ne connût mieux que lui vérité au sujet du miracle secret du drap dans lequel je t'ai enveloppée de mes propres mains, maman, j'ai été si effrayé par le premier silence de ta mort que j'ai pensé que le monde venait de se réveiller au fond de la mer, j'ai vu le miracle, nom d'un bordel, mais malgré tant de certitude il n'interrompit pas le verdict du nonce, à peine cilla-t-il deux fois sans fermer les yeux comme le font les iguanes, à peine sourit-il, très bien, mon père, soupira-t-il pour finir, comme vous voudrez, mais je tiens à vous dire que vous assumerez la responsabilité de vos paroles, je vous le répète lettre à lettre pour que vous ne l'oubliiez plus durant le reste de votre longue vie vous as-su-me-rez la res-pon-sa-bi-li-té de vos paroles, mon père, moi je m'en lave les mains. Le monde demeura plongé dans l'engourdissement durant cette semaine de mauvais présages où il ne quitta pas son hamac même pour manger, il chassait à coups d'éventail les oiseaux apprivoisés qui se perchaient sur son corps, il chassait les auréoles de lumière des bougainvillées croyant que c'étaient des oiseaux apprivoisés, il ne reçut personne, ne donna aucun ordre, mais la force publique resta impassible lorsque les hordes de fanatiques à sa solde attaquèrent le palais de la Nonciature, mirent à sac le musée des reliques historiques, surprirent le nonce en train de faire la sieste en plein air dans un doux recoin du jardin intérieur, l'entraînèrent tout nu dans la rue, lui chièrent dessus mon général, imaginez un peu, mais lui ne bougea pas de son hamac, il ne cilla même pas quand on lui apporta la nouvelle mon général ils baladent le nonce sur un âne dans les rues commerçantes c'est un véritable déluge d'eaux de vaisselle qu'on lui vide dessus du haut des balcons, on lui crie grande tapette, miss vatican, laissez venir à moi les petits enfants, ce fut seulement quand ils l'abandonnèrent à moitié mort sur le tas d'ordures du marché municipal qu'il se redressa dans son hamac en écartant les oiseaux d'un revers de main, apparut avec son brassard noir les yeux boursouflés par l'insomnie dans la salle des audiences en écartant les toiles d'araignée du deuil d'un autre revers de main, et donna l'ordre d'installer le nonce sur un radeau de naufragé avec trois jours de vivres puis laissez-le aller à la dérive sur la route des croiseurs européens pour que le monde entier sache comment finissent les étrangers qui menacent la majesté de la patrie, et que le pape en personne apprenne dès aujourd'hui et à jamais qu'il a beau être superpape à Rome et avoir son anneau au doigt sur son trône en or, ici moi c'est moi et c'est moi qui commande, nom d'un bordel, soutaneux de merde. La mesure fut efficace, car avant la fin de la même année on instruisit le procès de canonisation de sa mère Bendicion Alvarado dont le corps intact fut exposé à la vénération publique dans la nef centrale de la primatiale, on chanta des gloria sur les autels, on dérogea à l'état de guerre qu'il avait proclamé contre le Saint-Siège, vive la paix, criaient les foules sur la Place d'Armes, vive Dieu, criait-on, tandis qu'il recevait en audience solennelle l'auditeur de la Sainte Congrégation des Rites, promoteur et postulateur de la foi, monseigneur Demetrio Aldous, surnommé l'Erythréen, à qui on avait confié la mission d'éplucher la vie de Bendicion Alvarado jusqu'à ce qu'il ne restât plus le moindre doute sur l'évidence de sa sainteté, jusqu'où bon vous semblera, mon père, lui avait-il dit, en retenant sa main dans la sienne, tant il s'était senti en confiance immédiate avec cet Abyssin olivâtre qui aimait la vie par-dessus tout, mangeait des œufs d'iguane, mon général, et s'enthousiasmait pour les combats de coqs, pour le bagout des mulâtresses et la cumbia, comme nous mon général, le même cirque, tant et si bien que les portes les mieux gardées s'ouvrirent sans réserve sur son ordre pour que l'examen de l'avocat du diable ne se heurtât à aucun obstacle, non il n'y avait rien de caché ni d'invisible dans son gigantesque royaume d'ennui qui ne fût une preuve irréfutable que sa mère de mon âme Bendicion Alvarado était prédestinée à la gloire des autels, la patrie est à vous, mon père, vous l'avez devant vous, et il l'eut devant lui, bien entendu, les militaires imposèrent l'ordre dans le palais de la Nonciature devant lequel piétinaient chaque matin des files innombrables de lépreux qui venaient montrer leur peau neuve sur les plaies anciennes, les vieux danseurs de Saint-Guy venaient enfiler des aiguilles devant les incrédules, ceux qui s'étaient enrichis à la roulette parce que Bendicion Alvarado leur révélait dans leur sommeil les numéros gagnants venaient montrer leur fortune, en compagnie de ceux qui avaient reçu des nouvelles de leurs disparus, de ceux qui avaient retrouvé leurs noyés, de ceux qui n'avaient jamais rien eu et qui maintenant avaient tout, tous venaient, tous défilaient inlassablement dans le bureau surchauffé avec son décor d'arquebuses à tuer les cannibales et de tortues préhistoriques don de Sir Walter Raleigh où l'infatigable Erythréen les écoutait sans poser de questions, sans intervenir, ruisselant de sueur, étranger à cette puanteur d'humanité en décomposition qui s'entassait dans le bureau et qui raréfiait l'air avec la fumée de ses cigarettes à quatre sous, il notait minutieusement les déclarations des témoins et les faisait signer ici, avec le nom complet, ou avec une croix, ou comme vous mon général avec l'empreinte digitale, bref comme on pouvait mais on signait, au suivant, et le suivant se présentait, exactement semblable au précédent, j'étais tuberculeux, mon père, disait-il, j'étais tuberculeux, écrivait l'Erythréen, et maintenant écoutez comme je chante, j'étais impotent, mon père, et maintenant regardez comme je trotte toute la journée, j'étais impotent, écrivait-il avec une encre indélébile pour que son écriture rigoureuse demeurât à l'abri des retouches futures jusqu'à l'extinction de la race humaine, j'avais dans le ventre un animal vivant, mon père, j'avais un animal vivant, écrivait-il sans pitié, intoxiqué par le café amer, empoisonné par le tabac trop sec du cigare qu'il allumait avec le mégot de l'ancien, débraillé comme un piroguier mon général, ce curé n'en manque pas, non monsieur, disait-il, je n'en manque pas, chacun a ce que le ciel lui donne, il travaillait d'une traite, sans manger pour ne pas perdre de temps et jusque bien après la tombée de la nuit, sans se reposer non plus une fois sa tâche terminée car à peine sorti de son bain on le voyait apparaître dans les bistrots du port avec sa soutane pleine de rapiècements carrés, il arrivait mort de faim, s'asseyait à la longue table de planches partager le sancocho de bocachico [1] avec les arrimeurs, il ouvrait le poisson avec les doigts, triturait jusqu'aux arêtes avec ces dents lucifériennes qui brillaient de leur propre feu dans l'obscurité, il avalait sa soupe à même l'assiette comme un vrai plouc mon général, si vous le voyiez, mêlé à cet essaim de guêpes humaines des voiliers sordides qui lèvent l'ancre avec leurs chargements de singes et de bananes vertes, avec leurs cargaisons de jeunes putains pour les hôtels de verre de Curaçao, pour Guantanamo, mon père, pour Santiago de los Caballeros qu'on ne peut même pas atteindre par mer, pour les îles les plus belles et les plus tristes du monde qui nous ont fait rêver jusqu'aux premières clartés de l'aube, mon père, souvenez-vous ah comme nous étions différents quand les goélettes s'en allaient, souvenez-vous, mon père, le perroquet qui devinait l'avenir chez Mathilde Arenales, les crabes qui s'échappaient lentement des assiettes de soupe, le vent de requins, les tambours lointains, la vie, mon père, la chienne de vie, muchachos, car il parle comme nous mon général, comme s'il était né dans le quartier des batailles de chiens, il jouait au foot sur la plage, il avait appris à manier l'accordéon mieux que les gens de Valledupar [2], il chantait mieux qu'eux, il avait appris la langue fleurie des marins d'eau douce, il se moquait d'eux en latin, il se soûlait en leur compagnie dans les galetas de pédérastes du marché, il s'était battu avec un voyou qui avait mal parlé de Dieu, ils se sont empoignés comme des énergumènes mon général,

1. Poisson de rivière colombien. *(N.d.T.)*
2. Ville de Colombie réputée pour ses chansons populaires à l'accordéon. *(N.d.T.)*

qu'est-ce qu'on fait, ne les séparez surtout pas avait-il ordonné, on avait fait cercle autour d'eux et il avait gagné, le curé a gagné mon général, je le savais, dit-il, satisfait, il ne manque pas de couilles, et il est moins louftingue que beaucoup l'imaginent, en effet au cours de ces nuits turbulentes il découvrit autant de vérités que durant ses journées épuisantes à la Nonciature, beaucoup plus que dans la ténébreuse résidence des faubourgs qu'il avait explorée sans permission un après-midi de déluge où il avait cru tromper la surveillance insomnieuse des services de la sûreté présidentielle, il l'avait fouillée jusqu'au moindre interstice trempé par la pluie qui tombait des lézardes du plafond, happé par les bourbiers de malangas et les camélias vénéneux des chambres magnifiques que Bendicion Alvarado abandonnait à la joie de ses servantes, car elle était bonne, mon père, elle était humble, elle leur donnait pour dormir des draps de percale alors qu'elle-même dormait sur une natte usée dans un mauvais lit de caserne, elle les laissait enfiler ses robes et ses dessous du dimanche, elles se parfumaient avec ses sels de bain, elles s'ébattaient nues avec les ordonnances dans la mousse colorée des baignoires d'étain à pattes de lion, elles vivaient comme des reines tandis qu'elle-même s'épuisait à peinturlurer des oiseaux, à cuire ses ragoûts de légumes sur son petit fourneau à bois et à cultiver des plantes médicinales pour les urgences de ses voisins qui la réveillaient en pleine nuit j'ai une crampe d'estomac, madame, et elle leur donnait à mâcher des graines de nasitort, mon filleul a l'œil de travers, et elle lui donnait un vermifuge de chénopode, je vais mourir, madame, mais on ne mourait pas car elle détenait la santé dans ses mains, c'était une sainte vivante, mon père, elle marchait dans son propre espace de pureté à travers cette résidence d'agrément où il avait plu cruellement depuis qu'on l'avait transférée contre sa volonté à la présidence, il pleuvait sur les lotus du piano, sur la table d'albâtre de la somptueuse salle à manger où Bendicion Alvarado ne s'était jamais assise car c'eût été manger sur un autel, imaginez un peu, mon père, quel pressentiment de sainte, pourtant malgré les témoignages fébriles des voisins l'avocat du diable trouva plus de vestiges de timidité que d'humilité dans les décombres, il trouva plus de preuves de pauvreté mentale que d'abnégation parmi les Neptunes d'ébène, les débris de diables locaux et d'anges martiaux qui flottaient dans la mangrove des anciennes salles de danse, par contre il ne trouva pas la moindre trace de ce dieu difficile, un et trin, qui du fond des plaines brûlantes de l'Abyssinie l'avait envoyé chercher la vérité là où elle n'avait jamais existé, car il n'avait rien trouvé mon général, ce qui s'appelle rien, quel coup dur. Malgré tout, monseigneur Demetrio Aldous ne se contenta pas de scruter la ville, il grimpa à dos de mule dans les limbes glacés du haut plateau essayant de découvrir les origines de la sainteté de Bendicion Alvarado là où son image n'était pas encore pervertie par l'éclat du pouvoir, il surgissait du brouillard enveloppé dans une cape de brigand avec des bottes de sept lieues telle une apparition diabolique qui effrayait, puis étonnait et finalement intriguait des bouseux qui n'avaient jamais vu un être humain de cette couleur, mais l'astucieux Erythréen les incitait à le toucher pour les convaincre qu'il ne crachait pas du goudron, il leur montrait ses dents au milieu des ténèbres, il se soûlait avec eux en mangeant leurs galettes de fromage et en buvant de la chicha dans la même calebasse afin de gagner leur confiance dans les cantines lugubres des trous perdus où aux aurores d'autres siècles ils avaient connu une pauvre oiselière indigente épuisée par son absurde chargement de cageots pleins de poussins maquillés en rossignols, de toucans dorés, d'ortalides métamorphosées en paons pour abuser les péquenots en ces dimanches funèbres des foires du désert, elle s'asseyait là, mon père, à la chaleur des fourneaux, attendant que quelqu'un lui fît la charité de coucher avec elle sur les sacs de mélasse de l'arrière-boutique, pour manger, mon père, rien que pour manger, car personne n'était assez con pour lui acheter ces saloperies qui déteignaient dès les premières pluies et qui boitillaient dès les premiers pas, elle seule était vraiment candide, mon père, elle était la sainte bénédiction des oiseaux ou des déserts, comme vous voudrez, car nul ne savait de science certaine quel était son nom à l'époque ni quand elle avait choisi de s'appeler Bendicion Alvarado qui ne devait pas être son nom d'origine étant donné que ce n'est pas un nom de par ici mais plutôt un nom de marins, quel bazar, même cela le sinueux fouineur de Satan l'avait appris lui qui découvrait et pénétrait tout malgré les sicaires de la sécurité présidentielle qui embrouillaient les fils de la vérité et tendaient sous ses pieds des obstacles invisibles, et si on le balançait dans un précipice, mon général, et si on descendait sa mule, mais il l'interdit et donna l'ordre de le surveiller en préservant son intégrité physique je répète en préservant intégrité physique laisser absolue liberté toutes facilités remplir mission ordre absolu autorité suprême obéir et exécuter, signé moi, et il insista moi en personne, conscient de ce que sa détermination entraînait le risque terrible de révéler l'image véritable de sa mère Bendicion Alvarado à l'époque interdite où elle était jeune encore, où elle était langoureuse, allait pieds nus, en haillons, et devait manger par le bas-ventre, mais elle était belle, mon père, et si candide qu'elle rehaussait les perroquets les plus vulgaires de plumes de coqs racés pour les faire passer pour des aras, retapait les poules épuisées avec des plumes d'éventails, des plumes de paons pour les vendre comme des oiseaux de paradis, personne n'y croyait, bien entendu, personne n'avait l'innocence de tomber dans le piège de l'oiselière solitaire qui murmurait dans le brouillard des marchés dominicaux si vous me dites son prix je vous le donne, tout le monde dans ce désert se souvenait d'elle à cause de sa candeur et de sa pauvreté, pourtant il semblait impossible d'établir son identité car dans les archives du monastère où on l'avait baptisée on ne retrouva pas le folio de son acte de naissance par contre on retrouva trois actes pour son fils, trois fois conçu en trois occasions différentes, mis trois fois au monde grâce aux subterfuges de l'histoire nationale qui avait embrouillé les fils de la réalité afin que personne ne pût déchiffrer le secret de son origine, le mystère caché que seul l'Erythréen réussit à subodorer en écartant l'une après l'autre les nombreuses mystifications superposées, oui il avait flairé la vérité, mon général, il l'avait à portée de la main lorsqu'on avait entendu claquer l'énorme coup de feu qui s'était prolongé sur les croupes grises et dans les gorges profondes de la cordillère, on avait entendu le cri d'effroi interminable de la mule qui d'une cime aux neiges éternelles roulait vers les bas-fonds vertigineux, traversant les climats successifs et instantanés des chromos de sciences naturelles du précipice, les sources exiguës des grands fleuves navigables, les corniches escarpées que les savants docteurs de l'expédition botanique gravissaient à dos d'Indien avec leurs herbiers secrets, les plateaux de magnolias sauvages où broutaient les brebis à la laine tiède qui nous offraient avec leur viande généreuse une pelisse et le bon exemple, les résidences des caféières avec leurs guirlandes de papier aux balcons solitaires et leurs malades increvables, le grondement éternel des rivières turbulentes des limites montagneuses où la chaleur commençait et où il y avait au soir tombant des puanteurs de vieux mort de mort en traître de mort esseulé dans les plantations de cacao aux grandes feuilles persistantes aux fleurs incarnates aux baies dont les graines servaient d'ingrédient principal pour la fabrication du chocolat, où il y avait le soleil immobile, la poussière brûlante, la cucurbitacée courge et la cucurbitacée melon, les vaches maigres et tristes du département de l'Atlantique dans la seule école de charité à deux cents lieues à la ronde, et le relent de la mule encore vivante qui s'était écrabouillée en éclatant comme un succulent corossol parmi les touffes de bananiers et les poulettes effarouchées du fond de l'abîme, merde alors ils lui ont fait la peau, mon général, ils l'avaient descendu comme un cerf dans le défilé de l'Ame-en-peine avec un rifle de chasseur de tigre malgré la protection de mon autorité, fils de putain, malgré mes télégrammes draconiens, merde alors, mais maintenant ils vont avoir de mes nouvelles, il tonitruait, il mâchonnait une écume de fiel moins par rage après leur désobéissance qu'à cause de cette conviction s'ils ont osé contrarier les foudres du pouvoir c'est qu'ils me cachent quelque chose de grave, il surveillait l'haleine de ses informateurs sachant fort bien que seul celui qui connaissait la vérité aurait le courage de lui mentir, il épiait les intentions secrètes du haut commandement pour voir lequel de ses membres avait trahi, toi que j'ai sorti de rien, toi que j'ai fait dormir dans un lit en or alors que tu dormais par terre quand je t'ai rencontré, toi à qui j'ai sauvé la vie, toi que j'ai acheté plus cher que n'importe qui, lequel de vous, hein, fils de putain, car c'était parmi eux et eux seuls que pouvait se trouver celui qui avait eu l'audace de déshonorer un télégramme signé de mon nom et légalisé avec la cire de mon anneau, aussi prit-il en personne le commandement de l'opération de récupération en lançant l'ordre impératif je vous donne quarante-huit heures au maximum pour le retrouver vivant et me l'amener ici et si vous le retrouvez mort ramenez-le vivant et si vous ne le retrouvez pas ramenez-le quand même, un ordre si clair et si redoutable qu'avant le délai prévu ils rappliquèrent avec la nouvelle, mon général nous l'avons découvert dans les buissons du précipice, blessé, mais les fleurs d'or des *frailejones* [1] ont cautérisé ses blessures, et il est plus vivant que nous mon général, sain et sauf grâce à l'intervention de sa mère Bendicion Alvarado qui une fois de plus donnait des preuves de sa clémence et de son pouvoir sur la personne même de celui qui avait essayé de nuire à sa mémoire, on le transporta par des sentiers d'Indiens dans un hamac suspendu à une perche entouré de grenadiers et précédé d'un gendarme à cheval qui agitait des grelots de grand-messe pour que tout le monde sût bien que tout cela était l'œuvre de ma volonté, on

1. Plante des hauts plateaux andins qui peut atteindre deux mètres de haut et qui produit une résine très appréciée. *(N.d.T.)*

l'installa dans la chambre d'honneur de la présidence sous la responsabilité directe du ministre de la Santé jusqu'au jour où il put mettre un point final au terrible dossier écrit de sa main et rehaussé de ses initiales dans la marge droite de chacun des trois cent cinquante folios de chacun des sept volumes que je revendique et signe et garantis authentiques ce quatorze avril de cette année de grâce de Notre Seigneur, moi, Demetrio Aldous, auditeur de la Sainte Congrégation des Rites, postulateur et promoteur de la foi, désigné par l'Immense Constitution et pour le rayonnement de la justice des hommes sur la terre et la plus grande gloire de Dieu dans les cieux j'affirme et démontre que ceci est la vérité, toute la vérité et rien que la vérité, excellence, tenez, elle est à vous. Elle était là, en effet, prisonnière de sept bibles cachetées à la cire, si inéluctable et brutale que seul un homme immunisé contre les sortilèges de la gloire et étranger aux intérêts de son pouvoir osa l'exposer toute nue devant le vieillard impassible qui l'écouta sans sourciller en s'éventant dans son rocking-chair d'osier, le vieillard qui soupirait à peine après chaque révélation mortelle, qui disait à peine ah ah chaque fois qu'il voyait s'allumer la lampe de la vérité, ah ah, répétait-il, en chassant avec son chapeau les mouches d'avril excitées par les reliefs du déjeuner, en avalant des vérités entières pleines d'amertume, des vérités comme des braises qui restaient à brûler dans les ténèbres de son cœur, car tout avait été une farce, excellence, une énorme turlupinade qu'il avait lui-même suscitée sans le vouloir quand il avait décidé que le cadavre de sa mère allait être exposé à la vénération publique dans un catafalque de glace pilée bien avant que quiconque eût pensé aux mérites de ta sainteté et seulement pour démentir la rumeur malveillante selon laquelle tu te putréfiais avant de mourir, un gag de cirque dans lequel il était lui-même tombé après qu'ils lui eurent apporté la nouvelle mon général votre maman Bendicion Alvarado est en train de faire des miracles, alors il avait ordonné qu'on transportât le corps en procession somptueuse jusqu'aux recoins les plus éloignés de son vaste pays sans statues afin que personne n'ignore la récompense de tes vertus après tant d'années de mortifications stériles, après tant d'oiseaux peints sans bénéfice, maman, après tant d'amour sans plaisir, il est vrai que je n'avais pas pensé un seul instant que mon ordre allait devenir cette mascarade de faux hydropiques que l'on payait pour se vider en public, on avait versé deux cents pesos à un faux mort qui était sorti de sa sépulture et s'était mis à marcher à genoux parmi la foule épouvantée avec son suaire en charpie et la bouche pleine de terre, on avait versé quatre-vingts pesos à une gitane qui avait feint d'accoucher en pleine rue d'un monstre à deux têtes son châtiment pour avoir affirmé que les miracles étaient un commerce du gouvernement, ce qui était vrai, il n'y avait pas un seul témoignage qui ne fût acheté, or cette ignominieuse fabulation n'avait pas été montée par ses adulateurs dans l'innocente intention de lui plaire comme l'avait d'abord supposé monseigneur Demetrio Aldous, non, excellence, c'était un trafic sordide de ses prosélytes, le plus scandaleux et le plus sacrilège de tous ceux qui avaient proliféré à l'ombre de son pouvoir, car les inventeurs de miracles et les acheteurs de témoignages étaient les mêmes acolytes de son régime qui fabriquaient et vendaient les reliques de la robe de mariée défunte de sa mère Bendicion Alvarado ah ah, ceux qui imprimaient les images et frappaient des médailles avec son portrait en reine, ah ah, ceux qui s'étaient enrichis avec les boucles de ses cheveux, ah ah, avec les petites fioles d'eau recueillie sur ses hanches, ah ah, avec les linceuls en diagonale où l'on peignait avec un vulgaire badigeon pour portes et fenêtres le tendre corps de vierge endormie de profil une main sur le cœur, linceuls qu'on débitait par yards dans les arrière-boutiques des bazars hindous, un bobard énorme entretenu par l'illusion que le cadavre restait intact sous les yeux avides de la foule interminable qui défilait dans la grande nef de la cathédrale, alors que la vérité était tout autre, excellence, ce n'étaient pas ses propres vertus qui conservaient le corps de votre maman ni les rafistolages de la paraffine ni les maquillages à coups de cosmétiques qu'il avait imposés par simple amour filial, non, le corps avait été traité selon les pires méthodes de la taxidermie comme les animaux posthumes des musées de sciences naturelles et tel qu'il l'avait vérifié de mes propres mains, maman, j'ai ouvert l'urne de cristal dont les emblèmes funéraires se désagrégeaient sous l'haleine, j'ai enlevé la couronne de fleurs d'oranger de ton crâne moisi dont les durs cheveux de crin de pouliche avaient été arrachés un par un pour être vendus comme reliques, je t'ai retirée d'entre les filaments des vieux déchets de mariée d'entre les restes racornis d'entre les soirs difficiles du salpêtre de la mort et tu ne pesais guère plus qu'une calebasse desséchée par le soleil, tu avais une odeur rance de fond de malle et on entendait en toi une agitation fiévreuse qui semblait être la rumeur de ton âme et qui était le brasillement des mites qui te rongeaient et te déchiquetaient, tes membres se sont détachés d'eux-mêmes quand j'ai voulu te prendre dans mes bras car on avait vidé tes entrailles de tout ce qui avait soutenu ton corps vivant de mère heureuse endormie la main sur le cœur et on t'avait bourrée de luffa de telle sorte qu'il ne restait plus de toi qu'une écorce poussiéreuse de pâte feuilletée qui s'émietta dès qu'on la souleva dans l'air phosphorescent des lucioles de tes os, on entendit à peine le bruit de sauts de puce de tes yeux de verre sur les dalles de l'église crépusculaire, tu devins néant, tu fus une traînée de décombres de mère démolie que les alguazils ramassèrent avec une pelle pour les jeter à nouveau en vrac dans le cercueil devant l'impassibilité monolithique du satrape indéchiffrable dont les yeux d'iguane ne trahirent pas la moindre émotion même quand il se retrouva en tête à tête dans la berline sans fanions avec le seul homme de cette terre qui avait osé le placer devant le miroir de la vérité, tous deux regardaient à travers la brume des rideaux les hordes de miséreux qui se reposaient de la chaleur de l'après-midi dans la fraîcheur nocturne des arcades où l'on vendait autrefois des illustrés racontant des crimes atroces et des amours sans fortune, des fleurs carnivores et des fruits inimaginables qui émoussaient la volonté, et où on ne surprenait plus maintenant que le tumulte assourdissant d'un bric-à-brac de fausses reliques celles du linge et du corps de sa mère Bendicion Alvarado, tandis que lui éprouvait la très nette impression que monseigneur Demetrio Aldous avait intercepté sa pensée quand après avoir éloigné son regard de la tourbe des invalides il avait murmuré tout compte fait il y a du bon dans la rigueur de mon enquête, c'est la certitude que ces pauvres gens aiment votre excellence autant que leur propre vie, car si monseigneur Demetrio Aldous avait entr'aperçu la perfidie à l'intérieur de la maison présidentielle, s'il avait surpris la cupidité dans l'adulation et la servilité rusée de ceux qui prospéraient à l'abri du pouvoir, il avait découvert par contre une nouvelle forme d'amour dans ces troupeaux de va-nu-pieds qui n'attendaient rien de lui puisqu'ils n'attendaient rien de personne et qui lui vouaient une dévotion terrestre qu'on pouvait saisir avec les mains et une fidélité sans illusions que nous voudrions lui voir envers Dieu, excellence, mais lui ne sourcilla même pas d'étonnement devant une révélation qui en d'autres temps lui eût froncé les entrailles, il ne soupira même pas et se contenta de ruminer plein d'une inquiétude secrète il ne manquerait plus que cela, mon père, qu'on cesse de m'aimer maintenant que vous allez jubiler en songeant à mon infortune sous les coupoles dorées de votre monde fallacieux tandis que lui allait rester ici avec ce fardeau immérité de la vérité sans une mère attentionnée pour l'aider à le porter, plus seul qu'un anachorète du désert dans cette patrie que je n'ai pas choisie de mon propre chef mais qu'on m'a donnée dans l'état où vous l'avez vue et qui a toujours été le sien avec ce sens de l'irréalité, avec cette odeur de merde, avec ces gens sans histoire qui ne croient qu'à la vie, telle est la patrie qu'on m'a imposée sans me consulter, mon père, par quarante degrés de chaleur et quatre-vingt-dix-huit pour cent d'humidité dans l'ombre capitonnée de la berline présidentielle, en respirant la poussière, tourmenté par la perfidie de la hernie qui émettait un sifflement ténu de cafetière durant les audiences, sans personne avec qui perdre une partie de dominos, ni personne de la bouche duquel entendre la vérité, mon père, mettez-vous dans ma peau, mais il n'en dit rien, à peine soupira-t-il, à peine papillota-t-il un instant des yeux et supplia-t-il monseigneur Demetrio Aldous que notre franche conversation de cet après-midi reste entre nous, vous ne m'avez rien dit, mon père, je ne sais pas la vérité, promettez-le-moi, et monseigneur Demetrio Aldous lui promit que bien sûr votre excellence ne sait pas la vérité, vous avez ma parole. La canonisation de Bendicion Alvarado fut suspendue pour insuffisance de preuves et la décision de Rome fut divulguée en chaire avec l'autorisation officielle en même temps que la détermination du gouvernement de réprimer toute protestation ou tentative de désordre, pourtant la force publique n'intervint pas quand les hordes de pèlerins indignés brûlèrent sur la Place d'Armes les portails de la primatiale, lapidèrent les anges des vitraux et les gladiateurs de la Nonciature, ils ont tout bousillé, mon général, mais lui ne bougea pas de son hamac, elles assiégèrent le couvent des Basquaises pour les laisser mourir dans la panade, pillèrent les églises, les missions, ils ont brisé tout ce qui avait quelque chose à voir avec les curés, mon général, mais lui demeura immobile dans son hamac sous l'ombre fraîche des bougainvillées jusqu'au moment où les commandants de son état-major au grand complet se déclarèrent incapables d'apaiser les esprits et de rétablir l'ordre sans effusion de sang comme on l'avait décidé, alors seulement il se releva, réapparut dans son bureau après tant de mois d'abandon et assuma de vive voix et en personne la responsabilité solennelle d'interpréter la volonté populaire par un décret qu'il conçut selon sa propre inspiration et dicta à ses risques et périls sans avertir les forces armées ni consulter ses ministres, article un, il proclamait la sainteté civile de Bendicion Alvarado par décision suprême du peuple libre et souverain, il la nommait patronne de la nation, guérisseuse des malades et préceptrice des oiseaux, la date de sa naissance étant déclarée jour de fête nationale, article deux, à la date de promulgation du présent décret l'état de guerre était proclamé entre la nation et les puissances du Saint-Siège avec toutes les conséquences qu'établissent en pareil cas le droit des gens et les traités internationaux en vigueur, article trois, il ordonnait l'expulsion immédiate, publique et solennelle de monsieur l'archevêque primat et naturellement celle des évêques, préfets apostoliques, curés et religieuses, ainsi que de toutes les personnes originaires ou étrangères liées de près ou de loin aux affaires de Dieu sans distinction de titre ni de condition, sur toute l'étendue du pays et jusqu'à cinquante lieues à l'intérieur des eaux territoriales, article quatre et dernier, il ordonnait l'expropriation et la confiscation des biens de l'Eglise, temples, couvents, collèges, terres de labour avec leurs outils et leurs animaux, raffineries, fabriques et ateliers ainsi que de toutes les richesses enregistrées sous des noms d'emprunt et qui faisaient désormais partie du patrimoine posthume de sainte Bendicion Alvarado des Oiseaux pour la magnificence de son culte et l'excellence de sa mémoire à partir du présent décret dicté de vive voix et portant le sceau de notre anneau d'autorité suprême et souveraine, obéissez et exécutez. Au milieu des fusées d'allégresse, des carillons de gloire et des musiques qui célébrèrent l'événement de la canonisation civile, il veilla en personne à ce que le décret fût appliqué sans manœuvres équivoques pour éviter en toute certitude d'être victime de nouvelles duperies, il ressaisit les rênes de la réalité avec ses deux gants de satin comme aux temps de sa splendeur où les gens l'arrêtaient au passage dans les escaliers pour lui demander de rétablir les courses de chevaux dans la rue et sur-le-champ il les rétablissait, d'accord, pour lui demander de rétablir les courses en sac et sur-le-champ il les rétablissait, d'accord, et où il apparaissait dans les ranchos les plus misérables pour expliquer comment les poules devaient couver sur les nids et comment on châtrait les veaux, non, il ne se contenta pas de vérifier personnellement les inventaires minutieux des biens de l'Eglise, il dirigea les cérémonies solennelles d'expropriation pour qu'il ne restât pas la moindre faille entre sa volonté et l'application de ses décisions, il confronta les vérités des papiers avec les vérités trompeuses de la vie réelle, surveilla l'expulsion des grandes communautés auxquelles on prêtait l'intention d'emporter cachés dans des sacs à double fond et des soutiens-gorge truqués les trésors secrets du dernier vice-roi qui gisaient enterrés dans les cimetières des pauvres malgré l'acharnement avec lequel les caudillos fédéraux les avaient cherchés durant les longues années de guerre, et non seulement il ne permit à aucun membre de l'Eglise d'emporter autre chose qu'un change mais il décréta qu'ils s'embarqueraient nus comme leurs mères les avaient mis au monde, ainsi passèrent les rudes curés de village qui se fichaient pas mal d'être à poil ou habillés dès l'instant qu'on modifiait leur destin, les prélats des missions dévorés par la malaria, les évêques imberbes et dignes, et derrière eux les femmes, les timides sœurs de la charité, les missionnaires aguerries habituées à dompter la nature et à faire pousser des légumes dans le désert, les sveltes

Basquaises joueuses de clavecin et les Salésiennes aux mains fines et au corps vierge, car même dans la nudité de leur naissance on pouvait distinguer leur origine sociale, la diversité de leur condition et l'inégalité de leur fonction à mesure qu'elles défilaient entre les balles de cacao et les sacs de poisson salé dans l'immense hangar de la douane, elles passaient dans un tourbillon confus de brebis honteuses les bras en croix sur la poitrine chacune essayant de cacher sa honte derrière la honte de l'autre devant le vieillard qui semblait de pierre sous les ailettes des ventilateurs et qui les regardait sans respirer, sans quitter des yeux l'espace fixe par lequel devait passer irrémédiablement ce torrent de femmes nues, il les regarda impassible, sans sourciller, jusqu'à ce que la dernière eût quitté le territoire national, car elles furent les dernières mon général, et pourtant il se souvenait de celle qu'il avait séparée d'un simple coup d'œil du troupeau des novices effrayées, il l'avait distinguée parmi les autres bien qu'elle ne fût pas différente, elle était petite et boulotte, robuste, fessue, avec de grands nichons intacts, des mains maladroites, un sexe abrupt, des cheveux coupés au sécateur, des dents écartées et dures comme des haches, un petit nez, des pieds plats, une novice quelconque, comme toutes les autres, pourtant c'était la seule femme il l'avait senti qui dans cette cohue de femmes nues en passant devant lui sans le regarder avait laissé une trace obscure d'animal sauvage qui avait emporté l'air que je respire et il avait à peine eu le temps de modifier son regard imperceptible pour la revoir une dernière fois quand l'officier chargé de contrôler les identités ayant retrouvé le nom inscrit sur la liste par ordre alphabétique avait crié Nazareno

Laetitia, présente, avait-elle répondu d'une voix d'homme. Ainsi l'eut-il pour le reste de sa vie, présente, jusqu'au jour où les dernières nostalgies s'éclipsèrent par les lézardes de la mémoire et où seule son image demeura sur le bout de papier roulé où il avait écrit Laetitia Nazareno de mon cœur vois dans quel état je suis sans toi, il le dissimula dans la cachette où il gardait son miel, il le relisait quand il savait qu'on ne le voyait pas, il le roulait à nouveau après avoir revécu durant un court instant cette soirée inoubliable pleine de pluie radieuse où on l'avait surpris avec la nouvelle mon général ils t'avaient rapatriée sur un ordre que tu n'avais pas donné, car il avait simplement murmuré Laetitia Nazareno en regardant le dernier cargo de cendres s'enfoncer à l'horizon, Laetitia Nazareno, avait-il répété tout haut pour ne pas oublier le nom, ce qui avait suffi pour que les services de la sécurité présidentielle l'enlèvent à son couvent de la Jamaïque, l'expédient bâillonnée et encamisolée dans une caisse de pin avec des frettes des cachets de cire des inscriptions au goudron fragile do not drop this side up et une licence d'exportation en règle avec la franchise consulaire pour deux mille huit cents coupes de champagne en cristal véritable destinées à la cave du président, on l'embarqua pour son voyage de retour dans la cale d'un navire charbonnier et on l'étendit nue et droguée sur le lit à colonnes de la chambre d'honneur telle qu'il devait se la remémorer à trois heures de l'après-midi dans le jour farineux de la moustiquaire, son sommeil était aussi tranquille que le sommeil naturel de tant d'autres femmes dont il s'était servi sans leur consentement et qu'il avait possédées dans cette chambre sans même les réveiller tant était puissant l'effet de la morphamine, torturé par un terrible sentiment de détresse et de déroute, à cette différence près qu'il ne toucha pas à Laetitia Nazareno, il la contempla endormie avec une sorte d'étonnement enfantin surpris des changements de sa nudité depuis qu'il l'avait vue dans le hangar du port, on l'avait frisée, on l'avait rasée partout y compris dans ses orifices les plus intimes, on avait enduit d'un vernis carmin les ongles de ses mains et de ses pieds, on lui avait mis du rouge aux lèvres, du fard sur les joues, du musc sur les paupières et elle exhalait un doux parfum qui effaçait complètement sa trace secrète d'animal sauvage, quelle connerie, on l'avait enlaidie en voulant l'embellir, on l'avait tellement transformée qu'il n'arrivait pas à la voir nue sous ce maquillage maladroit tandis qu'il la contemplait perdue dans l'extase de la morphamine, il la vit qui en sortait, il la vit se réveiller, il la vit le regarder, maman, c'était elle, Laetitia Nazareno de mon désarroi pétrifiée de terreur devant le vieillard de pierre qui la regardait sans indulgence à travers les vapeurs ténues de la moustiquaire, effrayée par les intentions imprévisibles de son silence car elle ne pouvait deviner que malgré ses années innombrables et son pouvoir illimité il était plus effrayé qu'elle, plus seul, plus indécis, aussi abasourdi et désarmé que la première fois où il avait voulu jouer à l'homme avec une femme à soldats qu'il avait surprise à minuit en train de se baigner nue dans une rivière et dont il avait pu imaginer la force et le gabarit par ses ébrouements de jument après chaque plongeon, il entendait son rire noir et solitaire dans l'obscurité, il sentait son corps jubiler dans l'obscurité mais la peur le paralysait car il avait encore son pucelage bien qu'il fût déjà lieutenant d'artillerie c'était durant la troisième guerre civile, jusqu'au moment où la peur de manquer l'occasion ayant été plus forte que la peur de l'assaut il était entré dans l'eau avec tout son barda, guêtres, musette, cartouchière, machette, fusil à un coup, si embarrassé par toute cette quincaille guerrière et toutes ces terreurs secrètes que la femme crut d'abord à la présence d'un cavalier qui traversait la rivière, mais elle se rendit aussitôt compte que ce n'était qu'un pauvre homme apeuré et elle l'accueillit dans le havre de sa miséricorde, elle lui donna la main dans l'obscurité de son désarroi car il n'arrivait pas à trouver les chemins dans l'obscurité de ce havre, elle lui indiquait d'une voix maternelle dans l'obscurité cramponne-toi bien à mes épaules pour que le courant ne te culbute pas, ne t'accroupis pas dans l'eau mais agenouille-toi au fond de toutes tes forces et respire lentement pour reprendre souffle, et lui avec une obéissance enfantine faisait ce qu'elle lui indiquait en pensant madre mía Bendicion Alvarado comment merde alors les femmes font-elles pour faire les choses comme si elles les inventaient, comment font-elles pour être si hommes, pensait-il, à mesure qu'elle le dépouillait de l'inutile paraphernalité d'autres guerres moins terribles et moins désolées que cette guerre solitaire avec de l'eau jusqu'au cou, il était mort de frousse à l'abri de ce corps qui fleurait le savon à la résine quand elle acheva de dégrafer ses deux ceinturons et fis sauter les boutons de sa braguette et alors je restai crispée d'horreur car au lieu de ce que je cherchais je trouvai l'énorme roupette qui nageait comme un crapaud dans l'obscurité, elle le lâcha effrayée et s'éloigna, retourne chez ta mère pour qu'elle te remplace, lui cria-t-elle, tu n'es bon à rien, et cette peur ancestrale qui l'avait alors déconfit le maintenait immobile devant la nudité de Laetitia Nazareno ce fleuve aux eaux imprévisibles dans lequel il ne devait pas entrer même avec tout son barda tant qu'elle ne lui offrirait pas le secours de sa miséricorde, il la couvrit lui-même avec un drap, il mit sur le gramophone jusqu'à usure complète des sillons la chanson de la pauvre Delgadina déshonorée par l'amour de son père, il fit remplir les vases de fleurs artificielles pour éviter qu'elles ne se fanent comme les fleurs naturelles sous le maléfice de ses mains, il fit tout ce qui lui passait par la tête pour la rendre heureuse en maintenant malgré tout intacts la rigueur de la captivité et le châtiment de la nudité car elle devait comprendre qu'elle serait parfaitement servie et parfaitement aimée mais qu'elle n'avait aucune possibilité d'échapper à son destin, elle le comprit si bien que le premier moment de peur passé elle lui ordonna sans s'il vous plaît ni rien général ouvrez cette fenêtre pour qu'il entre un peu de fraîcheur, et il l'ouvrit, refermez-la car j'ai la lune sur le visage, et il la referma, il obéissait à ses ordres comme à ceux d'un amour d'autant plus soumis et sûr de lui qu'il se savait plus près de cette soirée de pluie radieuse où il se glissa dans la moustiquaire et se coucha tout habillé auprès d'elle sans la réveiller, il profita seul durant des nuits entières des effluves secrets de son corps, il respirait son relent de chienne sauvage qui se fit plus chaud avec les mois, la mousse de son ventre repoussa, elle se réveilla en sursaut en criant enlevez-vous de là, général, et il se leva allegro moderato mais se recoucha près d'elle pendant son sommeil jouissant d'elle sans la toucher durant la première année de sa captivité jusqu'au jour où elle s'habitua à se réveiller à son côté sans bien comprendre quelle direction cherchaient à emprunter les courants secrets de ce vieillard indéchiffrable qui avait abandonné les flatteries du pouvoir et les charmes du monde pour se consacrer à sa contemplation et à son service, d'autant plus déconcertée qu'il se savait lui plus près de cette soirée de pluie radieuse où tandis qu'elle dormait il se coucha sur elle de la même façon qu'il était entré dans l'eau, avec tout son barda, son uniforme sans insignes, le fourreau de son sabre, son trousseau de clefs, ses guêtres, ses bottes de cheval avec l'éperon d'or, un assaut de cauchemar qui la réveilla terrorisée tandis qu'elle s'efforçait de se débarrasser de ce cavalier bardé d'accessoires guerriers au-dessus d'elle, mais il était si décidé qu'elle préféra gagner du temps en recourant à un ultime enlevez votre harnachement général car vous m'écrasez la poitrine avec vos anneaux, il les enleva, enlevez votre éperon général car vous me blessez les chevilles avec son étoile d'or, enlevez vos clefs de votre ceinturon car elles me frottent l'os de la hanche, et il finissait par faire ce qu'elle lui ordonnait encore que trois mois furent nécessaires pour qu'il consentît à enlever le fourreau du sabre qui me gêne pour respirer et un autre mois pour enlever les guêtres qui me déchirent le cœur avec leurs boucles, c'était une lutte lente et compliquée où elle temporisait sans l'exaspérer et où il finissait par céder pour lui faire plaisir, de telle sorte que ni l'un ni l'autre ne surent jamais comment se produisit le cataclysme final peu après le deuxième anniversaire de la séquestration quand ses tièdes et tendres mains sans destin rencontrèrent par hasard les joyaux cachés de la novice endormie qui se réveilla remuée par une sueur pâle et un frisson de mort et qui n'essaya pas de se débarrasser franchement ou traîtreusement de l'animal sauvage perché sur elle mais qui acheva de l'ébranler en le suppliant enlève tes bottes car tu salis mes draps de coton fin, et il les enleva comme il put, enlève tes guêtres, et ton pantalon, et ton bandage, enlève tout le reste mon amour car je ne te sens pas, tant et si bien que lui-même ne sut plus à quel moment il resta tel que seule sa mère l'avait connu à la clarté des harpes mélancoliques des géraniums, délivré de la peur, libre, mué en bison de combat qui au premier assaut démolit tout ce qu'il trouva sur son passage et roula à plat ventre dans un abîme de silence où l'on n'entendait que le craquement de boiseries de bateau des dents serrées de Nazareno Laetitia, présente, elle s'était agrippée à pleines mains à mes cheveux pour ne pas mourir seule dans le vertige abyssal où je me mourais sollicité à la fois et avec la même violence par toutes les urgences du corps, et cependant il l'oublia, il resta seul dans les ténèbres à se chercher lui-même dans l'eau saumâtre de ses larmes général, dans le fil paisible de sa bave de bœuf, général, dans l'étonnement de son étonnement de madre mía Bendicion Alvarado comment ai-je pu vivre tant d'années sans connaître ce doux supplice, pleurait-il, étourdi par les désirs de ses reins, le chapelet de pétards de ses tripes, le déchirement mortel du tendre tentacule qui lui arracha les entrailles et le transforma en bête égorgée dont les bonds d'agonie éclaboussaient les draps neigeux d'une matière chaude et acide qui corrompit dans sa mémoire l'air de verre liquide de cette soirée de pluie radieuse de la moustiquaire, car c'était de la merde, général, et cette merde-là c'était la vôtre.

V

Peu avant la tombée de la nuit, au moment où nous finissions de débarrasser les salles des carcasses de vaches rongées par les vers et de mettre un peu d'ordre dans ce fabuleux capharnaüm, nous n'avions pas encore réussi à redonner au cadavre l'aspect de sa légende. Nous l'avions gratté avec des couteaux à écailler le poisson pour lui enlever ses rémoras de fonds marins, nous l'avions lavé au crésyl et aux cristaux pour éliminer les marbrures de la putréfaction, nous lui avions poudré le visage avec de l'amidon pour cacher les rapiéçages d'étoupe et les coulées de paraffine grâce auxquels nous avions pu rabibocher son visage picoré par des oiseaux de fumier, nous lui avions rendu la couleur de la vie à coups de fard et de rouge à lèvres, mais même les yeux de verre incrustés dans les orbites vides n'arrivaient pas à lui imposer la mine autoritaire qui lui manquait pour être exposé à la contemplation des foules. Entre-temps, dans la salle du conseil ministériel nous invoquions l'union de tous contre le despotisme immémorial pour nous partager en lots égaux le butin de son pouvoir, car tous étaient revenus attirés par la nouvelle secrète mais irrépressible de sa mort, libéraux et conservateurs étaient revenus réconciliés autour d'un même âtre d'espoir après tant d'années d'ambitions frustrées, revenus aussi les généraux du haut commandement qui avaient perdu l'orient de l'autorité, les trois derniers ministres civils, le primat, tous ceux qu'il aurait voulu voir au diable étaient assis autour de la longue table de noyer essayant de se mettre d'accord sur la façon de divulguer la nouvelle de cette mort colossale si l'on désirait éviter l'explosion prématurée des foules dans la rue, d'abord un premier bulletin au cours de la nuit concernant une légère complication de santé qui avait obligé à annuler les engagements et les audiences civiles et militaires de son excellence, puis un deuxième bulletin de santé annonçant que l'illustre malade s'était vu contraint de rester dans ses appartements privés à la suite d'un malaise propre à son âge, et enfin, sans annonce préalable, le glas brutal des cloches de la cathédrale dans l'aube radieuse de ce chaud mardi d'août proclamant une mort officielle dont personne ne pourrait jamais savoir de source certaine s'il s'agissait bien de la sienne. Nous nous trouvâmes désarmés devant cette évidence, engagés envers un corps malodorant que nous n'étions pas capables de remplacer en ce monde car il avait refusé durant l'époque sénile de sa présidence de prendre aucune décision déterminant le destin de la patrie après sa mort, il avait résisté avec un entêtement inexorable de vieillard à toutes les suggestions qu'on lui avait faites depuis que le gouvernement s'était transporté dans les édifices aux vitres chatoyantes des ministères et qu'il était resté seul dans la maison déserte de son pouvoir absolu, nous le ren-

Renvoyez vite ce Bon
pour recevoir gratuitement le tome 1 sans obligation d'achat

Bon d'essai gratuit

Veuillez m'adresser le premier volume de La Grande Encyclopédie Larousse pour un examen de 10 jours sans obligation d'achat. Si je ne suis pas enthousiasmé, je vous le retournerai dans son emballage d'origine, aux frais de Larousse, sans aucune explication. Si je désire le conserver, je bénéficierai automatiquement des conditions d'achat les plus avantageuses (paiement échelonné par faibles mensualités) pour ce volume et pour les 21 autres et je recevrai l'Atlas Général Larousse en cadeau plus un 2e cadeau : le Larousse de la Langue Française en 2 volumes. Ces conditions me seront précisées lors de l'envoi du tome 1.

Nom ____________________

Prénom ____________________

N° ________ Rue ____________________

____________________ Code postal |_|_|_|_|_|

Ville ____________________ Date ____________________

Signature indispensable
(signature des parents pour les mineurs)

Renvoyez dès aujourd'hui ce bon à Larousse.
Cette offre n'est valable que pour la France métropolitaine, la Belgique et le Canada.

CRÉDIT SANS FRAIS POSSIBLE

150 | 22

Affranchir au tarif lettre S.V.P.

Larousse
B.P. 235
75 264 PARIS CEDEX 06

La Grande Encyclopédie Larousse.

Découvrez le plus grand programme encyclopédique français.

Larousse

vous donne 6 raisons (+ 2) d'accepter gratuitement le tome 1 à l'essai

3 volumes en cadeau

L'Atlas Général Larousse

Le tour du monde en 252 cartes en couleurs. 1 volume grand format, index de 50 000 références.

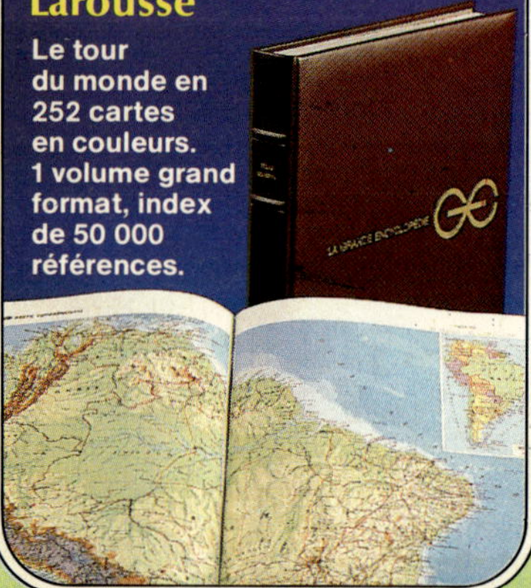

Le Larousse de la Langue Française

Un dictionnaire des 76 000 mots principaux, plus une grammaire alphabétique complète. 2 volumes grand format.

contrions perdu dans ses rêves, nageant parmi les saccages des vaches et n'ayant personne à qui commander n'étaient les aveugles, les lépreux et les paralytiques qui ne mouraient pas de maladie mais de vieillesse dans la broussaille des rosiers, pourtant il était si lucide et si obstiné que nous n'avions pu obtenir de lui que dérobades et ajournements chaque fois que nous lui avions exposé l'urgence de préparer sa succession, penser à ce que sera le monde après vous a le même goût de cendre que la mort, merde alors, et de toute façon quand je mourrai les politiciens rappliqueront pour se partager le gâteau comme au temps des ostrogoths, vous verrez, disait-il, tout sera récupéré par les curés, les ricains et les riches, et bien entendu, tintin pour les pauvres, ils seront toujours baisés et si un jour la merde a quelque valeur, vous verrez, ils naîtront sans cul, disait-il, en citant quelqu'un de ses temps glorieux, en se moquant aussi de lui-même comme la fois où il nous avait dit en pouffant de rire comme je ne vais pas rester plus de trois jours mort ça ne vaut vraiment pas le coup de me balader jusqu'à Jérusalem pour m'enterrer au Saint-Sépulcre, et pour mettre un terme à tout désaccord il apportait l'argument final peu importe qu'une chose ne soit pas vraie à une époque, avec le temps elle le sera. Il avait raison, car à notre époque il n'y avait personne pour mettre en doute la légitimité de son histoire, ni personne qui eût été capable de la prouver ou de la démentir puisque nous n'étions même pas fichus d'établir l'identité de son corps, notre seule patrie était celle qu'il avait construite à son image et à sa ressemblance avec l'espace modifié et le temps corrigé par les desseins de sa volonté absolue, celle qu'il avait reconstituée depuis les origines les plus incertaines de sa mémoire tandis qu'il errait dans cette maison d'infamies où jamais un être heureux n'avait dormi, jetait du maïs aux poules qui picoraient autour de son hamac et exaspérait les domestiques par ses ordres contradictoires apportez-moi une limonade avec de la glace qu'il abandonnait intacte à portée de la main, enlevez cette chaise d'ici et mettez-la là et puis non remettez-la où elle était, alimentant par ses petits riens les braises tièdes de son énorme vice de commandement, distrayant chaque jour les loisirs de son pouvoir par un ratissage patient des instants éphémères de sa lointaine enfance alors que sa tête dodelinait de sommeil sous le fromager du patio, il se réveillait brusquement quand il réussissait à agripper un souvenir semblable à un des fragments du puzzle sans limites de la patrie étendue devant lui, la grande patrie, chimérique, sans lisières, un royaume de palétuviers avec de lents radeaux et des précipices remontant à une époque où il n'existait pas encore et où les hommes étaient si vaillants qu'ils tuaient les caïmans avec les mains en leur plantant un pieu dans la gueule, comme ça, nous disait-il l'index en pointe sur le palais, et il nous racontait qu'un certain vendredi saint il avait entendu un bruit de casse c'était le vent et son odeur de pellicules, il avait vu les nuées de sauterelles noircir le ciel à midi et tout cisailler sur leur passage, laissant le monde tondu et la lumière en charpie comme à la veille de la création, car il avait vécu lui ce désastre, il avait vu une file de coqs sans têtes pendus par les pattes et saignant goutte à goutte sous l'avant-toit d'une grande maison de province dans laquelle une femme venait de mourir, en tenant sa mère par la main il avait suivi pieds nus le cadavre déguenillé qu'on avait transporté sans cercueil au cimetière sur un brancard battu par le tourbillon de sauterelles, car la patrie était comme ça, nous n'avions pas un cercueil, rien, il avait même vu un homme qui avait essayé de se pendre avec la corde d'un autre pendu retrouvé accroché à l'arbre d'une place de village mais la corde pourrie avait craqué trop tôt laissant le malheureux à l'agonie sur la place sous les yeux horrifiés des dames qui sortaient de la messe, l'homme pourtant n'était pas mort, on l'avait ranimé à coups de bâton sans prendre la peine de vérifier son identité car à l'époque personne ne savait qui était qui à moins qu'on ne fréquentât l'église, on lui avait emprisonné les chevilles entre les deux tablettes d'une cangue chinoise et on l'avait abandonné au soleil et au serein avec d'autres compagnons de souffrance car tels étaient ces temps d'ostrogoths où Dieu commandait plus que le gouvernement, ces temps maudits de la patrie avant qu'il ne donnât l'ordre de couper les arbres des places dans les villages pour éviter l'horrible spectacle des pendus dominicaux, il avait interdit l'usage du carcan public, les enterrements sans cercueil, tout ce qui pouvait réveiller dans la mémoire les lois ignominieuses antérieures à son pouvoir, il avait fait construire le train des hauts déserts pour en finir avec le spectacle infamant des mules terrorisées longeant les corniches des précipices, les mules qui transportaient sur leur dos les pianos à queue pour les bals costumés des haciendas du café, car il avait vu aussi le désastre des trente pianos à queue s'écrasant dans l'abîme une affaire qui avait défrayé la chronique bien au-delà des frontières encore qu'il fût le seul à pouvoir apporter un témoignage authentique, s'étant penché par hasard à la portière à l'instant même où la dernière mule avait glissé et entraîné les autres dans le gouffre, il était donc le seul à avoir entendu le cri de terreur des bêtes dévalant l'abîme et l'accord sans fin des pianos qui roulèrent avec elles en retentissant seuls dans le vide, des pianos qui se précipitaient vers le fond d'une patrie qui était alors comme tout le reste avant lui, si vaste et incertaine qu'il était impossible de savoir s'il faisait jour ou nuit dans cette espèce de crépuscule éternel formé par la vapeur chaude et opaque des profondeurs où les pianos importés d'Autriche s'écrasèrent, oui il avait vu ce spectacle parmi beaucoup d'autres en ce monde lointain encore qu'il n'eût pu préciser sans hésitation s'il s'agissait vraiment de souvenirs personnels ou s'il les avait entendu raconter durant les mauvais soirs de fièvre des guerres ou s'il les avait découverts sur les gravures des livres de voyages devant lesquelles il demeurait en extase durant les nombreuses heures creuses des calmes plats du pouvoir, mais tout cela n'a pas d'importance, nom d'un bordel, vous verrez qu'avec le temps ça deviendra vrai, disait-il, conscient de ce que sa véritable enfance n'était pas ce bourbier d'évocations incertaines qui surgissaient au moment où la fumée des bouses commençait à s'élever et qu'il oubliait ensuite à jamais mais celle qu'en réalité il avait vécue dans le havre de mon unique et légitime épouse Laetitia Nazareno qui l'asseyait tous les après-midi de deux heures à quatre heures sur un tabouret d'écolier à l'ombre des bougainvillées de la pergola pour lui apprendre à lire et à écrire, elle avait engagé son obstination de novice dans cette entreprise héroïque et lui la payait de retour avec sa terrible patience de vieillard, avec la terrible volonté de son pouvoir sans limites, avec tout mon cœur, de façon qu'il ânonnait de tout son cœur le tilleul près de l'aïeule le lilas près de Thomas le bonnet bien apprêté, il ânonnait sans s'entendre et sans être entendu dans le vacarme des oiseaux de la maman défunte que l'Indien verse l'amidon dans le bidon, papa bourre sa pipe de tabac, Cecilia vend de la cire du cidre des citrouilles des citrons des cerises des saucisses et du saucisson, il riait, Cecilia elle vend de tout, en répétant dans le tumulte des cigales la leçon de lecture que Laetitia Nazareno chantait au rythme de son métronome de novice, jusqu'au moment où les créatures de ta voix saturèrent l'atmosphère universelle et où il n'y eut plus dans son vaste royaume d'ennui d'autre vérité que les vérités exemplaires de l'alphabet, où il n'y eut plus que la lune dans la nuée, la boule et le bananier, le bœuf de Farabœuf, la belle blouse d'Otilia, ces leçons de lecture qu'il répétait à toute heure et en tous lieux comme ses portraits, même en présence du ministre hollandais des Finances qui perdit la boussole au cours d'une visite officielle quand le vieillard lugubre leva sa main gantée de satin dans les ténèbres de son pouvoir insondable et interrompit l'audience pour l'inviter à chanter avec moi ma maman m'aime, Ismaël a séjourné six jours dans l'île, la dame mange des tomates, en imitant avec l'index le rythme du métronome et en répétant par cœur la leçon du mardi avec une diction parfaite mais un tel mauvais sens de l'opportunité que l'entrevue s'acheva comme il l'avait voulu par l'ajournement, la remise à plus tard, en des circonstances plus propices, du paiement des traites hollandaises, quand nous aurons le temps, décida-t-il, devant l'étonnement des lépreux, des aveugles et des paralytiques qui se levèrent au petit jour parmi les broussailles neigeuses des rosiers et virent le vieillard des ténèbres donner sa bénédiction silencieuse et chanter à trois reprises avec des accords de grand-messe je suis le roi et j'aime la loi, chantait-il, le devin s'adonne au vin, chantait-il, le phare est une tour très haute avec un foyer lumineux qui guide dans la nuit le navigateur, chantait-il, conscient de ce que dans les ombres de son bonheur sénile il n'y avait d'autre temps que celui de Laetitia Nazareno de ma vie dans ce bouillon de crevettes des ébats amoureux suffocants de la sieste, son seul désir était de se retrouver nu avec toi sur cette natte imbibée de sueur sous la chauve-souris captive du ventilateur électrique, il n'existait pas d'autre lumière que celle de tes fesses, Laetitia, rien ne comptait hormis tes nichons totémiques, tes pieds plats, ta branche de rue pour le cas où, les janviers oppressants de la lointaine île d'Antigua où tu étais venue au monde par un matin de solitude sillonné par un vent brûlant d'eaux croupissantes, ils s'étaient enfermés dans la chambre d'honneur en ordonnant que personne n'approche à moins de cinq mètres car je vais être très occupé à apprendre à lire et à écrire, ce qui fit que personne ne l'interrompit même pour lui annoncer mon général la fièvre jaune est en train de décimer la population de nos campagnes tandis que le rythme de mon cœur dépassait celui du métronome sous l'impulsion invisible de ton odeur d'animal sauvage, il chantait le nain danse sur un pied, la mule va au moulin, Otilia lave le baquet, hache s'écrit avec un h comme hachis, tandis que

Laetitia Nazareno écartait la roupette herniée pour nettoyer les traces de caca du dernier coït, elle le plongeait dans l'eau lustrale de la baignoire d'étain à pattes de lion, elle le savonnait avec du savon anglais, le décrassait avec un gant de crin et le rinçait avec une décoction de feuilles tandis qu'ils chantaient à deux voix carafe agrafe girafe s'écrivent avec un f, elle lui graissait les charnières des jambes avec du beurre de cacao pour qu'il souffrît moins des écorchures de son bandage, elle aspergeait d'acide borique l'étoile flétrie de son derrière et lui faisait panpancucul comme une tendre petite maman tiens pour te punir de t'être conduit comme un garnement avec le ministre de Hollande, elle lui demanda comme pénitence de laisser rentrer les congrégations de charité pour qu'elles s'occupent à nouveau des orphelinats des hôpitaux et autres maisons de bienfaisance, mais il l'enveloppa dans l'aura lugubre de sa rancœur implacable, pas de conneries, soupira-t-il, il n'y avait pas de pouvoir en ce monde ni dans l'autre capable de le contraindre à modifier une décision prise par lui et de vive voix, elle lui demanda à deux heures de l'après-midi dans l'asthme du plaisir accorde-moi au moins une chose, mon amour, une seule chose, le retour des congrégations qui travaillent à l'écart des velléités du pouvoir sur les territoires des missions, mais il lui répondit dans les affres de ses ébrouements de mari en rut pas de conneries mon cœur, plutôt mourir que d'être humilié par cette clique de juponeux qui enfourchent les Indiens en guise de mules et troquent des colliers de verroterie contre les anneaux en or qu'ils portent au nez ou aux oreilles, pas de conneries, protesta-t-il, insensible aux prières de Laetitia

Nazareno de mon malheur qui se croisa les jambes pour lui demander la réouverture des écoles libres fermées par le gouvernement, le dédommagement pour les biens de mainmorte, les moulins à sucre, les églises transformées en casernes, mais il se tourna nez au mur prêt à renoncer à l'insatiable et doux supplice de tes amours lentes et abyssales plutôt que de remuer le petit doigt en faveur de ces suppôts de Dieu qui ont sucé durant des siècles la patrie jusqu'à la moelle, pas de conneries, décida-t-il, et pourtant ils revinrent mon général, oui les congrégations de charité entrèrent par les lézardes les plus étroites du pays conformément à son ordre confidentiel qu'elles débarquent sans bruit dans les criques secrètes, et on leur versa des indemnités mirobolantes, on leur restitua au centuple les biens confisqués et on abolit les lois récentes sur le mariage civil, le divorce, l'éducation laïque, tout ce qu'il avait décrété de vive voix dans ses rages durant cette mascarade du procès de béatification de sa mère Bendicion Alvarado, Dieu l'ait en son saint paradis, quel bordel de merde, mais Laetitia Nazareno n'en resta pas là, elle lui demanda plus encore, elle lui demanda colle ton oreille contre mon ventre pour entendre chanter l'enfant qui pousse à l'intérieur, car elle s'était réveillée en sursaut en pleine nuit surprise par cette voix profonde qui décrivait le paradis aquatique de tes entrailles sillonnées de soirs mauves et de vents de goudron, cette voix intérieure qui lui parlait des polypes de tes reins, de l'acier tendre de tes tripes, de l'ambre tiède de ton urine endormie dans ses sources, et il colla contre le ventre de Laetitia l'oreille qui bourdonnait le moins et entendit le gargouillement secret du fruit vivant de son péché mortel, un enfant de nos ventres obscènes que nous appellerons Emmanuel car c'est sous ce nom que les autres dieux connaissent Dieu, et il portera au front l'étoile blanche de son origine illustre, et il héritera l'esprit de sacrifice de sa mère et la grandeur et le destin de conducteur invisible de son père, pourtant il devait être l'opprobre du ciel et la flétrissure de la patric par sa nature illicite tant qu'il ne se déciderait pas à consacrer sur les autels ce qu'il avait avili dans l'alcôve durant tant et tant d'années de concubinage sacrilège, alors il se fraya un passage dans l'écume de la vieille moustiquaire nuptiale avec cet halètement de chaudière de bateau qui sortait du fond de ses terribles rages réprimées aux cris de pas de conneries, plutôt la mort que le mariage, en traînant ses grandes guibolles de marié clandestin à travers les salles d'une maison inconnue dont la splendeur d'une autre époque avait été restaurée après la longue et ténébreuse période du deuil officiel, on avait arraché des corniches les voiles de crêpe pourris de la semaine sainte, un jour marin baignait les pièces, on voyait des fleurs aux balcons, on entendait des musiques martiales, tout cela pour obéir à un ordre qu'il n'avait pas donné mais qui sans aucun doute venait de vous mon général car il avait la fermeté paisible de votre voix et le style draconien de votre autorité, il approuva, d'accord, et on avait rouvert les églises, les cloîtres et les cimetières avaient été rendus aux congrégations à la suite d'un autre ordre qu'il n'avait pas donné mais approuva, d'accord, et on avait rétabli les anciennes fêtes d'obligation, les coutumes du carême, et par les balcons grands ouverts entraient les hymnes d'allégresse des foules qui autrefois chantaient pour exalter sa gloire et qui maintenant chantaient agenouillées sous le soleil brûlant pour célébrer la bonne nouvelle on a ramené Dieu sur un bateau mon général, c'était vrai, on l'avait ramené sur ton ordre, Laetitia, grâce à une décision prise sur l'oreiller comme tant d'autres qu'elle expédiait en secret sans consulter personne et qu'il approuvait publiquement pour ne pas laisser paraître aux yeux des autres qu'il avait perdu les tables de son commandement, car tu étais l'animatrice occulte de ces processions interminables qu'il contemplait étonné des fenêtres de sa chambre et qui s'étendaient bien au-delà des lieux autrefois atteints par les hordes fanatiques de sa mère Bendicion Alvarado dont le souvenir avait été radié du temps des hommes, on avait dispersé au vent les restes de sa robe de mariée et l'amidon de ses os et on avait retourné dans la crypte sa dalle mortuaire avec les inscriptions pour que même son nom d'oiselière dans la paix éternelle son nom de peintre de loriots jusqu'à la fin des temps disparaisse, et tout cela sur ton ordre, afin qu'aucune autre mémoire de femme n'ombrage un jour ta mémoire, Laetitia Nazareno de mon malheur, fille de putain. Elle l'avait transformé à un âge où personne ne change plus si ce n'est pour mourir, elle avait réussi à anéantir grâce à une tactique d'alcôve sa résistance puérile pas de conneries, plutôt la mort que le mariage, elle l'avait obligé à mettre ton nouveau bandage car écoute comme il tinte on dirait un grelot de brebis égarée dans l'obscurité, elle l'obligea à mettre tes bottes vernies du jour où il avait dansé la première valse avec la reine, l'éperon d'or pour talon gauche que lui avait offert l'amiral de la mer océane pour qu'il le porte jusqu'à la mort en signe d'autorité suprême, ton uniforme galonné et chamarré avec ses épaulettes de statue qu'il n'avait pas remis depuis les temps où l'on pouvait entrevoir derrière les rideaux du carrosse présidentiel les yeux tristes, le menton pensif, la main taciturne et son gant de satin, elle l'obligea à mettre ton sabre de guerre, ton parfum d'homme, tes médailles avec le cordon de chevalier du Saint-Sépulcre que le Souverain Pontife t'envoya pour avoir rendu à l'Eglise les biens confisqués, tu me paras comme un reposoir et me conduisis à l'aube par mes propres pieds jusqu'à la ténébreuse salle des audiences qui sentait les cierges mortuaires avec ses rameaux de fleurs d'oranger aux fenêtres et les symboles de la patrie accrochés aux murs, sans témoins, attelé au joug de la mariée raide comme un plâtre dans son jupon de toile sous l'aura de mousseline pour étouffer la honte de sept mois de dévergondage clandestin, ils transpiraient dans la somnolence de la mer invisible qui flairait sans relâche autour de la lugubre salle des fêtes dont les entrées avaient été condamnées sur son ordre, on avait muré les fenêtres, on avait exterminé toute trace de vie dans la maison pour que le monde ignorât jusqu'à la rumeur la plus infime de l'énorme mariage secret, à peine si tu pouvais respirer sous la chaleur tant te pressait ce fils prématuré qui nageait parmi les lichens de ténèbres des bancs de sable de tes entrailles, car il avait décidé que ce serait un fils, et c'en était un, il chantait dans le sous-sol de ton être avec cette même voix de source invisible que prenait le primat en grande tenue pour chanter gloire à Dieu sur les hauteurs sans être entendu de personne à commencer par les sentinelles assoupies, avec cette même terreur de scaphandrier égaré qui gagna le primat quand il recommanda son âme au Seigneur pour demander au vieillard impénétrable ce que personne jusqu'alors ni plus tard jusqu'à la fin des siècles n'avait osé ni oserait lui demander acceptes-tu de prendre pour épouse Laetitia Mercedes Maria Nazareno, il sourcilla à peine, d'accord, et les médailles de guerre tintèrent à peine sur sa poitrine sous la pression cachée du cœur, pourtant il y avait une telle autorité dans sa voix que le terrible enfant de tes entrailles se retourna complètement dans son équinoxe aux eaux épaisses et, rectifiant son orientation, trouva le chemin de la lumière tandis que Laetitia Nazareno se tordait sur elle-même en sanglotant mon père et seigneur aie pitié de ton humble servante qui s'est tellement complu dans la désobéissance de tes saintes lois et qui accepte résignée ce terrible châtiment, mais qui mordait en même temps son gant de dentelle pour que le bruit d'os désarticulés de sa taille ne dénonçât pas le déshonneur opprimé par le jupon de toile, elle s'accroupit, s'écartela dans la mare fumante de ses propres eaux et sortit d'entre l'attirail de jupons le prématuré de sept mois qui avait la corpulence et l'air désemparé d'un veau mort-né, il le souleva à deux mains en essayant de le reconnaître dans la clarté trouble des cierges de l'autel improvisé et vit que c'était un garçon, tel qu'il l'avait décidé mon général, un garçon fragile et timide qui devrait porter sans honneur le nom d'Emmanuel, comme prévu, et qu'on nomma général de division avec territoire et commandement dès l'instant où il le posa sur la pierre des sacrifices et lui trancha le cordon ombilical avec son sabre, le reconnaissant comme mon fils unique et légitime, mon père, baptisezle. Cette décision sans précédent devait être le prélude d'une époque nouvelle, l'annonce des temps noirs où l'armée bouclait les rues avant l'aube, contraignait les gens à fermer leurs balcons et évacuait les marchés à coups de crosse pour que personne ne vît le passage fugitif de l'automobile officielle flambant neuf avec ses plaques d'acier blindé et ses poignées en or, et ceux qui se risquaient à regarder du haut des terrasses interdites ne voyaient pas comme autrefois, à travers les rideaux brodés aux couleurs du drapeau, le général millénaire, le menton appuyé sur une main pensive à gant de satin, mais la vieille novice grassouillette avec son chapeau de paille orné de fleurs artificielles et la kyrielle de renards argentés qu'elle accrochait à son cou malgré la chaleur, nous la voyions descendre devant le marché municipal le mercredi à l'aube escortée par une patrouille de soldats en armes, elle tenait par la main le minuscule général de division âgé de trois ans au plus et dont le charme et l'indolence nous forçaient à croire qu'une fille déguisée en militaire se cachait dans cet uniforme de parade à galons d'or qui semblait grandir en même temps que l'enfant, car Laetitia Nazareno le lui avait imposé bien avant ses premières dents quand elle l'emmenait dans son berceau à roulettes présider au nom de son père les cérémonies officielles, elle le tenait sur le bras quand il passait ses armées en revue, elle le brandissait au-dessus de sa tête pour le livrer aux ovations de la foule sur le terrain de football, elle l'allaitait en voiture découverte durant les défilés des fêtes patriotiques sans penser aux joyeusetés discrètes que suscitait le spectacle public d'un général à cinq étoiles pendu aux nénés de sa mère comme un veau orphelin en pleine extase, il assista aux réceptions diplomatiques dès qu'il fut en mesure de se débrouiller seul, portant alors sur son uniforme les médailles de guerre qu'il choisissait à sa fantaisie dans l'écrin aux décorations que papa lui prêtait pour faire joujou, c'était un enfant sérieux, bizarre, qui dès l'âge de six ans sut se tenir en société un verre de jus de fruit en guise de champagne à la main, parlant d'affaires de grandes personnes avec un à-propos et une grâce naturels nullement hérités de ses parents, encore que plus d'une fois un gros nuage noir traversât la salle des fêtes, le temps s'arrêtait, le dauphin pâle investi des plus hauts pouvoirs avait succombé au sommeil, silence, murmurait-on, le petit général s'est endormi, ses aides de camp l'emportaient dans leurs bras au milieu des dialogues en suspens et des gestes pétrifiés de l'assistance, sicaires de luxe et dames pudibondes qui osaient à peine chuchoter en réprimant rire et rougeur derrière les éventails de plumes, quelle horreur, si le général apprenait cela, car il laissait se propager une croyance de son invention selon laquelle il était étranger à tout événement qui pourrait survenir et qui ne serait pas à sa hauteur qu'il s'agît des incartades publiques du seul fils qu'il avait reconnu parmi ceux innombrables qu'il avait engendrés, ou des attributions démesurées de mon unique et légitime épouse Laetitia Nazareno qui arrivait au marché le mercredi à l'aube en tenant par la main son joujou de général entourée d'une escorte bruyante de maritornes de caserne et d'ordonnances de combat transfigurés par cet étrange rayonnement de la conscience qui précède le lever imminent du soleil dans les Caraïbes, ils s'enfonçaient jusqu'à la taille dans l'eau fétide de la baie pour mettre à sac les voiliers rapiécés ancrés dans le vieux port négrier et chargés de fleurs de la Martinique et de rhizomes de gingembre de Paramaribo, raflaient au passage le poisson vivant en se battant comme à la guerre, le disputaient aux cochons à coups de crosse autour de la vieille bascule à esclaves encore en service où certain mercredi d'une autre époque de la patrie antérieure à son règne on avait vendu aux enchères une prisonnière sénégalaise qui fut payée en or plus cher que son propre poids pour sa beauté de cauchemar, ils ont tout liquidé mon général, pire que les sauterelles, pire que le cyclone, mais lui restait de glace devant le scandale grandissant de Laetitia Nazareno qui surgissait comme lui-même n'aurait pas osé le faire dans l'allée bigarrée du marché aux oiseaux et aux légumes poursuivie par le vacarme des chiens errants qui aboyaient effrayés après les yeux de verre ahuris des renards argentés, elle évoluait pleine d'une autorité insolente entre les sveltes colonnes ciselées sous les branchages de fer avec leurs grandes feuilles de vitres jaunes, leurs pommes de vitres roses, leurs cornes d'abondance aux richesses fabuleuses qui se détachaient sur la flore de vitres bleues de l'énorme voûte lumineuse où elle choisissait les fruits les plus appétissants et les légumes les plus frais qui se flétrissaient pourtant dès qu'elle les touchait, inconsciente du maléfice de ses mains qui faisaient venir le moisi sur le pain encore chaud et qui avaient noirci l'or de son alliance, aussi éclatait-elle en injures contre les vivandières qui avaient caché les meilleures provisions laissant pour la maison du pouvoir cette misère de mangues tout juste bonnes pour les cochons, sales voleuses, et ce potiron sec qui sonne comme une calebasse de musicien, pauvres tordues, et cette merde de côtelettes pourries qui puent à des lieues non pas le bœuf mais l'âne crevé d'une mauvaise peste, filles de putain, elle s'époumonait, tandis que les servantes avec leurs paniers et les ordonnances avec leurs seaux d'abreuvoir raflaient tous les vivres à leur portée, ses cris de femme corsaire étaient plus stridents que le grondement des chiens affolés par le relent de neige et de terrier des queues de renards argentés qu'elle se faisait livrer vivants de l'île du Prince-Edouard, plus blessants que la réplique sanglante des aras gouailleurs auxquels leurs maîtresses apprenaient en douce ce qu'elles-mêmes ne pouvaient pas s'offrir le plaisir de crier Laetitia pie voleuse, nonne catin, lui criaient-ils perchés sur les branchages métalliques du feuillage vitré aux couleurs poussiéreuses du dôme du marché où ils se savaient à l'abri du souffle dévastateur de cette sarabande de boucaniers qui se répéta tous les mercredis à l'aube durant l'enfance tumultueuse de ce petit bout de crotte de général de frime dont la voix devenait plus affectueuse et les gestes plus doux à mesure qu'il tentait de se viriliser avec son sabre de roi de cœur qui traînait encore quand il marchait et qui restait imperturbable en pleine rapine, serein, altier, gardant la solennité inflexible que sa maman lui avait inculquée pour qu'il fût digne de son origine gratinée qu'elle-même galvaudait au marché par ses violences de chienne en furie et ses jurons de charretier sous le regard impassible des vieilles négresses enturbannées de chiffons aux couleurs radieuses qui supportaient les insultes et regardaient le pillage en s'éventant sans sourciller avec une tranquillité abyssale d'idoles assises, sans respirer, en ruminant des boules de tabac, des boules de coca, petits remèdes qui leur permettaient de survivre à tant d'ignominie tandis que passait la féroce marabunta et que Laetitia Nazareno se frayait un passage avec son militaire de pacotille à travers les échines hérissées des chiens frénétiques en criant depuis la porte envoyez la note au gouvernement, comme d'habitude, à peine si elles soupiraient, mon Dieu, si le général apprenait cela, si quelqu'un osait le lui dire, trompées par l'illusion qu'il avait ignoré jusqu'à l'heure de sa mort ce que tout le monde savait pour le plus grand scandale de sa mémoire que mon unique et légitime épouse Laetitia Nazareno avait vidé les bazars hindous de leurs terribles cygnes de verre, de leurs miroirs avec leurs cadres de coquillages, de leurs cendriers de corail, elle dévalisait les boutiques des Syriens de leurs taffetas mortuaires et emportait par poignées les chapelets de petits poissons d'or et les amulettes des bijoutiers ambulants de la rue du commerce qui lui criaient en plein visage tu es plus renarde que ces laetitias argentées qu'elle accrochait autour de son cou, elle emportait tout ce qu'elle trouvait en cours de route pour satisfaire la seule chose qui lui restait de son ancienne condition de novice à savoir son mauvais goût puéril et un besoin vicieux de demander sans nécessité, avec cette différence qu'aujourd'hui il ne lui fallait plus mendigoter pour l'amour de Dieu dans les vestibules parfumés de jasmins du quartier des vice-rois, il lui suffisait de remplir les fourgons militaires de tout ce qui plaisait à sa volonté sans autres sacrifices de sa part que l'ordre péremptoire envoyez la note au gouvernement. Ce qui revenait à dire envoyez la note au bon dieu, car personne ne savait si vraiment il existait encore, il était devenu invisible, nous voyions les murs fortifiés sur la colline de la Place d'Armes, la maison du pouvoir avec le balcon des discours légendaires, les fenêtres aux rideaux de dentelle et les corniches avec leurs pots de fleurs, une maison qui la nuit ressemblait à un bateau à vapeur naviguant dans le ciel, et non seulement de n'importe quel endroit de la ville mais aussi à sept lieues en mer depuis qu'on l'avait peinte en blanc et que des ampoules l'éclairaient pour célébrer la visite du célèbre poète Ruben Dario, encore qu'aucun de ces signes ne prouvât de façon certaine sa présence ici, au contraire, nous avions de bonnes raisons de penser que cet étalage de vie était un subterfuge des militaires pour essayer de démentir la version généralisée selon laquelle il avait succombé à une crise de mysticisme sénile et renoncé aux fastes et aux vanités du pouvoir, s'imposant la pénitence de vivre ses dernières années dans un terrible état de prostration avec un cilice de privations dans l'âme et toutes sortes de fers de mortification dans le corps, sans autre nourriture que du pain de seigle et de l'eau de puits, sans autre lit que les dalles polies d'une cellule du couvent des Basquaises afin d'expier l'horreur d'avoir possédé contre sa volonté et d'avoir engrossé d'un garçon une femme interdite qui parce que Dieu est grand n'avait pas encore pris le voile, et pourtant rien n'avait changé dans son vaste royaume d'ennui car Laetitia Nazareno avait les clefs de son pouvoir et il lui suffisait de reconnaître qu'il commandait en disant envoyez la note au gouvernement, une vieille formule qui au début parut facile à éluder mais qui devint chaque fois plus redoutable, jusqu'au jour où un groupe de créanciers décidés osa se présenter après de nombreuses années avec une valise de factures impayées devant le piquet de la maison présidentielle et où nous constatâmes avec étonnement que personne n'intervenait ni pour ni contre nous, un soldat de service nous conduisit à une discrète salle d'attente où un officier de marine très jeune et très aimable, un homme souriant et à la voix tranquille nous reçut et nous offrit une tasse de café léger et parfumé des récoltes présidentielles, nous montra les bureaux blancs bien éclairés avec du grillage aux fenêtres et des ventilateurs à ailettes au plafond, tout était si diaphane et si humain qu'on se demandait perplexe où nichait le pouvoir dans cette ambiance qui sentait la médecine parfumée, où nichaient la mesquinerie et l'inclémence du pouvoir dans la conscience de ces secrétaires en chemises de soie qui gouvernaient sans hâte et en silence, il nous montra la courette intérieure dont les rosiers avaient été taillés par Laetitia Nazareno pour purifier la rosée matinale du mauvais souvenir des lépreux, aveugles et paralytiques qu'on avait envoyés crever d'oubli dans les hospices, il nous montra l'ancien baraquement des concubines, leurs machines à coudre rouillées, les mauvais lits de caserne où les esclaves du sérail avaient dormi parfois jusqu'à trois dans des cellules répugnantes qu'on allait démolir pour construire sur leur emplacement la chapelle privée, il nous montra d'une fenêtre intérieure la galerie la plus intime de la maison civile, la tonnelle de bougainvillées dorées par le soleil de quatre heures avec son paravent à losanges verts où il venait de déjeuner en compagnie de Laetitia Nazareno et du petit seules personnes autorisées à s'asseoir à sa table, il nous montra le fromager légendaire à l'ombre duquel on suspendait le hamac de lin aux couleurs du drapeau où il faisait la sieste les après-midi de grandes chaleurs, il nous montra les étables à lait, la fromagerie, les ruches, et comme nous rentrions par l'allée qu'il empruntait au petit jour pour assister à la traite notre accompagnateur parut foudroyé par l'étincelle de la révélation et nous signala du doigt la trace d'une botte dans la boue, regardez, dit-il, c'est son empreinte, nous restâmes pétrifiés devant le creux laissé par une grande et rude semelle qui avait l'éclat, l'autorité au repos et le relent de vieille gale d'une piste de tigre habitué à la solitude, et dans cette trace nous vîmes le pouvoir, nous sentîmes le contact de son mystère avec beaucoup plus de force révélatrice que lorsque l'un d'entre nous fut choisi pour le rencontrer en personne car les grands de l'armée commençaient à se rebeller contre l'arriviste qui avait réussi à accumuler plus de pouvoir que le haut commandement, plus de pouvoir que le gouvernement, plus de pouvoir que lui, car Laetitia Nazareno était allée si loin dans ses prétentions de reine que l'état-major présidentiel lui-même prit le risque de laisser passer l'un de vous autres, un seul, pour qu'il eût au moins une petite idée de la façon dont la patrie fonctionnait dans votre dos mon général, et voilà comment je le vis, il était seul dans le chaud bureau aux murs blancs orné de gravures de chevaux anglais, il était renversé dans sa bergère, sous le ventilateur à ailettes, vêtu de son uniforme de coutil blanc froissé à boutons de cuivre et sans insignes, il avait posé sa main droite et son gant de satin sur le secrétaire où il n'y avait que trois paires de lunettes identiques très petites avec des montures en or, il avait derrière lui une vitrine remplie de livres poussiéreux qui ressemblaient plutôt à des registres de comptabilité reliés en peau humaine, il avait à sa droite une grande fenêtre ouverte, elle aussi grillagée, par laquelle on apercevait la ville entière et tout le ciel sans nuages et sans oiseaux jusqu'à l'autre bout de la mer, et je me sentis profondément soulagé parce qu'il se montrait moins conscient de son pouvoir que n'importe lequel de ses partisans, il était plus familier que sur ses photographies et aussi plus digne de compassion car tout en lui était vieux, difficile, et paraissait miné par une maladie insatiable, à tel point qu'il n'eut pas la force de me dire asseyez-vous mais me le proposa d'un geste triste de son gant de satin, il écouta mes raisons sans me regarder, en respirant avec un sifflement ténu et pénible, un sifflement camouflé qui laissait dans la pièce un relent de créosote, plongé dans l'examen des comptes que je lui soumettais à coups d'exemples scolaires car les notions abstraites lui échappaient, je commençai donc par lui démontrer que Laetitia Nazareno nous devait une quantité de taffetas égale à deux fois la distance par mer de Santa María del Altar, autrement dit 190 lieues, ah ah dit-il comme pour lui-même, et je terminai mon intervention en lui démontrant que le total de la dette avec la remise spéciale accordée à votre excellence était égal à six fois le gros lot de la loterie durant dix ans, ah ah redit-il et alors seulement il me regarda en face sans ses lunettes et je pus voir que ses yeux étaient timides et indulgents, et alors seulement il m'annonça d'une étrange voix d'harmonium que nos raisons étaient claires et justes, à chacun son dû, dit-il, envoyez la note au gouvernement. Voilà comment il était réellement à l'époque où Laetitia Nazareno l'avait refait de a jusqu'à z sans les écueils grossiers de sa mère Bendicion Alvarado, elle lui avait corrigé sa mauvaise habitude de manger en marchant, l'assiette dans une main et la cuiller dans l'autre, tous trois mangeaient sur une table de plage à l'ombre des bougainvillées de la pergola, lui en face du petit et Laetitia Nazareno entre eux deux leur apprenant les règles du bon usage et de la bonne santé dans les repas, elle leur apprit à se tenir droits la colonne vertébrale appuyée au dossier de la chaise, la fourchette dans la main gauche, le couteau dans la main droite, en mâchant chaque bouchée quinze fois d'un côté et quinze fois de l'autre la bouche fermée et la tête haute sans s'arrêter à leurs protestations avec tous ces chichis on se croirait à la caserne, elle lui apprit à lire après le déjeuner le journal officiel où on le désignait comme patron et directeur honoraire, elle le lui mettait dans les mains quand elle le voyait allongé dans son hamac à l'ombre du fromager géant de la cour familiale car lui disait-elle il n'est pas concevable qu'un chef d'Etat ne soit pas au courant de ce qui se passe dans le monde, elle lui glissait sur le nez ses lunettes à monture en or et le laissait patauger dans la lecture de ses propres nouvelles tandis qu'elle exerçait le petit à recevoir et à renvoyer une balle en caoutchouc, un sport que pratiquent les novices, lui pendant ce temps se découvrait sur des photos si anciennes que beaucoup étaient en fait celles d'un ancien sosie mort à sa place et dont il avait oublié le nom, il se découvrait en train de présider le conseil des ministres du mardi auquel il n'assistait plus depuis l'époque de la comète, il découvrait des phrases historiques que lui attribuaient ses ministres lettrés, il lisait en dodelinant de la tête dans la chaleur orageuse des après-midi d'août, il s'enfonçait petit à petit dans la panade de sueur de la sieste en murmurant nom d'un bordel, quel journal de merde, je ne comprends pas comment les gens peuvent lire une telle feuille de chou, pourtant il devait retirer quelque apport de ces lectures sans plaisir car il se réveillait de son sommeil bref et léger avec une idée nouvelle empruntée aux échos, il envoyait Laetitia Nazareno dicter des ordres à ses ministres qui lui répondaient par le même intermédiaire en essayant d'entrevoir sa pensée à travers sa pensée à elle, parce que tu étais ce que j'avais voulu que tu fusses, l'interprète de mes plus hautes volontés, tu étais ma voix, tu étais ma raison et ma force, elle était son oreille la plus fidèle et la plus attentive dans cette rumeur de laves perpétuelles du monde inaccessible qui l'assiégeait, encore qu'en réalité les derniers oracles qui régissaient son destin fussent les inscriptions anonymes crayonnées sur les murs des waters du personnel de service, il y déchiffrait les vérités secrètes que personne n'aurait osé lui révéler, pas même toi, Laetitia, il les lisait à l'aube en rentrant de la traite avant que les ordonnances chargées du nettoyage ne les effacent, il avait ordonné de reblanchir chaque jour à la chaux les murs des cabinets pour que personne ne résiste à la tentation de se soulager de ses rancœurs intimes, il apprit de cette manière l'acrimonie du haut commandement, les intentions refoulées de ceux qui prospéraient à son ombre et qui par-derrière le répudiaient, il se sentait maître de tout son pouvoir quand il réussissait à percer une énigme du cœur humain dans le miroir révélateur du journal de la canaille, il se remit à chanter au bout de tant d'années en contemplant à travers la brume de la moustiquaire le sommeil matinal de baleine échouée de son unique et légitime épouse Laetitia Nazareno, debout, chantait-il, il est six heures à mon cœur, la mer est toujours là, la vie continue, Laetitia, la vie imprévisible de la seule de ses nombreuses femmes qui avait tout obtenu de lui hormis le privilège aisé de le voir se réveiller le matin auprès d'elle, car il la quittait aussitôt après avoir fait l'amour une dernière fois, il pendait au-dessus de la porte de sa chambre de célibataire endurci la lampe des départs en catastrophe, tirait les trois barres, les trois verrous, les trois targettes, et se laissait choir à plat ventre sur le sol, seul et habillé, comme il l'avait fait toutes les nuits avant toi et comme il le fit sans toi jusqu'à sa dernière nuit de noyé solitaire, la traite finie il retrouvait ta chambre et son odeur d'animal nocturne pour continuer à te donner tout ce que tu voulais, beaucoup plus que le patrimoine incalculable de sa mère Bendicion Alvarado, beaucoup plus que ce qu'aucun être humain n'avait rêvé sur cette terre, et non seulement pour elle mais aussi pour ses parents inépuisables qui arrivaient des îlots inconnus des Antilles sans autre fortune ni titre que leur propre peau et leur nom Nazareno, une rude famille d'hommes intrépides et de femmes cupides qui avaient pris d'assaut les monopoles du sel, du tabac, de l'eau potable, vieux privilèges autrefois attribués aux commandants des différentes armes pour les maintenir à l'écart d'autres ambitions et que Laetitia Nazareno leur avait arrachés petit à petit grâce à des ordres qu'il n'avait pas donnés mais approuva, d'accord, il avait aboli le supplice barbare de l'écartèlement et avait essayé de le remplacer par la chaise électrique offerte par le commandant des marines pour que nous aussi nous profitions d'un instrument d'exécution plus civilisé, il avait visité dans la forteresse du port le laboratoire des horreurs où l'on choisissait les prisonniers politiques les plus mal en point pour s'entraîner au maniement du trône de la mort dont les décharges absorbaient la totalité de l'électricité urbaine, nous connaissions l'heure exacte de l'expérience fatale car nous restions un instant dans les ténèbres le souffle coupé par la répulsion, nous observions une minute de silence dans les bordels du port et nous buvions un verre à l'âme du supplicié, non pas une fois mais souvent, car la plupart des victimes restaient accrochées aux sangles de la chaise le corps noirci comme du boudin la chair fumante comme un rôti mais haletantes de douleur jusqu'au moment où quelqu'un avait pitié d'elles et les achevait à coups de revolver après plusieurs tentatives manquées, tout cela pour te plaire, Laetitia, pour toi il avait vidé les cachots, autorisé le rapatriement de ses ennemis et promulgué un arrêté euphorique interdisant les punitions pour divergences d'opinion et les poursuites pour des affaires relevant de la conscience de chacun, franchement convaincu dans la plénitude de son automne que même ses adversaires les plus acharnés avaient le droit de partager la tranquillité dont il jouissait lui durant les nuits extatiques de janvier en compagnie de la seule femme qui avait mérité la gloire de le voir sans chemise et en caleçon long avec l'énorme hernie dorée par la lune sur la terrasse de la maison civile, ils contemplaient ensemble les saules mystérieux que ce Noël-là les rois de Babylone leur avaient envoyés pour qu'ils les plantent dans le jardin de la pluie, ils s'émerveillaient du soleil fendillé par l'eau perpétuelle, admiraient l'étoile polaire empêtrée dans leurs feuillages, scrutaient l'univers dans les chiffres de la T.S.F. perturbée par les sifflements moqueurs des planètes fugitives, écoutaient chaque jour côte à côte l'épisode des feuilletons de radio Santiago de Cuba qui leur laissait au cœur un sentiment d'angoisse serons-nous encore vivants demain pour savoir comment ce malheur va s'arranger, il jouait avec le petit avant de le mettre au lit pour lui apprendre tout ce qu'on pouvait savoir au sujet de l'utilisation et de l'entretien des armes de guerre, science humaine qu'il connaissait mieux que personne, pourtant le seul conseil qu'il lui donna fut de ne jamais imposer un ordre si tu n'es pas sûr qu'on y obéira, il le lui fit répéter autant de fois qu'il le crut nécessaire pour que l'enfant n'oublie jamais que la seule erreur qu'un homme investi du pouvoir et de l'autorité ne doit pas commettre dans sa vie ne serait-ce qu'une fois c'est d'imposer un ordre s'il n'est pas sûr qu'on y obéira, un conseil qui était plutôt celui d'un aïeul échaudé que d'un père prudent et que l'enfant n'aurait jamais oublié même s'il avait vécu aussi vieux que lui car il le lui donna tandis qu'il lui préparait pour son premier tir, à six ans, un canon de campagne à la détonation si catastrophique que nous lui attribuâmes la terrifiante tempête sèche toute d'éclairs et de tonnerres volcaniques et le redoutable vent polaire de Comodoro Rivadavia qui culbuta les entrailles de la mer et emporta dans les airs un cirque d'animaux installé sur la place du vieux port négrier, nous repêchâmes dans les filets des éléphants, des clowns noyés, des girafes juchées sur les trapèzes à cause de la furie de la tourmente qui miraculeusement n'envoya pas par le fond le cargo bananier à bord duquel arriva quelques heures plus tard le jeune poète Félix Ruben Garcia Sarmiento qui devait devenir célèbre sous le nom de Ruben Dario, par bonheur à quatre heures la mer se calma, l'air lavé se remplit de fourmis volantes, alors il se montra à la fenêtre de sa chambre et vit à l'abri des collines du port le petit bateau blanc incliné à tribord et qui bien que démâté naviguait sans péril sur l'eau paisible du soir purifié par le soufre de la tempête, il vit le capitaine diriger de son poste la difficile manœuvre en l'honneur de l'illustre passager qui portait une chemise de drap foncé et un gilet croisé et dont il n'entendit pas parler avant le soir du dimanche suivant où Laetitia Nazareno lui demanda la grâce inimaginable de l'accompagner au récital poétique du Théâtre National, il accepta sans sourciller, d'accord. Nous attendions debout depuis trois heures dans l'étuve de l'orchestre, suffoquant sous nos habits de gala qu'on nous avait ordonné d'enfiler au dernier moment, lorsque l'hymne national éclata enfin, nous nous tournâmes en applaudissant vers la loge ornée de l'écusson de la patrie où venait d'apparaître la novice grassouillette, chapeau à plumes frisottées et queues de renards nocturnes sur la robe de taffetas, qui s'assit sans saluer près de l'infant en uniforme de soirée lequel répondit aux ovations en agitant le lis de doigts vides du gant de satin serré dans son poing comme le faisaient au dire de sa mère les princes d'une autre époque, nous ne vîmes personne d'autre dans la loge présidentielle, mais durant les deux heures du récital nous eûmes la certitude qu'il était là, nous sentîmes sa présence invisible qui surveillait notre destin pour qu'il ne fût pas troublé par le désordre de la poésie, il réglait l'amour, il décidait de l'intensité et du terme de la mort dans un coin de la loge obscure d'où il voyait sans être vu le lourd minotaure dont la voix de foudre marine l'arracha à son siège et à l'instant le laissant flotter sans sa permission sur l'or tonitruant des clairons sonores des arcs de triomphe de Mars et de Minerve une gloire qui n'était pas la vôtre mon général, il vit les athlètes héroïques des étendards les noirs mâtins chasseurs d'hommes les robustes chevaux de guerre aux sabots ferrés les piques et les lances des paladins aux plumets agressifs qui emmenaient captif un drapeau bizarre pour l'honneur de certaines armes qui n'étaient pas les vôtres, mon général, il vit la jeunesse farouche qui avait défié les soleils du rouge été la neige et le vent de l'hiver glacé et le givre la haine et la mort pour la splendeur éternelle d'une patrie immortelle plus grande et plus glorieuse que toutes celles dont il avait rêvé durant les longs délires de ses fièvres de guerrier aux pieds nus, il se sentit pauvre et minuscule dans le fracas sismique des applaudissements qu'il approuvait dans l'ombre en pensant madre mía Bendicion Alvarado ça c'est un défilé, ce n'est pas comme ces parades minables qu'ils m'organisent ici, il se sentit diminué et seul, oppressé par la somnolence les moustiques les colonnes barbouillées d'or le velours fané de la loge d'honneur, merde alors, comment est-il possible que cet Indien puisse écrire une chose aussi belle avec la main qui lui sert à se torcher le cul, se disait-il, si excité par la révélation de la beauté écrite qu'il traînait ses grandes pattes d'éléphant captif au rythme des coups martiaux des timbaliers, s'assoupissait avec les voix glorieuses du chant sonore du chœur ardent que Laetitia Nazareno récitait pour lui à l'ombre des arcs de triomphe du fromager du patio, il en écrivait les vers sur les murs des cabinets, il essayait de réciter par cœur le poème entier dans le tiède olympe de bouses de vaches des étables lorsque la terre trembla sous la charge de dynamite qui explosa prématurément dans la malle arrière de la voiture présidentielle stationnée dans la remise, ce fut terrible mon général, une déflagration si puissante que de nombreux mois après l'événement nous retrouvions encore dans toute la ville les pièces tordues de l'automobile blindée que Laetitia Nazareno et le petit devaient utiliser une heure plus tard pour faire leur marché du mercredi, car l'attentat était vraiment dirigé contre elle mon général, et alors il se frappa le front, merde alors, comment n'ai-je pas prévu cela, qu'était donc devenue sa clairvoyance légendaire alors que depuis tant de mois les graffiti des waters ne s'en prenaient pas à lui, comme d'habitude, ou à l'un quelconque de ses ministres civils, mais étaient inspirés par l'audace des Nazarenos qui mordillaient maintenant les sinécures réservées au haut commandement, ou par l'ambition des hommes d'église qui obtenaient du pouvoir temporel des faveurs éternelles démesurées, il avait observé que les innocentes diatribes contre sa mère Bendicion Alvarado s'étaient transformées en insultes de perroquets, en pasquinades de rancœurs secrètes qui mûrissaient dans l'impunité tiède des cabinets et finissaient par gagner la rue comme l'avaient si souvent fait d'autres scandales mineurs que lui-même se chargeait d'accélérer, pourtant il n'avait pas pensé un seul instant qu'ils auraient la férocité de déposer deux quintaux de dynamite à l'intérieur même de la maison civile, faux jetons, comment avait-il pu se laisser prendre à l'extase des trompettes triomphales pour que son odorat si fin de tigre ne détectât pas à temps la vieille et douce odeur du danger, quelle connerie, il convoqua d'urgence le haut commandement, quatorze militaires tremblants qui au bout de tant d'années de service banal et d'ordres par personne interposée revîmes à deux brasses de nous le vieillard incertain dont l'existence réelle était la plus élémentaire des énigmes, il nous reçut assis sur la chaise-trône de la salle des audiences dans son uniforme de simple soldat qui sentait le pipi de mouffette il portait des lunettes très fines à monture en or que nous ne lui connaissions pas même sur ses photos les plus récentes, il était plus vieux et plus lointain qu'aucun d'entre nous n'aurait pu l'imaginer, seules ses mains languissantes sans les gants de satin ne ressemblaient pas à des mains naturelles de militaire mais à celles d'un être beaucoup plus jeune et compatissant, tout le reste était compact et sombre, et plus nous le reconnaissions plus il était évident qu'il lui restait à peine un souffle de vie, mais c'était celui d'une autorité despotique et ravageuse qu'il avait lui-même du mal à maintenir à distance comme le vif-argent d'une jument sauvage, sans parler, sans même remuer la tête tandis que nous lui rendions les honneurs dus à un général chef suprême et que nous nous asseyions devant lui en cercle sur les fauteuils, alors seulement il enleva ses lunettes et se mit à nous dévisager avec ces yeux méticuleux qui connaissaient les terriers de belettes de nos intentions secondes, il les scruta sans clémence, l'un après l'autre, en prenant tout le temps nécessaire pour établir avec précision combien chacun de nous avait changé depuis ce soir brumeux de la mémoire où il les avait élevés aux grades les plus hauts en les montrant du doigt selon les caprices de son inspiration, et plus il les sondait plus il sentait grandir cette certitude parmi ces quatorze ennemis secrets il y a les auteurs de l'attentat, mais il se sentit si seul et si vulnérable devant eux qu'il sourcilla à peine, à peine leva-t-il la tête pour les exhorter à l'unité maintenant plus que jamais pour le bien de la patrie et l'honneur des forces armées, il leur recommanda prudence et énergie et leur imposa l'honnête mission de découvrir sans ménagements les auteurs de l'attentat afin qu'ils soient soumis à la rigueur sereine de la justice militaire, c'est tout, messieurs, conclut-il, sachant fort bien que l'exécutant était l'un d'entre eux, peut-être tous, blessé à mort par cette conviction inéluctable que la vie de Laetitia Nazareno ne dépendait plus de la volonté de Dieu mais de l'habileté avec laquelle il réussirait à la préserver d'une menace qui tôt ou tard devait devenir réalité, maudite affaire. Il la contraignit à annuler ses rendez-vous publics, il obligea ses parents les plus voraces à renoncer aux privilèges susceptibles de les opposer aux forces armées, il nomma les plus compréhensifs consuls aux mains libres et nous retrouvâmes les plus obstinés flottant dans la mangrove des caniveaux du marché, il réapparut sans s'annoncer au bout de tant d'années dans son fauteuil vide du conseil des ministres décidé à mettre un terme aux infiltrations du clergé dans les affaires de l'Etat pour te maintenir à l'abri de tes ennemis, Laetitia, en même temps il avait recommencé à jeter de longues sondes dans le haut commandement après les premières décisions draconiennes et il était convaincu que sept commandants lui étaient loyaux sans réserves ainsi que son plus ancien compagnon le général en chef, mais il n'avait pas encore les moyens de s'attaquer aux six autres énigmes qui lui allongeaient ses nuits quand il pressentait inéluctablement que Laetitia Nazareno était déjà désignée par la mort, on la lui tuait dans les mains malgré la méticulosité avec laquelle il faisait goûter tout ce qu'elle mangeait depuis qu'on avait découvert une arête dans son pain, on testait la pureté de l'air qu'elle respirait car il craignait qu'on glissât du poison dans la bombe insecticide, il la voyait pâle à table, il la sentait devenir aphone au plus chaud de l'amour, il se torturait à l'idée qu'on pouvait introduire les microbes de la fièvre jaune dans son eau, verser du vitriol dans son collyre, ces subtils démons de la mort gâchaient chaque instant de ses journées et à minuit un cauchemar implacable le réveillait un maléfice d'Indiens avait fait perdre beaucoup de sang à Laetitia Nazareno durant son sommeil, tant de risques imaginaires et de menaces véritables l'ahurissaient qu'il lui interdisait de mettre le nez dehors sans la féroce escorte de ses gardes entraînés à tuer sans raison, et pourtant elle sortait mon général, elle emmenait même le petit, et lui surmontait le mauvais augure pour les voir grimper dans la nouvelle auto blindée, il leur adressait d'un balcon intérieur des signes d'adieu ou mieux d'exorcisme en priant madre mía Bendicion

Alvarado protège-les, fais que les balles ricochent sur son corsage, apprivoise le laudanum, maman, redresse les pensées tortueuses, il n'avait pas un instant de tranquillité tant qu'il n'entendait pas les sirènes de l'escorte sur la Place d'Armes, tant qu'il ne voyait pas Laetitia Nazareno et le petit traverser la cour sous les premiers balayements du phare, elle rentrait excitée, heureuse au milieu de ces guerriers chargés de dindons vivants, d'orchidées d'Envigado, de chapelets d'ampoules de couleurs pour les soirs de Noël, Noël que des panonceaux étoilés et lumineux placés sur son ordre pour dissimuler son anxiété annonçaient dans la rue, il allait au-devant d'elle dans l'escalier pour te sentir encore vivante dans le relent de naphtaline des queues de renards argentés, dans la sueur acide de tes mèches d'invalide, il t'aidait à porter les cadeaux dans ta chambre avec l'étrange certitude qu'il était en train de ronger les dernières miettes d'une allégresse condamnée qu'il eût préféré ne pas connaître, d'autant plus désolé qu'il était plus convaincu que chaque expédient qu'il inventait pour soulager cette angoisse insupportable, chaque pas qu'il faisait pour la conjurer le rapprochait impitoyablement de cet épouvantable mercredi de mon malheur où il prit la terrible décision finissons-en, nom d'un bordel, que ce qui doit arriver arrive et tout de suite, décida-t-il, ce fut comme un ordre fulgurant qu'il n'avait pas fini de concevoir lorsque deux de ses aides de camp firent irruption dans son bureau avec l'affreuse nouvelle Laetitia Nazareno et le petit avaient été déchiquetés et dévorés par les chiens sauvages du marché municipal, ils les ont avalés vifs mon général, pourtant ce n'étaient pas les chiens errants habituels mais des mâtins aux yeux jaunes ahuris avec une peau lisse de requins que quelqu'un avait dressés contre les renards argentés, soixante chiens identiques dont personne ne put dire quand ils avaient bondi hors des étals et s'étaient rués sur Laetitia Nazareno et le petit sans nous laisser le temps de tirer tant nous craignions de les tuer, on les aurait crus en train de se noyer avec les chiens dans un tourbillon infernal, nous ne voyions que l'écume instantanée de mains éphémères tendues vers nous tandis que le reste des corps disparaissait en morceaux, nous voyions des expressions fugaces et insaisissables qui révélaient tour à tour la terreur, la supplication, la joie, et qui finirent par s'enfoncer définitivement dans le remous de la bagarre, le chapeau à violettes artificielles de Laetitia Nazareno restant seul à flotter devant l'horreur impassible des marchandes totémiques éclaboussées de sang chaud qui répétaient mon Dieu, tout cela ne serait pas possible si le général ne le voulait pas, ou du moins s'il ne le savait pas, pour la honte éternelle de la garde présidentielle qui put seulement récupérer sans tirer un coup de feu les os éparpillés parmi les légumes ensanglantés, rien d'autre mon général, nous n'avons retrouvé que ces médailles et le sabre sans glands du petit, les chaussures en chevreau de Laetitia Nazareno dont personne ne put dire pourquoi elles réapparurent flottant dans la baie à une lieue environ du marché, son collier de verroterie, sa bourse à mailles métalliques que nous vous remettons en mains propres mon général, avec ces trois clefs, l'alliance d'or noirci et ces cinquante centavos qu'ils déposèrent sur le bureau pour qu'il les compte, voilà c'est tout mon général, il ne restait rien d'autre d'eux. Il se serait bien moqué qu'il en restât plus ou moins s'il avait su alors qu'il lui faudrait peu d'années pour exterminer sans difficulté et jusqu'au dernier vestige le souvenir de ce mercredi fatal, mais l'ignorant il pleura de rage, il se réveilla en criant de rage tourmenté par les aboiements des chiens qui passèrent la nuit enchaînés dans la cour tandis qu'il décidait de leur destin, qu'en faisons-nous mon général, il se demandait si tuer les chiens ne serait pas une manière de tuer une seconde fois dans leurs entrailles Laetitia Nazareno et le petit, il ordonna de démolir la coupole de fer du marché aux légumes et d'aménager sur son emplacement un jardin de magnolias avec des cailles et une croix de marbre surmontée d'une lampe plus haute et plus intense que celle du phare afin de perpétuer dans la mémoire des générations futures et jusqu'à la fin des siècles le souvenir d'une femme historique que lui-même oublia bien avant qu'une explosion nocturne que personne ne revendiqua n'envoyât rouler à terre le monument, les cochons dévorèrent les magnolias et le mémorable jardin se transforma en un dépotoir bourbeux et pestilentiel qu'il ne connut pas, primo parce qu'il avait ordonné au chauffeur de ne pas passer par l'ancien marché aux légumes même si cela t'oblige à faire le tour du monde, secundo parce qu'il ne quitta plus la présidence après qu'il eut expédié les bureaux dans les édifices de verre miroitant des ministères, restant seul avec un minimum de personnel dans la maison à l'abandon où sur son ordre on ne trouvait plus le moindre vestige visible de tes volontés de reine, Laetitia, il resta à errer dans la maison vide sans autre activité connue que la consultation éventuelle du haut commandement, la décision finale d'un conseil des ministres épineux ou les visites pernicieuses de l'ambassadeur Wilson qui d'ordinaire lui tenait compagnie jusque tard dans l'après-midi sous le feuillage du fromager, lui apportant des bonbons de Baltimore et des magazines avec des photos de femmes nues en couleurs pour essayer de le convaincre de lui céder les eaux territoriales un acompte justifié sur la gigantesque dette extérieure, et lui le laissait parler, il feignait à sa convenance d'entendre moins ou plus que dans la réalité, il se protégeait du bagou de l'autre en écoutant la ronde j'ai un oiseau dans mon jardin qui sur le citronnier se tient à l'école des filles voisine, il le raccompagnait à la brune jusqu'à l'escalier en essayant de lui expliquer qu'il pouvait emporter tout ce qu'il voulait sauf la mer devant mes fenêtres, imaginez un peu, que ferais-je tout seul dans cette maison si grande si je ne pouvais plus la contempler comme tous les jours à cette heure-ci tel un marais en feu, que ferais-je sans le vent de décembre qui entre en aboyant par les carreaux cassés, comment pourrais-je vivre sans les rafales vertes du phare, moi qui ai abandonné mes hauts déserts brumeux et qui me suis enrôlé mort de fièvre dans le barouf de la guerre fédérale, et n'allez pas croire que j'aie fait cela par patriotisme comme l'affirme le dictionnaire, ni par goût de l'aventure, ni surtout parce que j'étais particulièrement attaché aux principes fédéralistes, Dieu les ait dans son saint royaume, non mon cher Wilson, tout ce que j'ai fait c'était pour connaître la mer, alors cherchez un autre truc, disait-il, et il le saluait dans l'escalier d'une tape sur l'épaule, puis il rentrait en allumant les lampes des anciens bureaux déserts où il découvrit un soir une vache égarée, il la chassa vers l'escalier mais la bête se prit les pattes dans les rapiéçages des tapis, partit à plat ventre, bondit et rebondit sur les marches où elle se brisa le cou pour le bonheur et la subsistance des lépreux qui se précipitèrent pour l'équarrir, car les lépreux étaient revenus après la mort de Laetitia Nazareno et à nouveau réunis avec les aveugles et les paralytiques ils attendaient de ses mains le sel de la santé dans les rosiers sauvages de la cour, il les entendait chanter quand les nuits étaient étoilées, il chantait avec eux la chanson Suzanne viens Suzanne de ses temps glorieux, il se penchait par les lucarnes du grenier à cinq heures du soir pour voir sortir les filles de l'école et il restait en extase devant nos tabliers bleus, nos socquettes, nos tresses, maman, nous courions effrayées par les yeux du fantôme phtisique qui à travers les barreaux nous faisait signe avec son gant aux doigts déchirés et nous hélait, petite, petite, viens un peu là que je te touche, il les voyait se sauver affolées en pensant madre mía Bendicion Alvarado comme elles sont jeunes les jeunes de maintenant, il riait de lui-même mais se réconciliait avec sa personne quand son médecin privé le ministre de la Santé lui examinait la rétine avec une loupe chaque fois qu'il l'invitait à déjeuner, le praticien lui prenait le pouls, il voulait l'obliger à boire des cuillerées de cervogène pour me boucher les oubliettes de la mémoire, quelle connerie, me faire boire ça à moi qui n'ai jamais attrapé en cette vie d'autre maladie que le paludisme des soldats, aux chiottes toubib, il prit désormais ses repas seul à sa table seule le dos tourné vers le monde, comme les rois du Maroc, lui avait expliqué Maryland l'ambassadeur érudit, il mangeait avec une fourchette et un couteau, la tête droite, obéissant aux règles strictes d'une éducatrice oubliée, il parcourait toute la maison à la recherche des pots de miel dont il oubliait les cachettes retrouvant par erreur les petits billets roulés qu'il écrivait à une autre époque pour ne rien oublier quand il ne pourrait plus se souvenir de rien, il lut sur l'une de ces languettes arrachées aux registres demain c'est mardi, il lut qu'il y avait des initiales sur ton mouchoir blanc des initiales rouges d'un nom qui n'était pas le tien mon maître, il lut intrigué Laetitia Nazareno de mon cœur vois dans quel état je suis sans toi, il lisait Laetitia Nazareno partout sans pouvoir comprendre qu'un homme avait pu être un jour si malheureux pour laisser cette traînée de soupirs écrits, et pourtant c'était mon écriture, la seule calligraphie à la main gauche qu'on trouvât alors sur les murs des cabinets où il écrivait pour se consoler vive le général, vive moi, nom d'un bordel, guéri jusqu'à la racine de la rage d'avoir été le plus faible des militaires de terre de mer et de l'air à cause d'une défroquée dont il ne restait que le nom tracé au crayon sur des bouts de papier, guéri après sa décision de ne même pas toucher les objets que les aides de camp déposèrent sur son bureau et qu'il ne regarda pas tandis qu'il ordonnait emportez ces chaussures, ces clefs, tout ce qui pouvait évoquer l'image de ses morts, déposez tout ce qui leur a appartenu dans la chambre de leurs siestes délirantes et barricadez portes et fenêtres avec interdiction d'entrer même sur mon ordre, nom d'un bordel, il survécut au frisson nocturne des aboiements de terreur des chiens enchaînés dans la cour durant des mois et des mois car il pensait que le moindre mal qu'il leur ferait pourrait se répercuter sur ses morts, il s'abandonna à son hamac, tremblant de rage à l'idée qu'il connaissait les assassins de son sang et devait subir l'humiliation de les voir dans sa propre maison car à ce moment-là les moyens de les démasquer lui manquaient encore, il s'était opposé aux honneurs posthumes quels qu'ils fussent, il avait interdit les visites de condoléances, le deuil, il attendait son heure en se balançant de rage dans son hamac à l'ombre du fromager tutélaire sous lequel mon dernier compère lui avait exprimé l'orgueil du haut commandement pour la sérénité et la discipline avec lesquelles le peuple avait supporté la tragédie, et il avait à peine souri, n'essayez pas de me la faire, mon vieux, quelle discipline et quelle sérénité, en fait le peuple s'en fout pas mal de ce malheur, il relisait le journal de haut en bas page avant page arrière y cherchant autre chose que les nouvelles inventées par ses propres bureaux de presse, il fit placer une radio à portée de sa main pour entendre la même information de Veracruz à Riobamba les forces de l'ordre sont maintenant sur la piste des auteurs de l'attentat, et lui murmurait mais oui mais oui, beaux merles, on les avait identifiés sans le moindre doute, mais oui, mais oui, on les bloquait sous le feu d'un mortier dans une maison close des faubourgs, nous y voilà, soupira-t-il, les pauvres gens, mais il resta dans son hamac sans laisser paraître la moindre lueur de malice en priant madre mía Bendicion Alvarado donne-moi des forces pour cette revanche, ne me retire pas l'aide de ta main, maman, inspire-moi, si sûr de l'efficacité de sa supplique que nous le trouvâmes remis de sa douleur lorsque nous les commandants de l'état-major responsables de l'ordre public et de la sûreté de l'Etat nous vînmes lui communiquer la nouvelle trois des auteurs du crime ont été tués en affrontant la force publique et les deux autres sont à la disposition de mon général dans les cachots de San Jeronimo, ah ah dit-il, assis dans son hamac, il tenait à la main une carafe de jus de fruit et nous en servit un verre à chacun avec le poignet serein du bon tireur, plus sage et plus empressé que jamais, à tel point qu'il devina mon impatience d'allumer une cigarette et me donna la permission de fumer ce qu'il n'avait jamais accordé jusqu'alors à un militaire en service, sous cet arbre nous sommes tous égaux, dit-il, et il écouta sans rancœur le rapport détaillé concernant le crime du marché, comment on avait fait venir d'Ecosse par envois séparés quatre-vingt-deux mâtins nés depuis peu, vingt-deux chiots étant morts durant leur croissance et soixante ayant été honteusement élevés pour tuer par un dresseur écossais qui leur avait inculqué une haine criminelle non seulement à l'égard des renards argentés mais aussi de Laetitia Nazareno et du petit en utilisant des vêtements dérobés au fur et à mesure à la blanchisserie de la maison civile, on s'était servi de ce corsage de Laetitia Nazareno, de ce mouchoir, de ces bas, de cet uniforme complet de l'enfant et nous les exhibâmes sous ses yeux pour qu'il les reconnût, ah ah se contenta-t-il de dire, sans les regarder, nous lui expliquâmes comment les soixante chiens avaient été entraînés à ne pas aboyer quand il ne le fallait pas, on les avait habitués à manger de la chair humaine, on les avait enfermés sans aucun contact avec l'extérieur durant les années difficiles du dressage dans une ancienne ferme de maraîchers chinois à sept lieues de la capitale parmi des mannequins grandeur nature portant des vêtements de Laetitia Nazareno et du petit qu'ils pouvaient aussi reconnaître grâce à ces portraits originaux et à ces photos de journaux que nous lui montrâmes collés dans un album pour que mon général apprécie mieux la perfection du travail de ces bâtards, à chacun sa spécialité, ah ah se contenta-t-il de dire, sans les regarder, nous lui expliquâmes enfin que les meurtriers n'agissaient pas de leur propre chef, bien entendu, mais qu'on avait affaire à des agents d'un mouvement subversif installé à l'étranger et dont le symbole était cette plume d'oie en croix sur un couteau, ah ah, tous recherchés par la justice militaire pour d'autres atteintes antérieures à la sûreté de l'Etat, ces trois-ci qui ont été tués et dont nous lui montrâmes les photos dans l'album avec le numéro de leur fiche anthropométrique pendu au cou, et ces deux-ci qui sont vivants et qui attendent en prison la décision ultime et sans appel de mon général, les frères Mauricio et Gumaro Ponce de Léon, respectivement âgés de vingt-huit et vingt-trois ans, le premier déserteur de l'armée sans emploi ni domicile connus et le second professeur de céramique à l'école des arts et métiers, envers lesquels les chiens ont révélé de telles marques de familiarité et d'allégresse qu'ils ont fourni la preuve suffisante de leur culpabilité mon général, ah ah se contenta-t-il de dire, mais il cita à l'ordre du jour les trois officiers qui avaient mené à bien l'enquête criminelle et leur remit la médaille militaire pour services rendus à la patrie au cours d'une cérémonie solennelle durant laquelle fut constitué le conseil de guerre sommaire qui jugea les frères Mauricio et Gumaro Ponce de Léon et les condamna à mourir fusillés dans les quarante-huit heures, à moins qu'ils ne bénéficient de votre clémence mon général, c'est vous qui décidez. Il resta songeur et seul dans son hamac, insensible aux demandes de grâce du monde entier, il entendit à la radio le débat stérile de la Société des Nations, il entendit les insultes des pays voisins et quelques adhésions lointaines, il entendit avec une attention égale les raisons timides des ministres partisans de la clémence et les arguments stridents des partisans du châtiment, refusa de recevoir le nonce porteur d'un message personnel du pape dans lequel celui-ci exprimait son inquiétude pastorale pour le sort des deux brebis égarées, il entendit les bulletins concernant l'ordre public dans un pays troublé par son silence, il entendit des tirs lointains, surprit le séisme de l'explosion sans origine d'un bateau de guerre ancré dans la baie, onze morts mon général, quatre-vingt-deux blessés et le navire hors d'usage, d'accord, dit-il, en contemplant de la fenêtre de sa chambre le brasier nocturne sur les eaux du port tandis que les deux condamnés à mort commençaient à vivre leur dernière nuit dans la chapelle ardente de la base de San Jeronimo, il les revit alors tels qu'il les avait aperçus sur les photos avec les sourcils en bataille de leur mère commune, il les revit tremblants et seuls avec leurs numéros jumelés accrochés au cou sous l'ampoule électrique toujours allumée de la cellule d'agonie, il se sentit pensé par eux, il se sut demandé, réclamé, mais il n'avait pas fait le moindre geste permettant d'entrevoir le chemin de sa volonté quand il finit de répéter les actes routiniers de cette journée qui succédait à toutes les autres de sa vie et prit congé de l'officier de service qui devait veiller devant sa chambre pour communiquer la décision qu'il annoncerait on ne savait à quelle heure avant le chant des coqs, il le salua en passant sans le regarder, bonsoir, capitaine, pendit la lampe au-dessus de sa porte, tira les trois barres, les trois verrous, les trois targettes, plongea à plat ventre dans un sommeil vigilant aux cloisons fragiles à travers lesquelles il continua d'entendre les aboiements anxieux des chiens dans la cour, les sirènes des ambulances, les pétards, les flonflons d'une fête équivoque dans la nuit intense de la ville stupéfiée par la rigueur de la sentence, il fut réveillé à minuit par les cloches de la cathédrale, il se réveilla à nouveau à deux heures du matin, il fut réveillé avant trois heures par le crépitement de la pluie contre le grillage des fenêtres, alors il se leva se livrant comme un bœuf à une énorme et pénible manœuvre d'abord la croupe puis les pattes de devant et enfin la tête ahurie avec un filet de bave au museau, il ordonna à l'officier de garde primo, emmenez ces chiens là où je ne les entendrai plus, sous la protection du gouvernement et jusqu'à leur extinction naturelle, secundo, remettez en liberté sans conditions les soldats de l'escorte de Laetitia Nazareno et de l'enfant, tertio, que les frères Mauricio et Gumaro Ponce de Léon soient exécutés dès qu'on connaîtra ma décision suprême et sans appel, mais qu'ils ne soient pas envoyés au poteau, comme prévu, non, ils furent soumis au vieux supplice de l'écartèlement et leurs membres furent exposés à l'indignation publique et à l'horreur dans les endroits les plus visibles de son énorme royaume d'ennui, pauvres garçons, tandis qu'il traînait ses grandes pattes d'éléphant blessé en suppliant rageur madre mía Bendicion Alvarado, aide-moi, maman, ne me retire pas l'aide de ta main, mets sur mon chemin l'homme qui m'aidera à venger ce sang innocent, l'homme providentiel qu'il avait imaginé dans les égarements de la rancœur et qu'il cherchait avec une folle anxiété au fond des yeux qu'il croisait, qu'il essayait de déceler tapi dans les registres les plus subtils des voix, dans les élans du cœur, dans les interstices les moins usés de la mémoire, mais il avait perdu l'illusion de le trouver quand il se découvrit lui-même fasciné par l'être le plus éblouissant et arrogant que j'eusse de mes yeux vu, maman, habillé comme les ostrogoths d'avant, veston d'Henry Pool et gardénia à la boutonnière, pantalon de Pecover et gilet de soie brodée à moirures d'argent qu'il avait promenés avec une élégance innée dans les salons européens les plus fermés en tenant en laisse un doberman taciturne aux yeux humains et de la taille d'un taurillon, José Ignacio Saenz de la Barra pour vous servir excellence, le dernier survivant de notre aristocratie anéantie par l'ouragan des caudillos fédéraux, balayée de la face de la patrie avec ses rêves arides de grandeur, ses vastes demeures mélancoliques et son accent français, un splendide échantillon de fin de race sans autre fortune que ses trente-deux ans, sept langues, quatre records de tir aux pigeons à Deauville, solide, élancé, couleur de fer, cheveux métis avec la raie au milieu et une mèche blanche décolorée, les lèvres linéaires de l'éternelle volonté, le regard décidé de l'homme providentiel qui feignait de jouer au cricket avec sa canne de merisier pour qu'on prît de lui une photo en couleurs sur le fond de printemps idylliques des tapisseries de la salle des fêtes, bref à l'instant où il le vit il lâcha un soupir de soulagement et se dit je le tiens, et en effet il le tenait. Il entra à son service sur l'engagement simple de vous mettez à ma disposition un budget de huit cent cinquante millions sans que j'aie de comptes à rendre à personne et en n'ayant d'autre supérieur que votre excellence et je vous livre dans les deux années à venir les têtes des véritables assassins de Laetitia Nazareno et du petit, il accepta, d'accord, convaincu de sa loyauté et de son efficacité après les nombreuses et difficiles épreuves auxquelles il l'avait soumis pour sonder les méandres de son esprit, connaître les limites de sa volonté et les failles de son caractère avant de se décider à lui remettre les clefs de son pouvoir, il le soumit au test final des périlleuses parties de dominos que José Ignacio Saenz de la Barra décida témérairement de gagner sans permission, et qu'il gagna, car c'était l'homme le plus courageux que j'eusse de mes yeux vu, maman, il avait une patience d'ange, il savait tout, il connaissait soixante-douze manières de préparer le café, il distinguait le sexe des coquillages, il savait lire la musique et l'écriture des aveugles, il restait à me regarder dans les yeux, sans parler, et je ne savais pas quelle attitude prendre devant ce visage indestructible, ces mains oisives appuyées sur le pommeau d'une canne de merisier et portant à l'annulaire une pierre d'eaux matinales, avec cet énorme chien couché à ses pieds, vigilant et féroce sous le velours vivant de sa peau endormie, ce parfum de sels de bain d'un corps immunisé contre la tendresse et la mort et qui était celui de l'homme le plus beau et le plus sûr de lui que j'eusse de mes yeux vu quand il eut le cran de me dire que je n'étais qu'un militaire de fortune, car les militaires sont tout le contraire de vous, général, ce sont des hommes à l'ambition immédiate et facile, ils préfèrent le commandement au pouvoir et ne sont pas au service de quelque chose mais de quelqu'un, c'est pourquoi il est si facile de les utiliser, dit-il, surtout les uns contre les autres, et je ne sus que sourire, persuadé qu'il n'aurait pu dissimuler sa pensée devant cet homme éblouissant à qui il confia plus de pouvoir qu'à n'importe qui sous son régime depuis mon compère Rodrigo de Aguilar, Dieu l'ait en son saint paradis, il le fit maître absolu d'un empire secret à l'intérieur de son empire privé, grand instigateur d'un service invisible de répression et d'extermination qui non seulement manquait d'identité officielle mais à l'existence duquel il était difficile de croire car personne n'y répondait de ses actes, n'avait de nom ni de domicile, et pourtant c'était une vérité effrayante qui s'était imposée par la terreur à tous les autres organismes de coercition de l'Etat bien avant que son origine et sa nature insaisissable ne fussent détectées avec certitude par le haut commandement, même vous mon général n'aviez pas prévu la portée de cette horrible machinerie, non je ne pouvais pas soupçonner qu'à l'instant où il accepta la proposition j'étais tombé à la merci du charme irrésistible et de l'avidité tentaculaire de ce barbare en tenue de prince qui m'envoya à la présidence un sac de jute apparemment plein de noix de coco, mettez-le là où il ne gênera personne dans un placard mural pour les archives, ordonna-t-il, il l'oublia, mais au bout de trois jours il devint impossible de respirer à cause du relent de cadavre qui traversait les murs et couvrait d'une buée fétide les glaces des miroirs, nous cherchions la puanteur dans la cuisine et la découvrions dans les étables, on la chassait des bureaux à coups de fumigations et elle resurgissait dans la salle des audiences, elle imprégna de ses effluves de rosier pourri les interstices les plus inaccessibles où n'était jamais arrivé même caché dans d'autres parfums le souffle des vents nocturnes de la peste, par contre elle se trouvait là où nous l'avions le moins cherchée, dans le sac que nous croyions plein de noix de coco envoyé par José Ignacio Saenz de la Barra comme premier acte de notre contrat, six têtes coupées avec les certificats de décès respectifs, la tête du patricien aveugle de l'âge de pierre don Népomucène Estrada, âgé de quatre-vingt-quatorze ans, dernier vétéran de la grande guerre et fondateur du parti radical, décédé selon certificat ci-joint le 14 mai d'un collapsus sénile, la tête du docteur Népomucène Estrada de la Fuente, fils du précédent, âgé de cinquante-sept ans, homéopathe, décédé selon certificat ci-joint à la même date que son père d'une thrombose, la tête d'Eliecer Castor, âgé de vingt et un ans, étudiant en lettres, décédé selon certificat ci-joint au cours d'une rixe de taverne de diverses blessures dues à une arme tranchante, la tête de Lidice Santiago, âgée de trente-deux ans, activiste clandestine, décédée selon certificat ci-joint des suites d'un avortement provoqué, la tête de Roque Pinzon, alias Jacinto l'invisible, âgé de trente-huit ans, fabricant de ballons rouges, décédé à la même date que la précédente des suites d'une crise éthylique, la tête de Natalicio Ruiz, secrétaire du mouvement clandestin 17 octobre, âgé de trente ans, décédé selon certificat ci-joint après s'être tiré un coup de pistolet dans la bouche à la suite de déboires sentimentaux, six au total, accompagnées d'un accusé de réception qu'il signa la bile remuée par l'odeur et par l'horreur en pensant madre mía Bendicion Alvarado cet homme est un sauvage, qui l'aurait imaginé ainsi avec ses airs mystiques et sa fleur à la boutonnière, il lui ordonna cessez vos envois de corned-beef, Nacho, votre parole me suffit, mais Saenz de la Barra lui répondit c'est une affaire d'hommes, général, si vous n'avez pas assez d'estomac pour regarder la vérité en face reprenez votre or et restons bons amis, quelle histoire, pour beaucoup moins que cela il eût envoyé sa mère au poteau, mais il se mordit la langue, ne vous fâchez pas, Nacho, dit-il, faites votre devoir, si bien que les têtes continuèrent à arriver dans ces ténébreux sacs de jute qui paraissaient pleins de noix de coco et lui ordonnait les tripes serrées emportez ça au diable tandis qu'on lui lisait les détails des certificats de décès et qu'il signait les accusés de réception, d'accord, il avait accusé réception de neuf cent dix-huit têtes d'opposants les plus acharnés la nuit où il rêva qu'il se métamorphosait en animal à un doigt qui laissait une traînée d'empreintes digitales dans une plaine de ciment frais, il se réveillait avec un arrière-goût de fiel, esquivait le malaise de l'aube en se livrant à des comptes de têtes coupées sur le fumier de souvenirs aigrelets des étables, si absorbé dans ses réflexions de vieillard qu'il confondait le bourdonnement de ses tympans avec la rumeur des insectes dans l'herbe pourrie en pensant madre mía Bendicion Alvarado comment est-il possible qu'elles soient si nombreuses alors qu'il ne recevait pas encore celles des vrais coupables, mais Saenz de la Barra lui avait fait remarquer que pour six têtes on se fait soixante ennemis, pour soixante têtes ils sont six cents et ensuite six mille et ensuite six millions, tout le pays, merde alors, nous n'en finirons jamais, à quoi Saenz de la Barra avait répliqué impassible dormez tranquille général, nous en aurons fini quand ils seront finis, sacré sauvage. Il n'eut jamais un seul instant d'incertitude, il ne laissait jamais une occasion d'alternative, il s'appuyait sur la force occulte du doberman continuellement aux aguets qui était le seul témoin de leurs rencontres bien qu'il eût essayé de l'écarter dès le premier jour où il avait vu arriver José Ignacio Saenz de la Barra tenant en laisse l'animal aux nerfs surexcités qui n'obéissait qu'au commandement imperceptible de l'homme le plus élégant mais aussi le moins complaisant que j'eusse de mes yeux vu, laissez ce chien dehors, lui avait-il ordonné, mais Saenz de la Barra lui avait répondu non, général, il n'existe pas un endroit au monde où j'entre sans que Lord Köchel n'entre aussi, de telle sorte que l'animal entra, il se tenait endormi aux pieds de son maître tandis qu'ils se livraient à leurs comptes routiniers de têtes coupées, pourtant il se redressait haletant de pressentiment quand les comptes prenaient une âpre tournure, ses yeux féminins me gênaient pour réfléchir, son haleine humaine me donnait un choc, je le vis se dresser soudain le museau fumant avec un bouillonnement de marmite quand il abattit un poing rageur sur la table car il venait de découvrir dans le sac la tête d'un de ses anciens aides de camp qui avait été en outre son partenaire aux dominos durant de nombreuses années, nom d'un bordel, finie la plaisanterie, pourtant Saenz de la Barra le convainquait toujours, moins avec des arguments qu'avec sa douce sévérité de dresseur de chiens sauvages, il se reprochait sa soumission au seul mortel qui avait osé le traiter comme un vassal, il se révoltait contre sa domination, il décidait de se débarrasser de cette sujétion qui saturait peu à peu l'espace de son autorité, à partir de maintenant finie la plaisanterie, nom d'un bordel, disait-il, car après tout Bendicion Alvarado ne m'a pas mis au monde pour recevoir des ordres mais pour en donner, pourtant ses résolutions nocturnes s'évanouissaient à l'instant où Saenz de la Barra entrait dans son bureau et où il succombait à l'éblouissement des manières délicates du gardénia naturel de la voix pure des sels aromatiques des manchettes d'amidon avec leurs boutons d'émeraude de la canne sereine de la beauté grave de l'homme le plus désirable et le plus insupportable que j'eusse de mes yeux vu, ne vous fâchez pas, Nacho, lui réitérait-il, faites votre devoir, et il continuait de recevoir les sacs de têtes, signait les accusés de réception sans les regarder, s'enfonçait sans protection dans les sables mouvants de son pouvoir en se demandant à chaque retour de chaque aurore de chaque mer que se passe-t-il il va être onze heures et il n'y a pas âme qui vive dans cette maison-cimetière, qui va là, demandait-il, personne, lui seul, où suis-je donc que je ne m'y reconnais plus, disait-il, où sont les tourbillons d'ordonnances aux pieds nus qui déchargeaient les couffins de légumes apportés par les ânes et les cageots de volailles dans les couloirs, où sont les flaques d'eau sale de mes femmes jacasseuses qui remplaçaient dans les vases les fleurs de la nuit par des fleurs du jour, lavaient les cages et battaient les tapis sur les balcons en chantant au rythme de leurs rameaux secs Suzanne viens Suzanne, que ton amour me damne, où sont mes saligauds de bâtards qui chiaient derrière les portes et dessinaient en pissant des dromadaires sur les murs de la salle des audiences, qu'est devenu mon chambard de fonctionnaires qui trouvaient des poules en train de pondre dans les tiroirs de leurs bureaux, mon trafic de putains et de soldats dans les cabinets, les mêlées de mes chiens errants qui poursuivaient en aboyant les diplomates, qui a chassé une nouvelle fois mes paralytiques des escaliers, mes lépreux des rosiers, mes adulateurs de partout, c'est à peine s'il apercevait ses derniers compères du haut commandement derrière le cordon serré des nouveaux responsables de la sécurité, à peine si on lui donnait l'occasion d'intervenir dans les conseils des nouveaux ministres nommés à la demande de quelqu'un qui n'était pas lui, six docteurs lettrés en redingote funèbre et col cassé qui devançaient sa pensée et décidaient des affaires du gouvernement sans me consulter alors qu'après tout le gouvernement c'est moi, mais Saenz de la Barra lui expliquait imperturbable vous n'êtes pas le gouvernement, général, vous êtes le pouvoir, il s'ennuyait aux soirées de dominos quand il se mesurait aux joueurs les plus habiles car il n'arrivait pas à perdre une partie même en se tendant les pièges les plus subtils, il devait se soumettre aux avis des dégustateurs qui pignochaient dans son assiette avant qu'il ne prît son repas, il ne retrouvait plus son miel dans ses cachettes, merde alors, ce n'est pas le pouvoir que je voulais, protesta-t-il, et Saenz de la Barra lui répliqua il n'y en a pas d'autre, général, c'était le seul possible dans la léthargie de mort de ce qui avait été à une autre époque son paradisiaque marché du dimanche et où sa seule fonction désormais consistait à attendre quatre heures pour écouter à la radio le feuilleton quotidien de la station locale, un roman d'amours stériles qu'il écoutait dans son hamac un verre de jus de fruit intact à la main, il flottait dans le vide du suspense les yeux mouillés de larmes anxieux de savoir si cette fille si jeune allait mourir et Saenz de la Barra vérifiait oui général, elle meurt, eh bien qu'elle ne meure pas, nom d'un bordel, ordonnait-il, qu'elle vive jusqu'à la fin qu'elle se marie et ait beaucoup d'enfants et qu'elle vieillisse comme tout le monde, et Saenz de la Barra faisait retoucher le mélo pour lui laisser l'illusion du commandement, c'est ainsi que sur son ordre personne ne perdit plus la vie, des fiancés qui ne s'aimaient pas se mariaient, on ressuscitait des personnages enterrés durant les épisodes précédents et on sacrifiait les méchants avant l'heure pour complaire à mon général, tout le monde était heureux sur son ordre afin que la vie lui parût moins inutile quand il inspectait la maison dès les huit coups métalliques de l'horloge et découvrait que quelqu'un avait déjà soigné les vaches, on avait éteint les lumières dans le quartier de la garde présidentielle, le personnel dormait, les cuisines étaient nettes, les étages propres, les tables des bouchers frottées et lavées au crésyl sans une trace de sang répandaient une odeur d'hôpital, quelqu'un avait fermé les crémones et verrouillé les bureaux bien qu'il fût le seul à disposer du trousseau de clefs, les lumières s'éteignaient l'une après l'autre avant qu'il ne pressât l'interrupteur du vestibule d'entrée jusqu'à sa chambre, il marchait dans les ténèbres en traînant ses grosses pattes de monarque prisonnier au long des miroirs obscurs une gaine de velours enserrant son unique éperon pour que personne ne suivît sa trace de sciure dorée, il aperçut en passant la mer par les fenêtres, la mer des Caraïbes en janvier, il la regarda vingt-trois fois sans s'arrêter et elle était comme toujours en janvier pareille à un marécage fleuri, il introduisit la tête dans la pièce de Bendicion Alvarado pour voir si l'héritage n'avait pas bougé, la mélisse, les cages d'oiseaux morts, le lit de douleur où la mère de la patrie avait enduré sa vieillesse de pourriture, bonne nuit, murmura-t-il comme d'habitude bien que personne ne lui répondît bonsoir mon petit, que Dieu veille sur ton sommeil, il se dirigeait vers sa chambre avec la lampe des départs en catastrophe quand il sentit dans l'ombre le frisson de braises stupéfaites des pupilles de Lord Köchel, il perçut un parfum d'homme, la densité de son autorité, l'éclat de son mépris, qui va là, demanda-t-il, il savait pourtant que c'était lui, José Ignacio Saenz de la Barra en tenue de soirée qui venait lui rappeler que nous étions le 12 août, général, une date historique, la date immense où nous célébrons le premier centenaire de votre ascension au pouvoir, ce qui avait attiré des visiteurs du monde entier séduits par l'annonce d'un événement auquel on ne pouvait assister plus d'une fois au cours d'une vie si longue fût-elle, la patrie était en fête, toute la patrie sauf lui, car malgré l'insistance de José Ignacio Saenz de la Barra lui demandant de vivre cette nuit mémorable au milieu des clameurs et de la ferveur de son peuple, il tira plus tôt que jamais les trois barres de son cachot nocturne, il tira les trois verrous, les trois targettes, se coucha à plat ventre sur les carreaux nus avec son rude uniforme de toile sans insignes, ses guêtres, son éperon d'or, le bras droit replié sous la tête en guise d'oreiller, tel que nous devions le retrouver rongé par les charognards et couvert d'animaux et de fleurs des fonds marins, et à travers la brume des filtres du demi-sommeil il perçut les fusées lointaines de la fête sans sa présence, il perçut les flonflons d'allégresse, les cloches de joie, le torrent boueux des foules qui étaient venues exalter une gloire qui n'était pas la sienne, tandis qu'il murmurait plus soucieux que triste madre mía Bendicion Alvarado de mon destin, déjà cent ans, nom d'un bordel, déjà cent ans, comme le temps passe.

VI

IV

Il était là, donc, comme s'il s'était agi vraiment de lui et pourtant ce n'était pas lui, étendu sur la table des banquets de la salle des fêtes, fastueux et efféminé comme un pape défunt parmi les fleurs, ce qui l'avait déjà empêché de se reconnaître après sa première mort lorsqu'on avait exposé son cadavre, plus redoutable désormais avec son gant de satin bourré de coton sur sa poitrine bardée de fausses médailles gagnées en des victoires imaginaires au cours de guerres en chocolat inventées par ses adulateurs sans vergogne, avec son uniforme de parade, ses guêtres vernies, son éperon d'or unique car nous n'en trouvâmes pas d'autres dans la maison, avec aussi les dix soleils lugubres de général de l'univers qu'on lui imposa à la dernière heure pour lui conférer une plus haute hiérarchie que celle de la mort, si franchement visible dans sa nouvelle identité posthume que pour la première fois on pouvait croire sans doute aucun à son existence réelle, personne pourtant ne lui ressemblait moins, personne n'était plus différent de lui que ce cadavre de vitrine qui à minuit continuait de mijoter à petit feu dans l'espace minutieux de la chambre ardente tandis que dans la salle contiguë où siégeait le conseil de gouvernement nous discutions un à un les termes du communiqué final annonçant la nouvelle à laquelle personne n'osait croire, nous fûmes réveillés par un bruit de camions remplis de soldats armés jusqu'aux dents qui occupèrent dès l'aube par petits groupes silencieux les édifices publics, ils s'allongèrent à plat ventre en position de tir sous les arcades de la rue du commerce, se cachèrent dans les vestibules, je les vis installer des mitrailleuses sur les terrasses du quartier des vice-rois quand j'ouvris à l'aube la fenêtre de mon balcon cherchant où déposer la botte d'œillets mouillés que je venais de couper dans la cour, je vis sous le balcon une patrouille commandée par un lieutenant qui allait de porte en porte en ordonnant de fermer les rares boutiques qui commençaient à lever leur rideau dans la rue du commerce, par ordre supérieur, c'est jour férié pour tout le pays, criait-il, je leur envoyai un œillet de mon balcon et demandai que se passe-t-il, il y a partout des soldats et des cliquetis d'armes et l'officier attrapant l'œillet au vol me répondit apprends ma belle que nous sommes comme toi nous n'en savons rien, ou alors le mort est ressuscité, dit-il, mort de rire, car personne n'osait penser qu'un événement aussi extraordinaire avait pu survenir, au contraire, nous pensions qu'après de longues années de laisser-aller il avait ressaisi les rênes de son autorité et que plus vivant que jamais il traînait à nouveau ses grandes guibolles de monarque bidon dans la maison du pouvoir dont les ronds lampadaires s'étaient rallumés, nous pensions que c'était lui qui avait fait sortir les vaches qui broutaient l'herbe entre les dalles de la Place d'Armes où l'aveugle assis à l'ombre des palmiers moribonds confondant leurs sabots avec des bottes de militaires récitait les vers de l'heureux chevalier rentrant vivant de guerre, il les récitait à tue-tête la main tendue vers les vaches qui, habituées à monter et à descendre les escaliers pour trouver leur pitance, grimpaient dans le kiosque à musique pour y manger les guirlandes de balsamines, elles s'installaient parmi les muses en ruine couronnées de camélias sauvages et les singes suspendus aux lyres du Théâtre National qui n'était plus qu'un tas de pierres, elles entraient mortes de soif avec un fracas de pots de nard dans la pénombre fraîche des vestibules du quartier des vice-rois et plongeaient leur mufle brûlant dans les bassins des patios sans que personne osât les déranger car nous reconnaissions l'empreinte du fer présidentiel qu'elles portaient sur les flancs et les bœufs à l'encolure, c'étaient des bêtes intouchables, les soldats eux-mêmes leur cédaient le passage aux détours de la rue du commerce qui avait perdu son vieux brouhaha de souk infernal, il ne restait qu'un pourrissoir de côtelettes écrasées et de mâtures cassées dans les flaques aux miasmes brûlants là où s'était élevé le marché municipal quand nous avions encore la mer et que les goélettes venaient s'échouer entre les étals de légumes, il restait les locaux vides des anciens bazars hindous de ses temps glorieux, car les Hindous avaient joué les filles de l'air, sans même dire merci mon général, quel bordel, avait-il crié, abruti par ses dernières rages séniles, qu'ils foutent donc le camp nettoyer la merde des Anglais, avait-il crié, ils avaient tous filé, remplacés par des vendeurs ambulants qui offraient des amulettes indiennes et des poudres contre les piqûres de serpents, aussi par des dancings minables aux disques frénétiques avec des lits qu'on louait dans les arrière-salles et que les soldats démantibulèrent à coups de crosse tandis que les cloches de la cathédrale annonçaient le deuil, tout s'était achevé avant lui, nous nous étions éteints jusqu'au dernier souffle attendant sans espoir ce jour où la rumeur toujours renaissante et toujours démentie annoncerait pour de bon qu'il avait enfin succombé à l'une de ses nombreuses maladies de roi, pourtant nous n'y croyions plus maintenant que c'était vrai, ou plutôt nous n'y croyions plus parce que nous ne voulions pas y croire, nous avions fini par ne plus comprendre ce que nous deviendrions sans lui, ce que deviendraient nos vies après lui, je ne pouvais concevoir le monde sans l'homme qui m'avait rendue heureuse à douze ans comme personne d'autre ne réussit plus à le faire ensuite, je revoyais ces après-midi lointains où nous sortions de l'école à cinq heures et où il guettait par les lucarnes de l'étable les fillettes en uniforme bleu à col marin avec leurs nattes dans le dos en pensant madre mía Bendicion Alvarado comme elles sont belles les femmes à cet âge-là, il nous hélait, nous voyions ses yeux sautillants, sa main dans le gant aux doigts déchirés qui essayait de nous appâter grâce aux bonbons de l'ambassadeur Forbès, toutes se sauvaient effrayées, sauf moi qui restai seule dans la rue de l'école un jour où je sus que personne ne me regardait et où je tentai d'attraper le bonbon, mais lui m'agrippa en me griffant tendrement comme un tigre, il me souleva sans douleur et m'introduisit si délicatement par la lucarne qu'il ne froissa pas un seul pli de ma robe, il me coucha dans le foin qui sentait bon le vieux pipi et essaya de me dire quelque chose qui n'arrivait pas à sortir de sa bouche sèche parce qu'il avait plus peur que moi, il tremblait, on voyait sur sa chemise les battements de son cœur, il était pâle, il avait les yeux pleins de larmes comme personne d'autre ne les eut plus pour moi durant toute ma vie d'exilée, il me palpait en silence, en respirant sans hâte, il me caressait avec une tendresse d'homme que je n'ai jamais retrouvée, il rendait turgescents les bourgeons de mes seins, glissait les doigts sous les coutures de ma culotte, les sentait, me les faisait sentir, sens, me disait-il, c'est ton odeur, il n'eut pas à utiliser les bonbons de l'ambassadeur Baldrich car je me glissais de moi-même par la lucarne de l'étable pour vivre les heures joyeuses de ma puberté avec cet homme au cœur sain et triste qui m'attendait assis dans le foin avec un sac de ravitaillement, il essuyait avec du pain mes premières sauces d'adolescente, il me mettait chaque chose dans mon petit trou avant de les manger, il me les donnait à goûter, il m'enfonçait là où je vous ai dit les pointes d'asperges pour les déguster marinées dans la saumure de mes humeurs intimes, un délice, me disait-il, tu as un fumet de port de mer, il rêvait de manger mes reins mijotés dans leur propre bouillon ammoniacal, avec la sueur de tes dessous de bras, rêvait-il, avec ton pipi tiède, il m'écartelait de la tête aux pieds, il m'assaisonnait avec du gros sel, du poivre en grains et des feuilles de laurier et me laissait bouillir à petit feu dans les mauves incandescentes des soirées éphémères de nos amours sans avenir, il me croquait de la tête aux pieds avec un appétit et une générosité de vieillard que je ne devais plus retrouver chez ces hommes pressés et mesquins si nombreux qui essayèrent de m'aimer sans y réussir durant le reste de ma vie, il me parlait de lui durant les lentes digestions de l'amour tandis que nous chassions au-dessus de nous les mufles des vaches qui voulaient nous lécher, il me disait qu'il ne savait pas lui-même qui il était, qu'il en avait plein les couilles de mon général, il le disait sans amertume, comme ça, comme s'il avait parlé seul, flottant dans le bourdonnement continuel d'un silence intérieur qu'on ne pouvait rompre qu'à grands cris, personne n'était plus serviable ni plus savant, personne n'était plus homme, il était devenu ma raison de vivre à moi fille de quatorze ans lorsque deux hauts gradés se présentèrent chez mes parents avec une valise bourrée de pièces d'or et m'embarquèrent à minuit sur un bateau étranger avec toute ma famille et l'ordre de ne pas remettre les pieds sur le territoire national durant des années et des années jusqu'au moment où le monde apprit qu'il était mort sans avoir su que j'avais passé le reste de ma vie à être folle de lui, je couchais avec des inconnus rencontrés dans la rue pour voir si quelqu'un lui serait supérieur, je rentrai au pays vieillie et amère avec toute cette marmaille née de pères différents mais que j'avais mise au monde avec l'illusion qu'elle était l'œuvre de ses entrailles, lui par contre l'avait oubliée dès le deuxième jour, quand il ne la vit pas surgir par la lucarne de l'étable, il l'avait remplacée par une nouvelle compagne chaque soir car à cette époque il ne distinguait déjà plus très bien qui était qui dans cette bande de collégiennes aux uniformes identiques qui lui tiraient la langue et lui criaient vieux gaga quand il essayait de les appâter grâce aux bonbons de l'ambassadeur Rumpelmayer, il les hélait sans préférence, sans se demander celle d'aujourd'hui est-elle la même que celle d'hier, il les accueillait toutes de la même façon, il pensait à toutes comme à une seule et même fille tandis qu'il écoutait à demi endormi dans son hamac les raisons invariables de l'ambassadeur Streimberg qui lui avait offert un cornet acoustique semblable à celui du chien de la voix de son maître avec un dispositif électrique d'amplification pour qu'il pût entendre une fois de plus leur prétention obstinée d'emporter nos eaux territoriales en légitime acompte sur notre dette extérieure et lui répétait comme d'habitude pas de conneries mon cher Stevenson, ce que vous voudrez mais pas la mer, et il débranchait l'écouteur pour ne plus entendre cette grosse voix de créature métallique qui paraissait retourner le disque pour m'expliquer une nouvelle fois ce que m'avaient ressassé mes propres experts sans les chichis du dictionnaire nous sommes raides comme des passe-lacets mon général, nous avons épuisé nos dernières cartouches, nous sommes saignés à blanc par la nécessité séculaire d'accepter des emprunts pour payer la dette extérieure depuis les guerres d'indépendance et d'accepter d'autres emprunts pour payer les intérêts des intérêts, et toujours en échange de quelque chose mon général, nous avons abandonné le monopole de la quinine et du tabac aux Anglais, puis celui du caoutchouc et du cacao aux Hollandais, puis l'exploitation du chemin de fer des hauts plateaux et la navigation fluviale aux Allemands, et tout le reste aux amerlots à cause des accords secrets dont il n'eut connaissance qu'après l'effondrement retentissant et la mort publique de José Ignacio Saenz de la Barra, que Dieu le fasse rôtir à feu vif dans les poêlons de ses enfers, il ne nous reste rien, mon général, mais il avait entendu tous ses ministres des Finances répéter la même chose depuis les temps difficiles où il avait décrété un moratoire reportant ses obligations avec les banquiers de Hambourg, l'escadre allemande avait bloqué le port, un cuirassé anglais avait tiré un coup de canon d'avertissement qui avait ouvert une brèche dans le clocher de la cathédrale, mais moi je dis merde au roi d'Angleterre, s'était-il écrié, plutôt morts que vendus, mort au Kaiser, s'était-il écrié, sauvé in extremis par les bons offices de son acolyte aux dominos l'ambassadeur Charles W. Traxler dont le gouvernement s'était porté garant des engagements avec l'Europe en échange d'un droit d'exploitation viagère de notre sous-sol, et depuis nous sommes fauchés comme les blés, mon général, nous n'avons même pas de quoi payer les caleçons que nous portons, mais il raccompagnait jusqu'à l'escalier l'éternel ambassadeur de cinq heures et le congédiait d'une tape sur l'épaule, pas de conneries mon cher Baxter, plutôt morts que privés de mer, il se sentait écrasé par la désolation de cette maison-cimetière dans laquelle on pouvait marcher sans trébucher comme si l'on était sous les eaux depuis les temps maudits de ce José Ignacio Saenz de la Barra de mon aberration qui avait coupé toutes les têtes du genre humain sauf les bonnes, celles des auteurs de l'attentat contre Laetitia Nazareno et le petit, les oiseaux refusaient de chanter dans leurs cages malgré les nombreuses gouttes de chantorine qu'il leur versait dans le bec, les fillettes de l'école voisine n'avaient pas rechanté la ronde de la récréation j'ai un oiseau dans mon jardin qui sur le citronnier se tient, sa vie s'écoulait dans l'attente impatiente des heures où nous serons toi et moi dans l'étable, mon cœur, avec tes petits tétons comme des corossols et la moule de ton zizi, il mangeait seul sous les bougainvillées de la pergola, il flottait dans la réverbération de la chaleur en picorant le sommeil de la sieste pour ne pas perdre le fil du feuilleton télévisé dans lequel tout sur son ordre arrivait à l'encontre de la vie, car le bienfaiteur de la patrie qui savait tout ne sut jamais que depuis l'époque de José Ignacio Saenz de la Barra nous lui avions d'abord installé un émetteur individuel pour les romans feuilletons de la radio puis une chaîne privée de télévision pour qu'il fût le seul à voir les films retouchés selon son goût et dans lesquels seuls les méchants mouraient, où l'amour triomphait de la mort, où la vie était légère, nous le rendions heureux en l'abusant comme le firent aussi durant tant de soirs de sa vieillesse les petites filles en uniforme qui l'auraient égayé jusqu'à sa mort s'il n'avait eu la mauvaise fortune de demander un jour à l'une d'elles qu'est-ce qu'on t'apprend à l'école et moi de lui répondre en vérité, monsieur, on ne m'apprend rien car je ne suis qu'une fille à matelots, il la fit répéter craignant d'avoir mal entendu ce qu'il avait lu sur mes lèvres et je lui redis en détachant bien les syllabes non monsieur je ne suis pas étudiante, je ne suis qu'une fille à matelots, les services de santé l'avaient décrassée à l'éponge et aux cristaux et lui avaient dit d'enfiler ce costume marin et ces chaussettes de fille de bonne famille et de passer par cette rue tous les soirs à cinq heures, ils me l'avaient dit à moi mais aussi à toutes les putains de mon âge recrutées et lavées par la police sanitaire, on nous avait affublées du même uniforme, nous portions les mêmes souliers d'homme et ces tresses de crins de cheval que regardez monsieur on enlève et on attache avec une barrette, on nous expliqua n'ayez pas peur c'est un pauvre vieux gaga qui ne va même pas vous la mettre mais qui vous fait avec le doigt des examens de médecin et qui vous suce les nichons et vous enfonce des trucs à manger dans votre minette, bref tout ce que vous me faites quand je viens ici, et que nous n'avions qu'à fermer les yeux de plaisir en murmurant mon amour mon amour car c'est ce qui vous plaît mon général, voilà ce qu'ils nous ont dit et nous ont même fait essayer et répéter en détail depuis le début avant de nous payer, mais je trouve qu'on charrie un peu en nous enfilant toutes ces bananes dures dans la chatte et tous ces salsifis dans le trou du cul pour quatre malheureux pesos, car c'est ce qui nous reste une fois qu'on a retiré la taxe de santé et la commission du sergent, merde alors, moi je trouve lamentable de gâcher tant de nourriture par le bas quand on n'a rien à avaler par le haut, dit-elle, enveloppée dans l'aura lugubre du vieillard impénétrable qui écouta la révélation sans sourciller en pensant madre mía Bendicion Alvarado pourquoi m'envoies-tu ce châtiment, aucune grimace ne dénonça sa désolation mais il se livra à toute sorte de vérifications secrètes et finit par découvrir qu'en effet le collège de jeunes filles jouxtant la maison civile avait été fermé depuis bien des années mon général, le ministre de l'Education en personne en accord avec l'archevêque et l'association des parents d'élèves avait versé les fonds nécessaires à la construction du nouvel édifice à trois étages situé face à la mer et où les héritières des grandes familles étaient désormais à l'abri des guets-apens du séducteur crépusculaire dont le corps d'alose échouée ventre en l'air sur la table des banquets commençait à se découper sur les mauves livides de l'horizon de cratères lunaires de notre première aurore sans lui, il était à l'abri parmi la neige des fleurs, libéré enfin de son pouvoir absolu au bout de tant d'années de captivité réciproque qu'il devenait impossible de discerner qui était la victime de qui dans ce cimetière de présidents vivants qu'on avait blanchi comme un tombeau à l'intérieur et à l'extérieur sans me consulter, au contraire on lui ordonnait sans le reconnaître n'entrez pas monsieur vous saligotez le plâtre, il n'entrait pas, restez là-haut monsicur car vous pourriez recevoir un échafaudage sur la tête, il restait là-haut, étourdi par le charivari des menuisiers et la rage des maçons qui lui criaient fous le camp vieux gaga ne viens pas chier dans le mortier, et il s'éloignait, plus obéissant qu'un soldat de deuxième classe durant les mois où l'on restaura tout sans le consulter et où l'on ouvrit de nouvelles fenêtres aux vents marins, plus seul que jamais sous l'œil vigilant d'une escorte dont la mission paraissait être moins de le protéger que de le surveiller, on mangeait la moitié de ses repas pour l'empêcher d'être empoisonné, on changeait les cachettes de son miel, on gainait son éperon d'or comme ceux des coqs de combat pour qu'il ne tintât pas en marchant, merde alors, toute une kyrielle de feintes de balayeurs qui auraient fait mourir de rire mi compadre Saturno Santos, il vivait à la merci de onze gorilles accoutrés et cravatés qui passaient leur temps à faire de la voltige japonaise et à brandir un de ces appareils à feux vert et rouge qui s'allument et s'éteignent quand quelqu'un porte une arme dans un rayon de cinquante mètres, nous circulions nous dans la ville comme des fugitifs dans sept autos identiques qui changeaient d'emplacement en se doublant les unes les autres en cours de route de telle sorte que je suis bien incapable de dire dans laquelle je me trouve, nom d'un bordel, c'était là bien du tintouin pour de la frime car ayant écarté les rideaux pour apercevoir les rues au bout de tant d'années de réclusion il vit que personne ne se préoccupait du passage furtif des limousines funèbres de la caravane présidentielle, il vit les falaises de verre miroitant des ministères qui se dressaient plus haut que les tours de la cathédrale et qui avaient caché les promontoires bariolés des cahutes de nègres sur les collines du port, il vit une patrouille de soldats effacer une inscription fraîche faite sur un mur avec un gros pinceau, qu'est-ce qu'elle disait demanda-t-il, elle disait gloire éternelle à l'artisan de la nouvelle patrie, lui répondit-on, des clous pensa-t-il autrement ils ne seraient pas en train de l'effacer, merde alors, il vit remplaçant les bourbiers une promenade de cocotiers large comme six avenues avec des massifs de fleurs en gradins jusqu'à la mer, il vit remplaçant le dépotoir de l'ancien marché municipal un quartier de villas identiques avec des portiques romains et des hôtels abritant des jardins amazoniens, il vit les automobiles à la queue leu leu dans les serpentins labyrinthiques des autoroutes urbaines, il vit la foule abrutie par la canicule de midi sur le trottoir du soleil tandis que l'autre trottoir n'abritait que les encaisseurs sans clients chargés de percevoir le droit de marcher à l'ombre, mais cette fois personne ne tressaillit en devinant le pouvoir caché dans le cercueil réfrigéré de la limousine présidentielle, personne ne reconnut les yeux désenchantés, les lèvres anxieuses, la main déshéritée qui adressait des adieux sans destin à travers les cris des vendeurs de journaux et d'amulettes, les voiturettes des marchands de glaces, les labarums de la loterie à trois chiffres, le brouhaha quotidien du monde de la rue étranger à la tragédie intime du soldat solitaire qui soupirait de nostalgie en pensant madre mía Bendicion Alvarado qu'est devenue ma ville, où est la ruelle de misère des femmes sans hommes qui sortaient nues au soir tombant acheter des corbeaux de mer bleus et des pagres roses et qui se prenaient de bec comme des chiffonnières avec les marchandes de légumes tandis quc leur linge séchait aux balcons, où sont les Hindous qui chiaient à la porte de leurs échoppes, où sont leurs épouses livides qui attendrissaient la mort avec leurs complaintes, où est la femme qui s'était changée en scorpion pour avoir désobéi à ses parents, où sont les bouis-bouis des mercenaires, leurs ruisseaux de pipi fermenté, l'air quotidien des pélicans une fois passé le coin de la rue, et soudain, ah, le port, où est-il maintenant s'il était ici, que sont devenues les goélettes des contrebandiers et toute cette ferraille de débarquement des marines, mon odeur de merde, maman, qu'est-ce qui ne tournait plus dans le monde pour que personne ne reconnaisse la main fugitive d'amant oublié qui laissait un sillage d'adieux inutiles de cette portière aux vitres teintées d'un train inaugural qui traversa en sifflant les semis d'herbes odorantes recouvrant les anciennes rizières hantées par les oiseaux stridents et la malaria, qui traversa des prairies bleues invraisemblables en effrayant des troupeaux de vaches marquées au fer présidentiel et dans ce wagon capitonné de velours ecclésiastique ce wagon de requiem de mon destin irrévocable il se demandait où est-il mon vieux tortillard à quatre roues nom d'un bordel où sont-ils mes branchages pleins d'anacondas et de balsamines vénéneuses, et mon raffut de singes, et mes paradisiers, et la patrie entière avec son dragon, maman, où sont-elles maintenant puisqu'elles étaient ici les gares avec leurs Indiennes taciturnes sous leurs chapeaux melons qui vous vendaient par les fenêtres des animaux en sucre, des pommes de terre fourrées à la crème, maman, qui vous vendaient des poules bouillies enrobées de saindoux jaune sous les arcs aux lettres de fleurs gloire éternelle au bienfaiteur de la patrie dont personne ne peut dire où il est, mais dès qu'il protestait affirmant que cette vie de fugitif était pire que la mort on lui répondait non non mon général, c'est la paix dans la discipline, et il finissait par accepter, d'accord, ébloui une fois de plus par le charme personnel de José Ignacio Saenz de la Barra de ma pagaille qu'il avait si souvent dégradé et vilipendé dans la rage de l'insomnie mais à la séduction duquel il succombait à nouveau dès que celui-ci entrait avec le soleil dans son bureau en tenant en laisse ce chien au regard d'homme qu'il n'abandonne jamais même pour pisser et qui a en outre un nom humain, Lord Köchel, il acceptait ses formules avec une docilité qui le révoltait contre lui-même, ne vous tracassez pas, Nacho, admettait-il, faites votre devoir, si bien que José Ignacio Saenz de la Barra repartait avec ses pleins pouvoirs à l'usine des supplices qu'il avait installée à moins de cinq cents mètres de la présidence dans l'innocent édifice de maçonnerie coloniale ex-asile d'aliénés des Hollandais, une maison aussi grande que la vôtre, mon général, tapie dans un bois d'amandiers et entourée d'un pré de violettes sauvages, dont le premier étage était destiné aux services anthropométriques et à l'état civil et dont le reste était occupé par les instruments de torture les plus ingénieux et les plus barbares jamais conçus par l'imagination, à tel point qu'il n'avait pas voulu les connaître, simplement il avertit Saenz de la Barra continuez à faire votre devoir comme il conviendra aux intérêts de la patrie à une seule condition moi je ne sais rien je n'ai rien vu et je ne suis jamais allé là-bas, et Saenz de la Barra avait donné sa parole d'honneur à votre service général, une parole qu'il avait tenue, de même qu'il observa son ordre de ne plus martyriser les enfants de moins de cinq ans en leur appliquant des pôles électriques sur les testicules pour obliger leurs parents à parler, il craignait en effet que cette infamie ne ressuscitât en lui les insomnies de tant et tant de nuits comme à l'époque de la loterie, pourtant il ne pouvait oublier cet atelier d'horreurs si proche de sa chambre car les nuits de lunes tranquilles les musiques de trains fugitifs des aubes orageuses de Bruckner le réveillaient provoquant des ravages de déluges et laissant une désolation de lambeaux de tuniques de mariées mortes dans les ramures de l'ancienne maison de fous hollandais pour qu'on n'entendît pas de la rue les hurlements d'épouvante et de douleur des moribonds, et tout cela sans dépenser mon général, car si José Ignacio Saenz de la Barra disposait de sa paye pour acheter son linge de prince, ses chemises en soie naturelle avec ses initiales brodées sur la poitrine, ses chaussures de chevreau, ses caisses de gardénias pour la boutonnière, ses lotions françaises avec les armes de famille imprimées sur l'étiquette originale, on ne lui connaissait pas de femme il n'avait pas non plus la réputation d'être pédé, ne semblait pas avoir d'ami ni de domicile privé, rien mon général, une vie de saint, d'esclave dans cette usine à supplices jusqu'au moment où la fatigue le terrassait sur le divan du bureau où il dormait n'importe comment mais jamais la nuit ni plus de trois heures d'affilée, sans garde devant sa porte, sans arme à portée de la main, sous la protection haletante de Lord Köchel qui ne tenait plus dans sa peau à cause de l'anxiété que lui causait non le fait de ne pas manger mais ce qu'au dire des gens il mangeait, les tripes chaudes des décapités, en faisant ce bruit de marmite qui bout pour le réveiller dès que son regard d'être humain percevait à travers les murs l'approche de quelqu'un, qui que ce fût, mon général, cet homme se méfie même de son miroir, il prenait ses décisions sans consulter personne après avoir écouté les rapports de ses agents, aucun événement ne survenait dans le pays aucun soupir ne sortait de la bouche d'un exilé en un point quelconque de la planète sans que José Ignacio Saenz de la Barra ne l'apprît sur-le-champ à travers cette toile d'araignée de délation et de corruption dont il avait recouvert la boule terrestre, c'est à cela qu'il dépense l'argent, mon général, car il n'était pas certain que les tortionnaires touchassent des salaires de ministres comme on l'affirmait, au contraire, ils travaillaient gratis pour prouver qu'ils étaient capables de découper leur mère en petits morceaux et de jeter ensuite ceux-ci aux cochons sans un tremblement dans la voix, au lieu de lettres de recommandation et de certificats de bonne conduite ils présentaient des témoignages d'antécédents atroces pour être placés sous les ordres des bourreaux français qui sont rationalistes mon général, c'est-à-dire méthodiques dans la cruauté et réfractaires à la pitié, c'étaient eux qui rendaient possible le progrès dans la discipline, eux qui prévenaient les conspirations bien avant qu'elles ne couvent dans les esprits, les clients distraits qui prenaient le frais sous les éventails à hélices des glaciers, ceux qui lisaient le journal dans les bistrots chinois, qui dormaient dans les cinémas, qui cédaient leur place aux femmes enceintes dans les autobus, qui avaient appris le métier d'électricien ou de plombier après avoir passé la moitié de leur vie comme agresseurs nocturnes et bandits de grands chemins, les maris à la sauvette des servantes, les putains des transats et des bars internationaux, les promoteurs du tourisme aux paradis des Caraïbes dans les agences de voyage de Miami, le secrétaire privé du ministre belge des Affaires étrangères, la surveillante à vie du couloir ténébreux du quatrième étage de l'Hôtel International à Moscou, et beaucoup d'autres inconnus jusqu'au dernier bout de la terre, mais vous pouvez dormir tranquille mon général car les bons patriotes disent que vous n'êtes au courant de rien, que tout cela se fait sans votre consentement, que si mon général le savait il enverrait Saenz de la Barra cultiver des marguerites au cimetière des renégats dans la forteresse du port, chaque fois qu'ils apprenaient un nouvel acte de sauvagerie ils soupiraient dans leur barbe si le général savait cela, si nous pouvions le lui faire savoir, si seulement on pouvait le voir, et il avait ordonné à qui le lui avait raconté de ne jamais oublier qu'en vérité je ne sais rien, je n'ai rien vu, je n'ai jamais parlé à personne de ces choses-là, ce qui lui permettait de retrouver son calme, mais il continuait de recevoir tant de sacs de têtes coupées qu'il lui paraissait inconcevable que José Ignacio Saenz de la Barra se barbouillât de sang jusqu'au haut du crâne sans aucun bénéfice car les gens sont marioles mais pas à ce point, et il ne trouvait pas raisonnable que tant d'années eussent passé sans que les commandants des trois armes ne protestent de leur condition de subalternes, ni ne réclament une augmentation, rien, si bien qu'il avait jeté des sondes personnelles pour tenter d'établir les causes de la résignation des militaires, il voulait savoir pourquoi ils n'essayaient pas de se révolter, pourquoi ils acceptaient la toute-puissance d'un civil, et il avait demandé aux plus ambitieux s'ils ne pensaient pas qu'il était temps de couper le kiki à cet arriviste sanguinaire qui était en train d'éclabousser les mérites de l'armée, mais on lui avait répondu que certainement non mon général, il n'y a pas dans tout cela de quoi fouetter un chat, et depuis je ne sais plus qui est qui ni qui est avec qui ou contre qui dans ce capharnaüm du progrès dans la discipline qui commence à puer le cadavre comme ces pauvres gamins de la loterie dont je ne veux plus me souvenir, mais José Ignacio Saenz de la Barra le calmait grâce à son doux ascendant de dresseur de chiens sauvages, dormez tranquille général, lui disait-il, le monde est à vous, il lui laissait accroire que tout était simple et clair et le renvoyait vite aux ténèbres de sa maison vide qu'il parcourait d'un bout à l'autre en se demandant à grands cris mais qui suis-je nom d'un bordel si j'ai l'impression de me voir à l'envers dans les miroirs, mais où suis-je nom d'un bordel si à onze heures du matin il n'y a pas une poule même égarée dans ce désert, souvenez-vous des jours anciens, hurlait-il, souvenez-vous de ces mêlées d'aveugles et de paralytiques qui se disputaient la pâture avec les chiens, souvenez-vous des escaliers où nous dérapions sur la merde comme sur une patinoire et de cette chienlit de patriotes qui me barraient la route avec leurs rengaines répandez sur mon corps le sel de la santé mon général, baptisez mon garçon pour voir s'il guérit de sa diarrhée car on disait que mes impositions avaient des vertus plus efficaces que la banane verte, touchez-moi là pour voir si mes palpitations se calment car je n'ai plus le courage de vivre avec cet éternel tremblement de terre, tournez les yeux vers la mer mon général pour que les ouragans fassent demi-tour, levez-les vers le ciel pour que les éclipses se repentissent, baissez-les vers la terre pour effrayer la peste car on disait que j'étais le bienfaiteur qui inspirait le respect à la nature, redressait l'ordre de l'univers et rabaissait la vanité de la Divine Providence, je leur donnais ce qu'ils me demandaient et leur achetais tout ce qu'ils me vendaient non par faiblesse comme le disait sa mère Bendicion Alvarado mais parce qu'il aurait fallu avoir un cœur de fer pour marchander une faveur à quelqu'un qui chantait ses mérites, maintenant par contre personne ne lui demandait plus rien, on ne lui disait même plus bonjour mon général, comment avez-vous passé la nuit, il n'avait même plus la consolation de ces explosions nocturnes qui le réveillaient par une grêle de carreaux cassés, qui jetaient les portes hors des gonds et semaient la panique chez les soldats mais qui au moins lui faisaient sentir qu'il était vivant à la différence de ce silence qui me bourdonne dans la tête et me réveille par son fracas, je ne suis plus qu'un polichinelle peint sur le mur de cette maison d'effroi où il lui était impossible de dicter un ordre qui ne fût déjà exécuté, il trouvait satisfaits ses désirs les plus intimes dans le journal officiel qu'il continuait à lire dans son hamac à l'heure de la sieste de la première à la dernière page sans omettre les petites annonces, il n'y avait pas un élan de sa personne ni un dessein de sa volonté qui n'apparût en gros caractères avec la photographie du pont qu'il n'avait pas fait construire par oubli, la fondation d'une école pour apprendre à balayer, la vache à lait et l'arbre à pain avec son portrait au cours d'autres inaugurations des temps glorieux, et pourtant il ne trouvait pas la sérénité, il traînait ses grandes pattes d'éléphant sénile cherchant quelque chose qu'il n'avait pas perdu dans sa maison de solitude, il découvrait que quelqu'un avant lui avait recouvert les cages de chiffons de deuil, quelqu'un avant lui avait contemplé la mer par les fenêtres et compté les vaches, tout était complet tout était en ordre, il regagnait sa chambre sa lampe à la main quand il reconnut sa propre voix amplifiée au poste de garde, il se pencha par la fenêtre entrouverte et vit dans la pièce enfumée un groupe d'officiers somnolents devant la morne clarté du petit écran, et sur l'écran il se vit lui, plus mince et plus crispé, mais c'était bien moi, maman, assis dans le bureau où il devait mourir avec au fond l'écusson de la patrie et les trois paires de lunettes à montures en or sur la table, et il répétait par cœur une analyse des comptes de la nation avec des mots savants qu'il n'aurait jamais osé répéter, nom d'un bordel, c'était une vision plus inquiétante que celle de son propre cadavre parmi les fleurs car maintenant il se voyait vivant et s'écoutait parler avec sa propre voix, moi, maman, moi qui n'ai jamais pu supporter la honte de me montrer à un balcon moi qui n'ai jamais pu vaincre la pudeur de parler en public, pourtant il était là sur le petit écran, si vrai et si mortel qu'il demeura songeur à sa fenêtre madre mía Bendicion Alvarado comment ce mystère-là est-il possible, mais José Ignacio Saenz de la Barra resta impassible devant l'une des rares explosions de colère qu'il se permît durant les années innombrables de son régime, ne vous fâchez pas, général, lui dit-il de sa voix douce et emphatique, nous avons dû recourir à ce procédé illégal pour préserver du naufrage le navire du progrès dans la discipline, une inspiration divine, général, grâce à laquelle nous avons pu conjurer l'incertitude du peuple en présentant un pouvoir en chair et en os qui le dernier mercredi du mois commentait d'une façon rassurante sa gestion gouvernementale par le canal de la radio et de la télévision nationales, j'en revendique la responsabilité, général, j'ai placé ici ce vase avec six micros en forme de tournesols qui enregistraient vos pensées à haute voix, c'était moi qui posais les questions auxquelles il répondait durant l'audience du vendredi sans soupçonner que ses réponses innocentes étaient les fragments du discours mensuel adressé à la nation, car jamais on n'avait utilisé d'autre image que la sienne ni d'autres paroles que les siennes comme vous pourrez vous en rendre compte vous-même par ces disques que Saenz de la Barra déposa sur son bureau avec ces films et cette lettre signée de ma main en votre présence, général, pour que vous disposiez de ma vie comme bon vous semblera, et il le regarda déconcerté car il se rendit brusquement compte que pour la première fois Saenz de la Barra, pâle et déconfit, n'avait pas son chien, alors il soupira, c'est bon, Nacho, faites votre devoir, dit-il, l'air exténué, renversé dans sa bergère et le regard cloué sur les yeux dénonciateurs des portraits d'hommes illustres, plus vieux, plus lugubre et plus triste que jamais, mais avec cette même expression aux intentions imprévisibles que Saenz de la Barra devait lui reconnaître deux semaines plus tard quand il entra à nouveau dans le bureau sans s'être annoncé en traînant presque le chien par sa laisse avec la nouvelle urgente d'une insurrection armée que seule votre intervention peut empêcher, général, et il découvrit enfin la lézarde imperceptible qu'il avait cherchée durant tant et tant d'années dans le mur d'obsidienne de la fascination, madre mía Bendicion Alvarado de ma revanche, se dit-il, ce pauvre con est en train de chier de peur dans sa culotte, pourtant il ne fit pas un geste qui permît d'entrevoir ses intentions au contraire il enveloppa Saenz de la Barra dans un halo maternel, ne vous en faites pas Nacho, soupira-t-il, il nous reste pas mal de temps pour réfléchir sans qu'on nous casse les pieds, où nom d'un bordel était la vérité dans ce bourbier de vérités contradictoires qui semblaient moins certaines que s'il s'était agi de mensonges, tandis que Saenz de la Barra vérifiait sur sa montre à chaîne en or qu'il allait être sept heures du soir, général, les commandants des trois armes finissent de dîner chez eux, avec leurs femmes et leurs enfants pour que même ceux-ci ne puissent soupçonner leurs manigances, ils vont sortir en civil et sans escorte par la porte de service où les attend un taxi commandé par téléphone pour tromper la surveillance de nos hommes, ils n'en verront aucun, bien entendu, mais ils seront là, général, car ce sont leurs chauffeurs eux-mêmes, mais lui dit ah ah et il sourit, ne vous en faites pas comme ça, Nacho, expliquez-moi plutôt comment nous avons vécu jusqu'à présent si tranquilles dans notre peau alors que selon vos comptes de têtes coupées nous avions plus d'ennemis que de soldats, mais Saenz de la Barra ne se souciait que du battement minuscule de sa montre à chaîne en or, il nous reste trois heures à peine, général, le commandant des forces de terre se dirige en ce moment vers la caserne del Conde, le commandant des forces navales vers la forteresse du port, le commandant des forces de l'air vers la base de San Jeronimo, il était encore possible de les arrêter car une camionnette de la sûreté de l'Etat chargée de légumes les talonnait, mais lui ne bronchait pas, il sentait que l'angoisse grandissante de Saenz de la Barra le libérait du châtiment d'une servitude qui avait été plus implacable que son appétit du pouvoir, du calme, Nacho, disait-il, expliquez-moi plutôt pourquoi vous n'avez pas acheté une résidence grande comme un transatlantique, pourquoi vous travaillez comme un cheval alors que l'argent ne vous intéresse pas, pourquoi vous vivez comme un ermite si les femmes les plus guindées jouent de la hanche et du genou pour entrer dans votre lit, vous semblez plus curé que les curés, Nacho, mais Saenz de la Barra suffoquait il ruisselait d'une sueur glacée que sa dignité indemne n'arrivait pas à dissimuler dans ce bureau changé en four crématoire, il était onze heures, maintenant c'est trop tard, dit-il, un signal chiffré commençait à circuler dans les fils du télégraphe vers les différentes garnisons du pays, les commandants rebelles accrochaient leurs décorations sur les uniformes de parade pour la photo officielle de la nouvelle junte tandis que leurs seconds transmettaient les derniers ordres d'une guerre sans ennemis dont les batailles se réduisaient à contrôler les centres de télécommunication et les services publics, mais il ne cilla même pas devant l'intuition haletante de Lord Köchel qui s'était redressé avec un filet de bave lui pendant au museau comme une larme interminable, pas de panique, Nacho, expliquez-moi plutôt pourquoi vous avez si peur de la mort, et José Ignacio Saenz de la Barra arracha d'un coup son col de celluloïd ramolli par la sueur, son visage de baryton resta sans expression, rien de plus naturel, répliqua-t-il, la peur de la mort est la cendre du bonheur, c'est pourquoi vous ne l'éprouvez pas, général, puis il se leva en comptant par pure habitude les cloches de la cathédrale, minuit, dit-il, vous n'avez plus personne au monde, général, j'étais votre dernier soutien, mais lui ne bougea pas de sa bergère tant qu'il ne perçut pas le tonnerre souterrain des tanks sur la Place d'Armes, et alors il sourit, ne vous y trompez pas, Nacho, il me reste le peuple, dit-il, le pauvre peuple de toujours qui avant l'aube descendit dans la rue exhorté par le vieillard imprévu qui par le canal de la radio et de la télévision s'adressa avec la plus vive émotion historique à tous les patriotes de la patrie sans distinction pour annoncer que les commandants des trois armes inspirés par les idéaux immuables du régime, sous ma direction personnelle et en interprétant comme toujours la volonté du peuple souverain avaient mis fin en ce minuit glorieux à l'appareil de terreur d'un civil sanguinaire qui avait été châtié par la justice aveugle des foules, car on avait retrouvé José Ignacio Saenz de la Barra noir de coups, pendu par les chevilles à un réverbère de la Place d'Armes avec ses organes génitaux enfoncés dans la bouche, tel que l'avait prévu mon général quand il nous avait ordonné de bloquer les rues des ambassades pour le priver du droit d'asile, le peuple l'avait poursuivi à coups de cailloux, mon général, mais avant nous avions été contraints de bousiller de la même façon le chien sanguinaire qui avait avalé les tripes de quatre civils et mortellement blessé sept de nos soldats lorsque le peuple avait assiégé ses bureaux et jeté par les fenêtres plus de deux cents gilets de soie brochée portant encore leur marque de fabrique, environ trois mille paires de bottines italiennes toutes neuves, trois mille mon général, c'était à cela qu'il dépensait les sous du gouvernement, et je ne sais combien de caisses de gardénias pour sa boutonnière et tous les disques de Bruckner avec leurs partitions pour chefs d'orchestre annotées de sa main, on libéra aussi les prisonniers enfermés dans les caves et on incendia les chambres de torture de l'ancien asile d'aliénés hollandais aux cris de vive le général, viva el macho qui se rendit enfin compte de la vérité, car tout le monde dit que vous n'étiez pas au courant mon général, qu'on vous tenait dans les limbes en abusant de votre bon cœur, et à l'heure qu'il est on chasse encore comme des rats les tortionnaires de la sûreté de l'Etat que nous laissons selon vos ordres sans la protection de l'armée afin que les gens se soulagent de tant de rages anciennes et de tant de terreur, il approuva, d'accord, ému par les carillons des cloches, les musiques de la liberté, les cris de gratitude de la foule concentrée sur la Place d'Armes avec de grandes banderoles Dieu protège le magnifique qui nous a arrachés aux ténèbres de la terreur, et à l'occasion de cette réplique éphémère des temps glorieux il réunit dans la cour les élèves-officiers qui l'avaient aidé à enlever ses propres chaînes de galérien du pouvoir et nous montrant du doigt selon les caprices de son inspiration il compléta le dernier haut commandement de son régime décrépit en remplaçant les auteurs de la mort de Laetitia Nazareno et du petit, lesquels furent capturés en pyjama alors qu'ils tentaient de trouver asile dans les ambassades, mais c'est à peine s'il les reconnut, il avait oublié leurs noms, il chercha dans son cœur la réserve de haine qu'il avait essayé de maintenir vivante jusqu'à la mort et ne trouva que les cendres d'un orgueil blessé qui ne valait plus la peine d'être entretenu, qu'ils se tirent, ordonna-t-il, et on les embarqua sur le premier bateau en partance pour un lieu où le monde à jamais les oublierait, les pauvres cons, il présida le premier conseil du nouveau gouvernement avec l'impression très nette que ces fines fleurs d'une génération nouvelle d'un siècle nouveau étaient à nouveau les ministres civils de toujours avec leurs redingotes poussiéreuses et leurs couilles à zéro, à cette différence près qu'ils étaient plus avides d'honneurs que de pouvoir, plus peureux, plus serviles et plus inutiles que leurs prédécesseurs devant une dette extérieure plus lourde que tout ce qu'on pouvait monnayer dans son royaume d'ennui déjà si plumé, car il n'y avait plus rien à faire mon général, le dernier train des hauts déserts avait déraillé dans des ravins d'orchidées, les léopards dormaient sur des bergères de velours, les carcasses des bateaux à aubes gisaient enlisées dans les marécages des rizières, le courrier pourrissait dans les sacs, les couples de lamantins avaient l'illusion d'engendrer des sirènes parmi les lis ténébreux des miroirs de la cabine présidentielle, lui seul l'ignorait, bien entendu, il avait cru au progrès dans la discipline car il n'avait alors d'autre contact avec la vie réelle que la lecture du journal du gouvernement qu'on imprimait uniquement pour vous mon général, une édition complète tirée à un seul exemplaire avec les nouvelles que vous aimiez lire, les photos que vous espériez trouver, la propagande qui vous faisait rêver d'un monde différent de celui qu'on vous avait prêté pour la sieste, jusqu'au jour où je pus vérifier de mes yeux incrédules que derrière les édificcs aux vitres chatoyantes des ministères les cahutes bariolées des noirs étaient restées intactes sur les collines du port, on avait construit les promenades de palmiers jusqu'à la mer pour qu'il ne vît pas que derrière les villas romaines aux portiques similaires on retrouvait les quartiers misérables dévastés par nos nombreux ouragans, on avait semé des herbes odorantes des deux côtés de la voie ferrée pour qu'il vît du wagon présidentiel que le monde paraissait magnifié par les eaux vénales avec lesquelles sa mère de mes entrailles Bendicion Alvarado peignait des loriots, et on ne l'abusait pas pour lui être agréable comme l'avait fait dans les derniers temps de ses temps glorieux le général Rodrigo de Aguilar, ni pour lui éviter des contrariétés inutiles comme le faisait Laetitia Nazareno plus par pitié que par amour, mais pour le maintenir prisonnier de son propre pouvoir dans le marasme sénile du hamac sous le fromager du patio où à la fin de ses années ne devait même plus être vraie la ronde de l'école j'ai un oiseau dans mon jardin qui sur le citronnier se tient, quel merdier, pourtant la plaisanterie ne l'affecta pas, il essaya plutôt de se réconcilier avec la réalité en récupérant par décret le monopole de la quinine et d'autres potions essentielles au bonheur de l'Etat, mais la réalité le surprit à nouveau par une mise en garde le monde changeait et la vie continuait dans le dos de votre pouvoir, car il n'y a plus de quinine, mon général, il n'y a plus de cacao, il n'y a plus d'indigo, il n'y avait plus rien du tout, sauf votre fortune personnelle qui était incalculable mais stérile, et menacée par l'oisiveté, pourtant des nouvelles aussi fâcheuses ne le troublèrent pas il envoya plutôt un message de défi au vieil ambassadeur Roxbury on pourrait peut-être trouver une formule de conciliation devant la table aux dominos, mais l'ambassadeur lui répondit dans le même style pas de conneries excellence, ce pays ne vaut pas une crotte, sa mer mise à part, bien entendu, qui était transparente et savoureuse, il suffirait d'ailleurs de mettre le feu dessous pour cuisiner dans son propre cratère la grande soupe aux coquillages de l'univers, alors pensez-y, excellence, nous l'acceptons en légitime acompte sur cette dette ancienne que cent générations de patriotes illustres et aussi diligents que votre excellence n'arriveront pas à rembourser, mais lui ne prit pas l'affaire au sérieux ce jour-là, il le raccompagna jusqu'à l'escalier en pensant madre mía Bendicion Alvarado quels barbares ces amerlots, comment est-il possible qu'ils ne pensent à la mer que pour la bouffer, il le salua comme d'habitude d'une tape sur l'épaule et se retrouva seul avec lui-même à tâtonner dans les franges de brouillard artificiel des hauts déserts du pouvoir, car les foules avaient abandonné la Place d'Armes, elles avaient emporté les banderoles à répétition et ramassé pour de futures réjouissances les consignes en location dès que la troupe avait cessé d'alimenter les pauses entre les vivats en ne distribuant plus à boire et à manger, elles avaient abandonné à leur tristesse les salons qui redevinrent déserts malgré son ordre de ne jamais fermer les portes pour que quiconque pût entrer à n'importe quelle heure, comme avant, quand on n'était pas dans une maison-cimetière mais dans un palais hospitalier, pourtant les seuls à rester furent les lépreux, mon général, et les aveugles et les paralytiques qui avaient attendu pendant des années en se dorant au soleil aux portes de cette Jérusalem tels que les avait vus Demetrio Aldous, brisés et invincibles, sûrs que tôt ou tard ils entreraient à nouveau recevoir de ses mains le sel de la santé puisqu'il devait surmonter tous les assauts de l'adversité, les passions les plus inclémentes et les pires embûches de l'oubli, puisqu'il était éternel, et il en fut ainsi, il les redécouvrit au retour de la traite en train de réchauffer dans la cour sur des cagnards de briques improvisés les boîtes de conserve pleines des reliefs de la cuisine, il les vit allongés les bras en croix sur les nattes imbibées d'une sueur d'ulcères à l'ombre parfumée des rosiers, il leur fit aménager un fourneau collectif, il leur acheta des nattes neuves et les envoya construire un abri de palmes au fond de la cour pour qu'ils n'eussent pas à se réfugier à l'intérieur de la maison, pourtant quatre jours ne passaient pas sans qu'il rencontrât un couple de lépreux endormis sur les tapis arabes de la salle des fêtes, un aveugle égaré dans les bureaux ou un paralytique en pièces détachées dans les escaliers, il faisait fermer les portes pour éviter qu'ils ne laissassent une traînée de plaies à vif sur les murs ou qu'ils n'empestassent l'air avec le relent de phénol dont les aspergeaient les services de santé, pourtant à peine les chassait-on d'un côté qu'ils réapparaissaient de l'autre, tenaces, indestructibles, ancrés à leur vieille espérance farouche alors que plus personne n'attendait plus rien de ce vieillard invalide qui cachait des souvenirs écrits dans les niches des murs et qui traversait avec des tâtonnements de somnambule les vents contraires des marécages brumeux de la mémoire, passait des heures sans dormir dans son hamac à se demander comment nom d'un bordel vais-je me dépatouiller pour échapper au nouvel ambassadeur Fischer qui m'a proposé de dénoncer l'existence d'un fléau de fièvre jaune pour justifier un débarquement de marines conformément à notre traité d'assistance mutuelle et cela durant toutes les années qui seront nécessaires pour revivifier la patrie moribonde, et il avait aussitôt répliqué pas de conneries, fasciné par cette évidence qu'il était en train de vivre à nouveau aux origines de son régime quand il avait eu recours au même procédé pour disposer des pouvoirs d'exception de la loi martiale devant une grave menace de soulèvement populaire, il avait décrété l'état de peste, on avait planté le drapeau jaune sur le mât du phare, on avait fermé le port, supprimé les dimanches, interdit de pleurer les morts en public et de jouer des airs à leur mémoire, il avait exhorté les forces armées à veiller à l'application du décret les autorisant à disposer à leur gré des pestiférés, de sorte que les troupes portant des brassards sanitaires trucidaient publiquement les gens de toute condition, signalaient d'un cercle rouge les portes des maisons suspectes de désaccord avec le régime, marquaient au fer à vache le front des simples contrevenants, gouines et pédés tandis qu'une mission médicale réclamée d'urgence à son gouvernement par l'ambassadeur Mitchell s'occupait de préserver de la contagion les habitants de la maison présidentielle, ramassait par terre du caca de ses bâtards pour l'analyser avec des verres grossissants, jetait dans les jarres des pastilles de désinfectant, faisait avaler des larves de moustiques aux animaux des laboratoires, et lui par l'intermédiaire de l'interprète leur disait mort de rire ne soyez pas si cons, misteurs, la peste ici c'est vous, mais ils insistaient si si, par ordre supérieur la peste existait, ils préparèrent un miel préventif, épais et verdâtre, avec lequel ils vernissaient de la tête aux pieds tous les visiteurs sans distinction des plus ordinaires aux plus illustres, ils les obligeaient à se tenir à distance dans les audiences, eux debout sur le seuil et lui assis au fond là où leur voix mais non leur haleine lui parvenait, il parlementait à grands cris avec des gens nus issus de vieilles familles qui gesticulaient d'une main, excellence, et qui de l'autre cachaient leur petit oiseau rachitique et peinturluré, tout cela pour préserver de la contagion celui qui avait imaginé dans l'abattement de l'insomnie jusqu'aux détails les plus banals de la fausse calamité, qui avait inventé des bobards telluriques et répandu des prévisions d'apocalypse en accord avec son critère moins les gens comprendront et plus ils auront les jetons, et c'est à peine s'il sourcilla quand un de ses aides de camp, livide d'épouvante, se mit au garde-à-vous et lui annonça mon général la peste est en train de faire une terrible hécatombe dans la population civile, si bien qu'à travers les vitres teintées du carrosse présidentiel il avait vu le temps interrompu sur son ordre dans les rues abandonnées, vu le vent ahuri sur les drapeaux jaunes, vu toutes les portes closes même celles des maisons oubliées par le cercle rouge, vu les charognards repus sur les balcons, vu les morts, les morts, les morts, il y en avait tellement et partout qu'il était impossible de les compter dans les bourbiers, entassés au soleil sur les terrasses, allongés sur les légumes du marché, des morts en chair et en os mon général et qui pourrait dire combien ils sont, car ils étaient beaucoup plus nombreux qu'il ne l'aurait voulu parmi les hordes de ses ennemis jetés comme des chiens crevés dans les boîtes à ordures, et planant sur la pourriture des corps et la fétidité familière des rues il avait reconnu l'odeur de fléau de la peste, pourtant il ne se troubla pas, il ne céda à aucune requête tant qu'il ne se sentît pas à nouveau maître absolu de tout son pouvoir, et c'est seulement quand il ne semblait plus y avoir de possibilité humaine ou divine de mettre fin à l'extermination que nous vîmes apparaître dans les rues un carrosse sans fanion dans lequel personne ne surprit au premier regard le souffle glacé de la majesté du pouvoir, mais à l'intérieur du velours funèbre nous vîmes les yeux létaux, les lèvres tremblantes, le gant nuptial qui jetait des poignées de sel en direction des arcades, nous vîmes le train peint aux couleurs du drapeau se hisser avec ses griffes parmi les gardénias et les léopards épouvantés jusqu'aux corniches de brouillard des provinces les plus escarpées, nous vîmes les yeux troubles à travers les rideaux du wagon solitaire, le visage affligé, la main de jeune fille désabusée qui laissait une traînée de sel au long des hauts déserts lugubres de son enfance, nous vîmes le bateau à vapeur avec sa roue de bois et les airs de mazurkas de ses incroyables pianos mécaniques, le bateau qui naviguait en cahotant au milieu des écueils des bancs de sable des restes de catastrophes causées à la forêt par les promenades printanières du dragon, nous vîmes les yeux de soir tombant derrière le hublot de la cabine présidentielle, nous vîmes les lèvres pâles, la main sans origine qui jetait des poignées de sel dans les villages engourdis par la chaleur, et ceux qui mangeaient ce sel et léchaient le sol qui l'avait reçu recouvraient instantanément la santé et restaient immunisés longtemps contre les mauvais présages et les caprices de l'illusion, aussi ne fut-il pas étonné dans les dernières années de son automne quand on lui proposa un nouveau plan de débarquement reposant sur le même bobard d'une épidémie politique de fièvre jaune et pourtant il s'opposa aux raisons des ministres stériles qui clamaient qu'ils reviennent, mon général, que les marines reviennent avec leurs machines à désinfecter les pestiférés et cela en échange de ce qu'ils voudront, qu'ils reviennent avec leurs hôpitaux blancs, leurs prairies bleues, leurs jets d'eau tournoyants qui ajoutent aux années bissextiles des siècles de bonne santé, mais lui frappa sur la table et décida non, et tout cela sous sa responsabilité suprême, jusqu'au moment où le rude ambassadeur Mac Queen lui répliqua il ne s'agit plus de discuter, excellence, le régime n'est soutenu ni par l'espoir ni par le conformisme, ni même par la terreur, il l'est par la pure inertie d'une désillusion ancienne et irrémédiable, sortez dans la rue et regardez la vérité en face, excellence, nous abordons le dernier virage, ou les marines débarquent ou nous emportons la mer, il n'y a pas d'autre alternative, excellence, il n'y en avait pas d'autre, maman, si bien qu'ils emportèrent notre mer caraïbe en avril, les ingénieurs nautiques de l'ambassadeur Ewing l'emportèrent en pièces numérotées pour la reconstituer loin des ouragans dans les aurores de sang de l'Arizona, ils l'emportèrent avec tout son contenu, mon général, avec le reflet de nos villes, nos noyés timides et nos dragons délirants, il avait eu recours aux registres les plus audacieux de sa roublardise millénaire pour essayer de provoquer un sursaut national de protestation contre les spoliateurs, mais personne n'y prêta la moindre attention mon général, les gens ne voulurent pas descendre dans la rue libres ou contraints car nous pensions qu'il s'agissait d'une nouvelle manœuvre tentée après tant d'autres pour assouvir au-delà des limites du possible sa passion irréfrénable de durer, nous pensions pourvu qu'il se passe quelque chose même s'ils doivent emporter la mer, carajo, même s'ils doivent emporter toute la patrie avec son dragon, pensions-nous, insensibles aux artifices de séduction des militaires qui apparaissaient dans nos maisons déguisés en civils et qui au nom de la patrie nous suppliaient de descendre dans la rue en criant dehors les ricains pour empêcher la spoliation, on nous incitait à piller et à incendier les boutiques et les villas des étrangers, on nous offrit de l'argent bien sonnant pour descendre protester sous la protection de la troupe solidaire du peuple face à l'agression, mais personne ne bougea mon général car personne n'oubliait qu'en une autre occasion on nous avait dit la même chose en donnant sa parole de soldat ce qui n'avait pas empêché qu'on nous massacre à coups de fusil sous prétexte qu'il y avait parmi nous des provocateurs qui avaient ouvert le feu contre la troupe, si bien que cette fois nous ne pouvons pas compter sur le peuple mon général et je dus porter seul le fardeau du châtiment, je dus signer seul en pensant madre mía Bendicion Alvarado nul ne sait mieux que toi qu'il vaut mieux perdre la mer que d'autoriser un débarquement des marines, rappelle-toi c'étaient eux qui pensaient les ordres qu'ils me faisaient signer, ils rendaient pédés les artistes, ils avaient apporté la Bible et la syphilis, ils faisaient croire aux gens que la vie était facile, maman, qu'on obtient tout avec de l'argent, que les nègres sont contagieux, ils essayèrent de convaincre nos soldats que la patrie est un commerce et que le sens de l'honneur est une fumisterie inventée par le gouvernement pour que les soldats se battent gratuitement, alors pour éviter la répétition de tant de calamités je leur ai accordé le droit de jouir de nos mers territoriales de la manière que vous considérerez conforme aux intérêts de l'humanité et de la paix entre les peuples, ladite cession comprenant comme il se doit non seulement les eaux physiques visibles de la fenêtre de sa chambre jusqu'à l'horizon mais aussi tout ce qu'on entend par mer au sens le plus large du terme, c'est-à-dire sa faune et sa flore, son régime de vents, les velléités de ses millibars, tout, mais je ne les avais jamais imaginé capables d'emporter avec de gigantesques dragues suceuses les écluses numérotées de notre vieille mer qui ressemblait à un jeu d'échecs avec son cratère déchiré dans lequel nous vîmes apparaître comme des éclairs instantanés les restes submergés de l'antique cité de Santa Maria del Darien rasée par la marabunta, et apparaître aussi la nef du grand amiral de la mer océane telle que je l'avais vue de ma fenêtre, maman, elle était intacte, retenue par un buisson d'anatifes que les dents des dragues arrachèrent d'un coup sans lui laisser le temps d'ordonner un hommage digne de la dimension historique de ce naufrage, ils emportèrent tout ce qui avait été la raison de mes guerres et celle de son pouvoir ne laissant que la plaine déserte avec son âpre poussière lunaire qu'il voyait en passant de ses fenêtres le cœur serré criant madre mía Bendicion Alvarado éclaire-moi de tes doctes clartés, car durant ces nuits de vie finissante il se réveillait plein d'effroi, les morts de la patrie se dressaient dans leurs tombes pour lui demander des comptes au sujet de la mer, il entendait leurs grattements d'ongles sur les murs, il surprenait leurs voix sans sépultures, l'horreur des regards posthumes qui épiaient par le trou des serrures la trace de ses grandes pattes de saurien moribond dans l'eau fumante des derniers bourbiers de salut de la maison enténébrée, il marchait sans arrêt au carrefour des alizés tardifs et du faux mistral de la machine à vents que l'ambassadeur Eberhart lui avait offerte pour qu'il supportât mieux cette mauvaise affaire maritime, il voyait au sommet des falaises la lumière solitaire de la maison de retraite des dictateurs en exil qui dorment comme des loirs tandis que moi je souffre ici, dégénérés, il se souvenait des ronflements d'adieu de sa maman Bendicion Alvarado dans sa résidence des faubourgs, de son bon sommeil d'oiselière dans la chambre éclairée par la vigilance de l'origan, ah si elle était à ma place, soupirait-il, heureuse maman endormie qui ne s'était jamais laissé effrayer par la peste, ni intimider par l'amour ni démoraliser par la mort, mais lui était si accablé que même les vertes rafales du phare désormais sans mer qui entraient par les fenêtres lui semblaient souillées par les morts, il s'enfuit épouvanté par cette fantastique luciole sidérale dont l'orbite de cauchemar giratoire vaporisait les dangereux effluves de poussière lumineuse de la moelle des morts, éteignez-le, hurla-t-il, on l'éteignit, il fit calfeutrer la maison intérieurement et extérieurement pour que le souffle le plus ténu de cette peste de nocturnes vents de la mort ne se glisse par les interstices des portes et des fenêtres même cachés dans d'autres parfums, il vécut dans les ténèbres, à tâtons, il respirait mal dans la chaleur sans air, il sentait qu'il traversait des miroirs obscurs, il marchait tout craintif, jusqu'au moment où il entendit un galop de sabots fourchus dans le cratère de la mer et c'était la lune qui se dressait avec ses neiges décrépites, effrayante, chassez-la, hurla-t-il, éteignez les étoiles, nom d'un bordel, c'est Dieu qui vous l'ordonne, mais personne n'accourut à ses cris, personne ne l'entendit, à l'exception des paralytiques qui se réveillèrent affolés dans les anciens bureaux, des aveugles sur les marches, des lépreux aux perles de serein qui se levèrent à son passage sur le chaume des premières roses pour implorer avec les mains le sel de la santé, et ce fut alors, incrédules du monde entier, idolâtres de merde, oui ce fut alors qu'en passant il nous toucha la tête, l'un après l'autre, l'un après l'autre il nous toucha à l'endroit de notre mal d'une main lisse et savante qui était la main de la vérité, et instantanément nous recouvrâmes la santé du corps et la sérénité de l'âme, nous recouvrâmes la force et le goût de vivre, et nous vîmes les aveugles éblouis par l'éclat des roses, nous vîmes les impotents se mettre à trébucher dans les escaliers, nous vîmes ma propre peau redevenir cette peau de nouveau-né que je présente maintenant sur toutes les foires du monde entier pour que personne n'ignore la nouvelle du miracle, et nous sentîmes ce parfum de lis prématuré des cicatrices de mes plaies que je répands sur toute la surface de la terre pour le châtiment des infidèles et la honte des libertins, ils criaient cela par monts et par villes, en fandangos et processions, essayant d'inspirer aux foules l'effroi devant le miracle, mais personne ne pensait que ce fût là chose certaine, nous pensions que nous avions encore affaire à un de ces nombreux courtisans qu'on envoyait dans les villages avec une vieille clique de charlatans pour essayer de nous convaincre de croire à l'incroyable, de croire qu'il avait rendu la peau aux lépreux, la lumière aux aveugles, l'agilité aux paralytiques, nous pensions que c'était la dernière cartouche du régime pour attirer l'attention sur un président improbable dont la garde personnelle se réduisait à une patrouille de conscrits et cela à l'encontre du critère unanime du conseil de gouvernement qui avait insisté mon général, une protection plus rigoureuse est indispensable, il vous faut au moins une unité de tirailleurs mon général, mais il s'était obstiné personne n'éprouve le besoin ni l'envie de me tuer, à part vous, mes ministres inutiles, mes commandants désœuvrés, on n'ose pas et on n'osera pas me tuer car on sait qu'après on devra s'entre-tuer, donc il ne resta que la patrouille de conscrits pour garder une maison morte où les vaches allaient à leur gré du vestibule d'entrée à la salle des audiences, elles avaient avalé les prairies en fleurs des tapisseries mon général, elles avaient avalé les archives, mais lui n'écoutait pas, il avait vu monter la première vache un après-midi d'octobre où il était impossible de rester dehors à cause des fureurs de la pluie, il avait essayé de la chasser avec les mains, vachotte, vachotte, se rappelant soudain que vachotte s'écrit avec deux t et non avec un t, il l'avait revue en train de manger les abat-jour des lampes à une époque de sa vie où il commençait à comprendre que se déplacer jusqu'à l'escalier pour chasser une vache ne valait pas le coup, il en avait trouvé deux autres dans la salle des fêtes, exaspérées par les poules qui sautaient sur leur dos pour y picorer les tiques, d'où l'on pouvait conclure que durant ces nuits récentes où nous avions vu des lueurs qui ressemblaient à des feux de navigation et où nous avions entendu les dégâts causés par les sabots d'un animal de grande taille derrière les murs fortifiés c'était lui qui armé d'un fanal marin disputait aux vaches un coin où dormir tandis qu'au-dehors sa vie publique continuait sans lui, nous voyions régulièrement dans les journaux du régime les photos bidon des audiences civiles et militaires où on nous le présentait dans un uniforme différent selon les circonstances, nous entendions à la radio les discours ressassés tous les ans depuis tant d'années aux grandes dates du calendrier de la patrie, il était présent dans nos vies dès qu'il sortait de chez lui, entrait à l'église, mangeait et dormait, alors qu'il était de notoriété publique qu'il pouvait à peine se déplacer avec ses gros croquenots de marcheur impénitent dans cette masure dont le personnel se réduisait à trois ou quatre ordonnances qui lui servaient ses repas, approvisionnaient en miel ses cachettes et chassaient les vaches qui avaient piétiné l'état-major des maréchaux en porcelaine du bureau interdit où il devait mourir selon les prédictions des pythonisses qu'il avait lui-même oubliées, ils demeuraient à ses ordres capricieux jusqu'au moment où il accrochait sa lampe au-dessus de sa porte et où ils entendaient le fracas des trois verrous, des trois targettes et des trois barres de la chambre que l'absence de mer avait rendue étouffante, alors ils se retiraient dans leurs réduits du rez-de-chaussée convaincus qu'il était plongé dans ses rêves de noyé solitaire jusqu'au petit matin, mais des sursauts inattendus le réveillaient, il menait paître l'insomnie, traînait ses grandes pattes de revenant à travers l'immense et ténébreuse maison à peine troublée par la digestion parcimonieuse des vaches et la respiration obtuse des poules endormies sur les portemanteaux des vice-rois, il entendait des vents lunaires dans l'obscurité, il surprenait les pas du temps dans l'obscurité, il voyait sa maman Bendicion Alvarado qui balayait dans l'obscurité avec ce même balai de rameaux verts qui lui avait servi à mettre à la poubelle comme un tas de feuilles mortes les vies des hommes illustres de Cornelius Nepos dans le texte original, la rhétorique immémoriale de Livius Andronicus et de Cecilius qui n'étaient plus que des résidus pour corbeille à papiers cette nuit sanglante où il était entré pour la première fois dans la maison vacante du pouvoir tandis qu'au-dehors résistaient les dernières barricades suicidaires de l'éminent latiniste le général Lautaro Muñoz, Dieu l'ait en son saint royaume, ils avaient traversé la cour sous le rougeoiement de la ville en flammes en sautant par-dessus les monticules inertes de la garde personnelle du docte président, lui grelottant de paludisme et sa maman Bendicion Alvarado sans autres armes que son balai de rameaux verts, ils avaient monté les escaliers en butant dans l'obscurité contre les cadavres des chevaux de la splendide écurie présidentielle qui continuaient à perdre leur sang de l'entrée jusqu'à la salle des audiences, il était difficile de respirer dans la maison fermée à cause de l'odeur de poudre acide qui émanait du sang des chevaux, nous vîmes dans les couloirs des traces de pieds nus éclaboussés du sang des chevaux, nous vîmes sur les murs des marques de paumes barbouillées du sang des chevaux, et nous vîmes dans le lac de sang de la salle des audiences le corps exsangue d'une belle Florentine en chemise de nuit avec un sabre planté dans le cœur, c'était l'épouse du président, et nous vîmes près d'elle le cadavre d'une fillette qui ressemblait à une danseuse mécanique le front troué par une balle de pistolet, c'était sa fille de neuf ans, et nous vîmes le cadavre du président Lautaro Muñoz tel un césar garibaldien, Lautaro Muñoz, non seulement le plus habile et le plus capable des quatorze généraux fédéralistes qui s'étaient succédé au pouvoir à coups d'attentats durant onze années de rivalités sanglantes mais aussi le seul qui avait osé dire non dans sa propre langue au consul d'Angleterre, il était là étendu comme un esturgeon, pieds nus, subissant le châtiment de sa témérité le crâne fracassé par un coup de pistolet qu'il s'était tiré dans la bouche après avoir tué sa femme sa fille et ses quarante-deux chevaux andalous pour qu'ils ne tombent pas aux mains de l'expédition punitive britannique, et c'est alors que le commandant Kitchener me dit en montrant le cadavre tu vois général, voilà comment finissent ceux qui osent lever la main sur leur père, souviens-t'en quand tu seras dans ton royaume, lui dit-il, mais dans son royaume il y était, au terme de tant de nuits d'attente et d'insomnie, de tant de rages différées, de tant d'humiliations digérées, il y était, maman, proclamé chef suprême des trois armes et président de la république durant tout le temps nécessaire au rétablissement de l'ordre et de l'équilibre économique de la nation, ainsi que l'avaient décidé à l'unanimité les derniers caudillos de la fédération avec l'accord du sénat et de la chambre des députés au grand complet, avec aussi l'appui de l'escadre britannique qui voulait me remercier de mes nombreuses et difficiles soirées de dominos avec le consul Macdonall, pourtant au début personne n'y crut, moi le premier, bien entendu, qui aurait pu y croire dans le charivari de cette nuit d'épouvante si Bendicion Alvarado elle-même n'arrivait pas encore à s'en persuader sur son lit de pourriture quand elle évoquait le souvenir de son fils qui ne savait pas par quel bout commencer à gouverner dans ce capharnaüm, ils ne trouvaient pas une herbe à faire bouillir pour soulager sa fièvre dans cette immense maison sans meubles où il ne restait aucun objet de valeur hormis les portraits mités des vice-rois et des archevêques de la grandeur morte espagnole, tout le reste avait été emporté petit à petit par ses prédécesseurs dans leurs résidences privées, sur les murs il ne restait plus trace des beaux papiers peints représentant des épisodes héroïques, les chambres étaient remplies de déchets de caserne, il y avait partout des vestiges oubliés de massacres historiques et des consignes écrites avec un doigt sanglant par des présidents fantômes d'une seule nuit, mais il n'y avait même pas une natte où s'étendre pour transpirer à l'aise, c'est pourquoi sa maman Bendicion Alvarado avait arraché un rideau pour m'envelopper puis l'avait laissé allongé dans un coin du grand escalier tandis qu'elle balayait avec son balai de rameaux verts les chambres présidentielles que les Anglais finissaient de mettre à sac, elle avait nettoyé tout l'étage en se défendant à coups de balai contre cette clique de flibustiers qui essayaient de la violer derrière les portes, et un peu avant l'aube elle était venue s'asseoir pour se reposer auprès de son fils anéanti par les frissons, enroulé dans le rideau de peluche, suant à torrents sur la dernière marche du grand escalier de la maison dévastée tandis qu'elle essayait de faire baisser sa fièvre par des calculs faciles ne te laisse pas enquiquiner par cette pagaille, fiston, il suffira d'acheter quelques tabourets de cuir à bon marché et de peindre dessus des fleurs et des animaux, j'en fais mon affaire, il suffira d'acheter quelques hamacs pour les visites, oui surtout des hamacs car dans une maison comme celle-ci il doit y avoir beaucoup de gens qui vous tombent dessus à n'importe quelle heure sans s'annoncer, disait-elle, on achètera une table d'église pour manger, des couverts en métal et des assiettes d'étain pour que les soldats ne les cabossent pas trop, on achètera une bonne jarre à eau et un réchaud à charbon, et ça ira comme ça, après tout c'est le gouvernement qui paye, lui disait-elle pour le consoler, mais il ne l'écoutait pas, accablé par les premières mauves du petit matin qui éclairaient dans toute sa nudité la face cachée de la vérité, conscient de n'être rien d'autre qu'un vieillard pitoyable qui tremblait de fièvre assis dans les escaliers en pensant sans amour madre mía Bendicion Alvarado ainsi tout n'était donc que cette triste merde, nom d'un bordel, le pouvoir n'était donc que cette maison de naufragés, cette odeur humaine de cheval rôti, et la date du pouvoir c'était donc cela, cette aurore désolée d'un 12 août pareil à tous les autres, maman, dans quel guêpier nous sommes-nous fourrés, il subissait le malaise de l'origine, la peur atavique du nouveau siècle de ténèbres qui s'élevait dans le monde sans sa permission, les coqs chantaient en mer, les Anglais chantaient en anglais en ramassant les morts du patio au moment où sa mère Bendicion Alvarado terminait ses comptes allègres avec ce boni de consolation non ce n'est pas ce que nous avons à acheter qui m'effraye ni le travail qui m'attend, mon petit, ce qui m'effraye c'est la quantité de draps qu'il faudra laver dans cette maison, et alors on le vit lui s'appuyer à son tour sur la force de sa désillusion pour tenter de la consoler dormez tranquille, maman, dans ce pays les présidents ne font pas long feu, lui dit-il, avant quinze jours ils m'auront déboulonné, vous verrez, lui dit-il, et non seulement il le croyait à l'époque mais il continua de le croire à chaque instant de chaque heure de sa très longue vie de despote sédentaire, et avec d'autant plus de force que la vie le persuadait que les longues années du pouvoir n'apportent pas deux jours semblables, qu'il y aurait toujours une intention cachée dans les propos d'un premier ministre quand celui-ci faisait retentir la déflagration éblouissante de la vérité dans le rapport de routine du mercredi, et lui souriait à peine, ne me dites pas la vérité, licenciado, car vous courez le risque que j'y croie, démantelant par cette petite phrase toute la stratégie laborieuse du conseil des ministres qui aurait voulu le voir signer sans questionner, car jamais il ne me parut plus lucide qu'au moment où les rumeurs les plus convaincantes circulèrent affirmant qu'il pissait dans son pantalon durant les visites officielles, il me paraissait plus sévère à mesure qu'il s'enfonçait dans l'eau dormante de la décrépitude avec ses pantoufles de malade condamné et ses lunettes à une seule branche rafistolée avec du fil à coudre, son caractère était devenu plus vif, son instinct plus habile à écarter ce qui était inopportun et à signer ce qui convenait sans le lire, nom d'un bordel, en fin de compte personne ne m'écoute, il souriait, imaginez qu'il avait demandé qu'on pose une barrière dans le vestibule pour que les vaches ne grimpent plus les escaliers, et pourtant elle était là sous son nez, vachotte, vachotte, elle avait introduit sa tête par la fenêtre du bureau et mangeait les fleurs en papier de l'autel de la patrie, mais lui se contentait de sourire vous voyez ce que je vous dis, licenciado, ce qui fout en l'air ce pays c'est que personne ne m'a jamais écouté, disait-il, et il le disait avec une clairvoyance incroyable pour son âge et que contestait l'ambassadeur Kippling lequel racontait dans ses mémoires interdits qu'à cette époque il l'avait trouvé dans un pénible état d'inconscience sénile qui ne lui permettait même plus de se débrouiller seul dans les affaires les plus enfantines, il racontait qu'il l'avait trouvé englué dans une matière salée qui suintait sans arrêt de sa peau, qu'il avait pris une dimension colossale de noyé flottant lentement et sereinement à la dérive, il avait ouvert sa chemise pour me montrer son corps raidi et brillant de noyé en terre ferme et dans les cavités duquel proliféraient des parasites d'écueils du fond des mers, il avait des rémoras collés au dos comme à un bateau, des polypes et des crustacés microscopiques accrochés aux aisselles, mais il était convaincu que ces bourgeons de rochers étaient les premiers symptômes du retour spontané de la mer que vos marins ont emportée, mon cher Johnson, car les mers sont comme les chats, dit-il, elles reviennent toujours, convaincu que les bancs d'anatifes adhérant à son aine étaient l'annonce secrète d'une aube heureuse où il allait ouvrir la fenêtre de sa chambre et voir à nouveau les trois caravelles de l'amiral de la mer océane qu'il avait cherché en vain dans le monde entier pour vérifier s'il avait vraiment les mains lisses comme lui et comme tant d'autres héros de l'histoire ainsi qu'on le lui avait raconté, qu'on me l'amène de gré ou de force, avait-il ordonné, mais d'autres navigateurs lui relatèrent qu'ils l'avaient vu en train de mettre en cartes et en atlas la myriade d'îles des mers voisines, substituant des noms de rois et de saints à leurs vieux noms de militaires tandis qu'il cherchait dans la science indigène la seule chose qui l'intéressât vraiment découvrir une nouvelle silvicrâne efficace pour combattre sa calvitie naissante, nous avions perdu l'espoir de le retrouver quand il le reconnut lui de l'intérieur de la limousine présidentielle, il se dissimulait dans un froc brun portait le cordon de saint François autour de la taille et agitait une crécelle de pénitent parmi les foules dominicales du marché mais révélait un tel état de pénurie morale qu'on doutait de l'avoir vu entrer autrefois dans la salle des audiences en uniforme cramoisi éperons d'or et allure solennelle de homard en terre ferme, pourtant quand sur son ordre on essaya de l'embarquer dans la limousine il nous avait filé entre les doigts mon général, la terre l'avait avalé, on disait qu'il était devenu musulman, qu'il était mort pellagreux au Sénégal et qu'on l'avait enterré dans trois tombes différentes de trois villes différentes de l'univers bien qu'en réalité il ne s'y trouvât pas, condamné à errer de sépulcre en sépulcre jusqu'à la fin des siècles à cause de la mauvaise fortune de ses entreprises, car cet homme manquait de pot, mon général, oui il traînait plutôt la poisse, mais lui n'en crut jamais un traître mot, il continuait d'attendre son retour quand arrivé au terme de la vieillesse le ministre de la Santé lui arrachait avec une pince les tiques découvertes sur son corps alors qu'il insistait ce ne sont pas des tiques, docteur, c'est la mer qui revient, disait-il, si sûr de son critère que le ministre de la Santé avait souvent pensé il n'est pas aussi sourd qu'il le laisse croire en public ni aussi écervelé qu'il feint de l'être durant les audiences embarrassantes, encore qu'un examen complet eût révélé qu'il avait des artères de verre, des calculs de sable de plage dans les reins et le cœur crevassé par le manque d'amour, le vieux toubib s'abrita donc derrière une confiance éprouvée de compère pour lui dire l'heure est venue de rendre votre tablier mon général, décidez au moins dans quelles mains vous allez nous laisser, sauvez-nous de la pagaille, mais lui demanda étonné qui vous a dit que je songe à mourir, mon cher docteur, que d'autres meurent en attendant, nom d'un bordel, et il ajouta histoire de rigoler tenez avant-hier soir je me suis vu à la télé et je me suis trouvé plus en forme que jamais, un vrai taureau de corrida, dit-il, mort de rire, car il s'était entr'aperçu dans le brouillard, tombant de sommeil et la tête enveloppée dans une serviette mouillée devant l'écran sans parole ainsi qu'il en avait décidé pour ses dernières veillées de solitude, il était vraiment plus arrogant qu'un taureau de combat devant l'ensorcellement de l'ambassadrice de France, ou peut-être de Turquie, ou de Suède, quel bordel, elles étaient si nombreuses et si semblables qu'il les confondait et tant d'années avaient passé qu'il ne se revoyait même plus au milieu d'elles en tenue de soirée avec une coupe de champagne intacte à la main pour la cérémonie anniversaire du 12 août, ou la fête de la victoire du 14 janvier, ou celle de la renaissance du 13 mars, allez donc savoir, car dans le galimatias des dates historiques de son régime il avait fini par ne plus savoir quand se situait telle commémoration ni à quoi elle correspondait, quant aux petits papiers roulés qu'il avait cachés avec tant de soin et de bon esprit dans les fissures des murs ils ne lui servaient plus à rien car il avait fini par oublier leur objet même, il les découvrait par hasard dans les cachettes à miel et il avait lu ainsi que le 7 avril c'est l'anniversaire du docteur Marcos de Léon, lui envoyer un tigre comme cadeau, il avait lu cela, écrit de sa propre main, sans avoir la moindre idée de qui était ledit docteur, en sentant qu'il n'y avait pas de châtiment plus humiliant et moins mérité pour un homme que d'être trahi par son propre corps, il avait commencé à entrevoir le problème bien avant les temps immémoriaux de José Ignacio Saenz de la Barra quand il s'était rendu compte qu'il savait à peine qui était qui dans les audiences collectives, un homme comme moi qui était capable d'appeler par son nom et son prénom toute une population parmi les plus isolées de son immense royaume d'ennui, et qui pourtant en était arrivé à l'extrémité opposée, il avait aperçu de son carrosse dans la foule un garçon connu et il s'était tellement effrayé de ne plus pouvoir dire où il l'avait vu que je l'avais fait arrêter par mon escorte tandis que la mémoire me revenait, il s'agissait d'un malheureux péquenot qui était resté vingt-deux ans dans un cachot à répéter la vérité établie dès le premier jour par l'enquête judiciaire, à savoir qu'il s'appelait Braulio Linarès Moscote, était le fils naturel mais reconnu de Marcos Linarès, marin d'eau douce, et de Delfina Moscote, éleveuse de chiens tigriers, tous deux domiciliés à Rosal del Virrey, lequel Braulio Linarès Moscote se trouvait pour la première fois dans la capitale de ce royaume parce que sa mère l'avait envoyé vendre deux chiots aux jeux floraux de mars, il était arrivé sur un âne qu'on lui avait loué, sans autre linge quc celui qu'il portait à l'aube de ce même jeudi de son arrestation, il buvait une petite tasse de café amer sous une tente du marché en demandant aux marchandes de friture si elles ne connaissaient pas quelqu'un qui voudrait acheter deux chiots croisés pour chasser le tigre, elles venaient de lui répondre que non quand le charivari des tambours, des clairons, des fusées avait commencé, les gens criaient le voici, il arrive, et il avait demandé mais qui donc et on lui avait répondu mais qui voulez-vous que ce soit, notre chef à tous, alors il avait ramassé les deux chiots dans une caisse pour que les friturières aient la gentillesse de me les garder en attendant mon retour, il avait grimpé sur le rebord d'une fenêtre afin de regarder par-dessus la foule et avait vu le cortège de chevaux avec leurs housses d'or et leurs plumets, il avait vu le carrosse avec le dragon de la patrie, le salut d'une main gantée de satin, le visage livide, les lèvres taciturnes et sans sourire de l'homme qui commandait, les yeux tristes qui le découvrirent soudain comme une aiguille dans une botte de foin, un doigt le désignait, là, cet homme grimpé sur cette fenêtre, arrêtez-le tandis que je vais réfléchir où je l'ai vu, ordonna-t-il, alors ils m'attrapèrent en me rouant de coups, ils m'esquintèrent avec leurs sabres, ils me mirent à rôtir sur un gril pour que j'avoue où le grand chef m'avait déjà vu, pourtant ils n'avaient réussi à lui arracher d'autre vérité que celle émise dans l'horrible geôle de la forteresse du port, il l'avait répétée avec tant de conviction et de courage personnel qu'il avait fini par admettre qu'il s'était trompé, mais maintenant on ne peut plus revenir en arrière, avait-il dit, en effet, on l'avait si maltraité que s'il n'était pas à l'origine un ennemi il l'est devenu, le malheureux, mieux valait donc le laisser pourrir vivant dans son cachot tandis que je déambulais à travers cette maison de fantômes en pensant madre mía Bendicion Alvarado du bon vieux temps, aide-moi, vois comment je vis sans la protection de ton manteau, en clamant solitaire que cela ne valait pas la peine d'avoir vécu tant de fastes glorieux si l'on ne pouvait pas les évoquer pour s'en récréer, s'en nourrir et survivre grâce à eux dans les marécages de la vieillesse, car même les douleurs les plus vives et les instants les plus heureux de sa grande époque avaient fui définitivement par les canonnières de la mémoire malgré ses tentatives candides de les retenir grâce aux tampons des petits papiers roulés, il était condamné à ne jamais savoir qui était cette Francisca Linero âgée de 96 ans enterrée sur son ordre avec les honneurs réservés à une reine selon une autre note écrite de sa main, il était condamné à gouverner à l'aveuglette avec onze paires de lunettes inutiles cachées dans le tiroir de son bureau pour dissimuler qu'en réalité il conversait avec des spectres dont il arrivait à peine à déchiffrer les voix et devinait l'identité par des signes instinctifs, plongé dans un état d'abandon qui lui avait été révélé plus particulièrement au cours d'une audience avec le ministre de la Guerre, il avait eu la malchance d'éternuer et le ministre lui avait dit à vos souhaits mon général, il avait éternué une deuxième fois et le ministre avait redit à vos souhaits mon général, puis une troisième fois, et l'autre à vos souhaits mon général, mais au bout de neuf éternuements consécutifs je ne lui ai plus redit à vos souhaits mon général, je me suis senti terrorisé tellement cette tête décomposée par la stupéfaction menaçait de succomber, j'ai vu les yeux inondés de larmes qui postillonnaient sans pitié sur moi du fond du bourbier de l'agonie, j'ai vu la langue de pendu de la bête décrépite qui mourait dans mes bras sans personne pour témoigner de mon innocence, et alors je n'ai eu qu'une idée me sauver loin du bureau avant qu'il ne soit trop tard, mais lui me l'interdit dans une rafale d'autorité en me criant entre deux éternuements pas de panique brigadier Rosendo Sacristain, du calme, nom d'un bordel, je ne suis pas assez con pour mourir devant vous, cria-t-il, et il ne mourut pas, il continua d'éternuer jusqu'au seuil de la mort, flottant dans un espace d'inconscience plein de lucioles zénithales mais se raccrochant à la certitude que sa mère Bendicion Alvarado n'allait pas lui offrir la honte de mourir d'un accès de crachotements en présence d'un subalterne, pas de conneries, plutôt la mort que l'humiliation, mieux valait vivre avec des vaches plutôt qu'avec des hommes capables de vous laisser mourir sans honneur, nom d'un bordel, il n'avait plus discuté de Dieu avec le nonce pour qu'il n'observât pas qu'il buvait son chocolat à la petite cuillère, il n'avait plus rejoué aux dominos craignant que quelqu'un osât le laisser gagner par pitié, il ne voulait plus voir personne, maman, afin que personne ne découvrît que malgré une surveillance minutieuse de ses faits et gestes, malgré sa marotte de ne pas traîner ses pieds plats, ce qu'il avait toujours fait au bout du compte, malgré la pudeur de son grand âge il se sentait au bord de cet abîme de douleur des derniers dictateurs en disgrâce qu'il maintenait plus prisonniers que protégés dans la maison des falaises pour les empêcher de contaminer le monde avec la peste de leur indignité, cela il l'avait éprouvé pour la première fois ce maudit matin où étant seul il s'était endormi dans le bassin du patio privé alors qu'il prenait son bain de feuilles, je rêvais à toi, maman, je rêvais que c'était toi qui créais les cigales qui éclataient à force de siffler sur ma tête parmi les branches en fleur de l'amandier de la vie réelle, je rêvais que c'était toi qui peignais avec tes pinceaux les voix bariolées des loriots lorsqu'il se réveilla en sursaut sous l'effet d'un rot imprévu de ses tripes au fond de l'eau, maman, il se réveilla, la rage le congestionnait dans ce bassin corrompu de ma honte sur lequel flottaient les lotus aromatiques de l'origan et de la mauve, les jeunes fleurs tombées de l'oranger, les tortues mises en joie par la nouveauté de cette traînée de tendre caca doré de mon général sur l'eau parfumée, quel bordel, mais lui avait survécu à cette infamie de l'âge et à tant d'autres, il avait réduit au minimum le personnel de service pour les affronter sans témoins, personne ne devait le voir errer dans la maison vide durant des jours et des nuits la tête enveloppée dans des chiffons imbibés d'alcool camphré, gémir de désespoir tourné vers les murs, écœuré par les potions contre la toux, affolé par une migraine insupportable dont il ne parla jamais à personne à commencer par son médecin personnel sachant fort bien qu'il s'agissait d'une douleur parmi tant d'autres douleurs inutiles de la décrépitude, il la sentait venir comme un tonnerre de pierre bien avant qu'apparussent dans le ciel les gros nuages noirs de la tempête et ordonnait que personne ne me dérange dès que le tourniquet se mettait à tourner dans ses tempes, que personne n'entre ici quoi qu'il arrive, ordonnait-il, dès qu'il sentait craquer les os de son crâne au deuxième tour de tourniquet, même si c'est Dieu qui se présente, ordonnait-il, même si je meurs, nom d'un bordel, aveuglé par cette douleur scélérate qui ne lui laissait pas un instant de répit pour penser jusqu'au moment où la pluie bénie s'abattait mettant fin à des siècles de désespoir, alors il nous faisait signe, nous le retrouvions nouveau-né à la petite table dressée pour le dîner devant l'écran muet de la télévision, nous lui servions des brochettes de viande, du lard aux haricots, du riz à la noix de coco, des tranches de bananes frites, un repas inconcevable pour son âge et qu'il laissait se refroidir sans y goûter à peine tandis qu'il regardait le même film bouche-trou à la télévision, conscient du fait que le gouvernement voulait lui cacher quelque chose puisqu'on avait redonné le même programme pour son circuit fermé sans même réaliser que les bobines avaient été interverties, quel bordel, disait-il, en essayant d'oublier ce qu'on avait voulu lui cacher, pourtant si la situation s'aggravait on le saurait, disait-il en ronflant devant son dîner, puis quand huit heures sonnaient à la cathédrale il se levait avec son assiette intacte et jetait le repas dans les waters comme tous les soirs à la même heure depuis longtemps afin de dissimuler l'humiliation d'un estomac qui rejetait tout, d'abuser grâce aux légendes de ses temps glorieux la rancœur qui le gagnait chaque fois qu'il s'abandonnait à une regrettable faiblesse de vieillard, d'oublier qu'il avait presque cessé de vivre, que c'était lui et personne d'autre qui écrivait sur les murs des cabinets vive le général, viva el macho, lui qui avait avalé en cachette un breuvage de guérisseurs pour honorer autant de fois qu'il le voudrait en une seule nuit et même par trois fois chaque fois trois femmes différentes, ingénuité sénile qu'il avait payée avec des larmes de rage plus que de douleur, accroché aux anses des waters en pleurant madre mía Bendicion Alvarado de mon cœur, déteste-moi, purifie-moi de tes eaux de feu, subissant avec orgueil le châtiment de sa candeur car il savait parfaitement que ce qui lui manquait alors et lui avait toujours manqué au lit n'était pas l'honneur mais l'amour, il avait besoin de femmes moins arides que celles que me servait mon compère le ministre des Affaires étrangères pour que je ne perdisse pas mes bonnes habitudes depuis qu'on avait fermé l'école voisine, des poupées de chair sans os pour vous tout seul mon général, envoyées par avion en franchise douanière des bordels vitrés d'Amsterdam, des festivals de cinéma de Budapest, des plages d'Italie mon général, regardez quelles merveilles, les plus belles filles du monde qu'il découvrait assises avec une décence de professeurs de chant dans la pénombre du bureau, elles se déshabillaient comme des artistes, elles s'allongeaient sur le divan molletonné avec les lanières de leur maillot de bain imprimées sur leur peau tiède de sucre doré comme sur un négatif, elles sentaient les dentifrices mentholés, les fleurs en flacon, couchées près de l'énorme bœuf de ciment qui n'avait pas voulu enlever ses habits militaires tandis que j'essayais de l'encourager en recourant à mes expédients les plus onéreux jusqu'au moment où il se lassa de subir les invites de cette beauté hallucinante de poisson mort et où il lui dit ça va comme ça, ma fille, fais-toi bonne sœur, si déprimé par sa mollesse que ce soir-là sur le coup de huit heures ayant aperçu une des femmes chargées du linge des soldats il la renversa d'un coup de patte sur le rebord du lavoir où elle eut beau tenter de s'échapper en lui faisant peur aujourd'hui je ne peux pas général, croyez-moi, j'ai mes choses, il la retourna à plat ventre sur la planche à laver et l'ensemença par derrière avec une fougue biblique qui apporta jusqu'au cœur de la malheureuse le craquement de la mort, elle lâcha dans un souffle quel sauvage, général, on vous a élevé chez les papous, mais lui se sentit plus flatté par ce gémissement de douleur que par les dithyrambes frénétiques de ses adulateurs professionnels, il attribua à la lavandière une pension à vie pour l'éducation de ses enfants, se remit à chanter après tant d'années tout en donnant leur pitance aux vaches dans les étables, scintillante lune de janvier, chantait-il, sans penser à la mort, car même au dernier soir de sa vie il ne devait pas s'abandonner à la faiblesse de penser à quelque chose hors du commun, il recompta deux fois les vaches tout en chantant tu es la clarté de ma route obscure, mon étoile du berger, il s'aperçut qu'il en manquait quatre, il regagna l'intérieur de la maison en comptant au passage les poules endormies sur les portemanteaux des vice-rois, couvrit les cages des oiseaux endormis qu'il comptait en les abritant pour la nuit, quarante-huit, mit le feu aux bouses répandues par les vaches durant la journée du vestibule à la salle des audiences, se souvint d'une enfance lointaine qui pour la première fois lui offrait sa propre image en train de grelotter dans le froid du haut désert et celle de sa mère Bendicion Alvarado qui arrachait aux vautours sur un fumier des boyaux de mouton pour le déjeuner, il était plus de onze heures quand il parcourut à nouveau toute la maison en sens inverse en s'éclairant avec sa lanterne tandis qu'il éteignait les lampes jusqu'au vestibule, il fut successivement un deux quatorze généraux avec une lanterne dans les miroirs obscurs, il vit une vache les quatre fers en l'air au fond de la glace de la salle des concerts, vachotte, vachotte, dit-il, elle était morte, quelle chiotte, il fit un détour par la chambrée des gardes pour leur dire qu'il y avait une vache morte dans un miroir, enlevez-la sans faute demain très tôt, ordonna-t-il, avant que la maison ne se remplisse de charognards, il inspecta avec sa lampe les anciens bureaux du rez-de-chaussée à la recherche des vaches égarées, il y en avait trois, il les chercha dans les cabinets, sous les tables, à l'intérieur de chaque miroir, il monta au premier étage fouiller les chambres chambre à chambre et ne trouva qu'une poule couchée sous la moustiquaire de tulle rose d'une novice d'une autre époque dont il avait oublié le nom, prit sa cuillerée de miel comme chaque soir avant de se coucher, replaça le pot dans sa cachette où se trouvait aussi un petit papier avec une date anniversaire de l'illustre poète Ruben Dario, Dieu l'ait sur la plus haute chaise de son saint royaume, enroula à nouveau le petit papier et le remit à sa place tandis qu'il récitait de mémoire la belle prière père et maître magique lyrophore [1] qui maintiens les

1. Début d'un célèbre poème de Ruben Dario à Verlaine. *(N.d.T.)*

aéroplanes flottant dans les airs et les transatlantiques sur la mer, en traînant ses grandes guibolles d'insomniaque condamné à travers les dernières aubes vertes et fugaces de la ronde du phare, il entendait les vents en peine de la mer disparue, il entendait la musique de l'âme d'une bringue de mariage où il avait failli mourir en traître à la suite d'une négligence divine, il trouva une vache égarée et lui barra la route sans la toucher, vachotte, vachotte, regagna sa chambre et vit en passant devant les fenêtres la ribambelle de lumières de la ville sans mer à toutes les fenêtres, il surprit la vapeur chaude du mystère de ses entrailles, le secret de sa respiration unanime, il la regarda vingt-trois fois sans s'arrêter et endura comme toujours et pour toujours l'incertitude du vaste océan insondable qu'était ce peuple endormi la main sur le cœur, il se sut abhorré par ceux qui l'aimaient le plus, il sentit que des cierges de saints l'illuminaient, il sentit qu'on invoquait son nom pour redresser le sort des femmes en couches et modifier le destin des moribonds, il sentit sa mémoire exaltée par ceux-là mêmes qui maudissaient sa mère quand ils voyaient les yeux taciturnes, les lèvres tristes, la main de fiancée pensive derrière les vitres d'acier transparent des temps lointains de la limousine somnambule et nous baisions la trace de sa botte dans la boue et nous lui envoyions des exorcismes contre la mauvaise mort les nuits de chaleur quand nous apercevions du fond de nos cours les lumières errantes aux fenêtres sans âme de la maison civile, personne ne nous aime, soupira-t-il, en passant la tête dans l'ancienne chambre de l'oiselière exsangue peintre de loriots Bendicion Alvarado au corps semé de vert-de-gris, bonne mort, maman, lui dit-il, bonne mort, fiston, lui répondit-elle dans la crypte, il était minuit juste quand il accrocha sa lampe au-dessus de sa porte, blessé dans les entrailles par la torsion mortelle des sifflements ténus de l'odieuse hernie, il n'y avait plus d'autre réalité au monde que celle de sa douleur, il tira pour la dernière fois les trois verrous de sa chambre, tira les trois targettes, les trois barres, subit l'holocauste final de la brève mixtion dans le seau hygiénique, se laissa choir sur le sol nu avec son pantalon de grosse toile qu'il enfilait pour être à la maison depuis qu'il avait renoncé aux audiences, avec sa chemise rayée sans faux col et ses pantoufles d'invalide, il se laissa choir à plat ventre, le bras droit replié sous la tête en guise d'oreiller, et il s'endormit sur-le-champ, mais à deux heures dix il se réveilla le cerveau vide et les vêtements imbibés d'une sueur pâle et tiède de veille de cyclone, qui va là, demanda-t-il, ébranlé par la certitude que quelqu'un l'avait appelé durant son sommeil d'un nom qui n'était pas le sien, Nicanor, et par deux fois, Nicanor, quelqu'un qui avait le pouvoir de s'introduire dans sa chambre sans toucher aux verrous car il entrait et sortait à sa guise en traversant les murs, et alors il la vit, c'était la mort mon général, la sienne, vêtue d'une tunique en haillons une tunique de jute de pénitente, avec son croc de bois à la main et son crâne semé de pousses d'algues sépulcrales, des fleurs de terre dans les fissures de ses os et des yeux archaïques et stupéfaits dans ses orbites sans chair, et seulement quand il la vit en entier il comprit pourquoi elle l'avait appelé Nicanor Nicanor car c'est le nom par lequel la mort reconnaît chacun d'entre nous à l'instant où nous devons mourir, mais il lui dit non, la mort, ce n'était pas encore son heure, il fallait que ce fût durant son sommeil dans la pénombre du bureau comme l'annonçaient depuis toujours les eaux prémonitoires des écuelles, alors elle répliqua non, général, c'est ici, pieds nus et avec ce linge de miséreux que vous portez, encore que ceux qui découvrirent le corps devaient affirmer qu'ils l'avaient trouvé sur le sol du bureau avec l'uniforme de toile sans insignes et l'éperon d'or au talon gauche pour ne pas contrarier les augures de ses pythonisses, au moment le moins voulu par lui, quand au bout de tant et tant d'années d'illusions stériles il avait commencé à entrevoir qu'on ne vit pas, merde alors, on survit, on apprend trop tard que même les vies les plus vastes et les plus utiles vous permettent tout juste d'apprendre à vivre, il avait découvert son incapacité d'aimer dans l'énigme des paumes de ses mains muettes et dans les chiffres invisibles des tarots et il avait essayé de compenser ce destin infâme par le culte dévorant du vice solitaire qu'est le pouvoir, il s'était fait la victime de sa secte pour s'immoler dans les flammes de cet holocauste infini, il s'était gavé de fourberie et de crime, il avait prospéré dans la cruauté et l'opprobre et avait surmonté son avarice fébrile et sa peur congénitale rien que pour conserver jusqu'au bout dans son poing sa bille de verre sans savoir que c'était un vice sans fin qui de sa satiété engendrait son propre appétit jusqu'à la fin des temps mon général, il avait su dès ses origines qu'on le trompait pour lui complaire, qu'il payait pour être adulé, qu'on recrutait par la force des armes les foules concentrées sur son passage avec leurs cris de joie et leurs banderoles intéressées vie éternelle au magnifique qui est plus âgé que son âge, mais il avait appris à vivre avec toutes ces misères de la gloire à mesure qu'il découvrait au long de ses années incalculables que le mensonge est plus aisé que le doute, plus utile que l'amour, plus durable que la vérité, et il en était arrivé sans s'étonner à cette fiction ignominieuse de commander sans pouvoir, d'être louangé sans gloire et d'être obéi sans autorité quand il s'était convaincu dans cette jonchée de feuilles mortes de son automne que jamais il ne serait le maître de toute sa puissance, qu'il était condamné à ne connaître la vie que par son autre face, condamné à déchiffrer les coutures, à rectifier les fils de la trame et les points de la tapisserie d'illusions de la réalité sans soupçonner même trop tard que la seule vie supportable était celle qu'on pouvait montrer, celle que nous voyions nous de ce côté qui n'était pas le vôtre mon général, de ce côté des pauvres où se trouvait cette jonchée de feuilles mortes de nos années incalculables de malheur et de nos instants insaisissables de bonheur, où l'amour était contaminé par les germes de la mort mais était tout l'amour mon général, où vous-même étiez à peine une vision incertaine d'yeux pitoyables à travers les rideaux poussiéreux de la portière d'un train, étiez à peine deux lèvres taciturnes qui tremblaient, l'adieu fugitif d'un gant de satin dans la main anonyme d'un vieillard sans destin dont nous ne sûmes jamais qui il fut, ni comment il fut, ni s'il fut autre chose qu'un bobard de l'imagination, un tyran pour rire qui ne sut jamais où était l'envers et où était l'endroit de cette vie que nous aimions avec une passion insatiable et que vous n'osâtes jamais imaginer craignant d'apprendre ce que nous ne savions que trop qu'elle était difficile et éphémère mais qu'il n'y en avait pas d'autre, général, car nous savions, nous, qui nous étions tandis qu'il resta lui définitivement dans l'ignorance avec le doux sifflement de sa hernie de vieux mort fauché net par le coup de canne de la mort, volant dans la rumeur obscure des dernières feuilles glacées de son automne vers la ténébreuse patrie de la vérité de l'oubli, agrippé de peur aux guenilles pourries du balandran de la mort et étranger aux clamcurs des foules frénétiques qui se précipitaient dans les rues en chantant sa mort avec des hymnes d'allégresse, étranger à jamais aux fanfares de libération, aux fusées de joie et aux cloches en liesse qui annoncèrent au monde la bonne nouvelle selon laquelle le temps incalculable de l'éternité était enfin terminé.

(1968-1975)

Cet ouvrage a été réalisé sur
SYSTÈME CAMERON
par Firmin-Didot S.A. - Paris-Mesnil
pour le compte des Éditions Grasset
le 30 juillet 1982

Première édition : dépôt légal décembre 1976
Nouvelle édition : dépôt légal août 1982
N° d'édition : 5907
N° d'impression : 0253

ISBN 2-246-00427-6

(Édition originale : ISBN 84-01-30155-6
Plaza & Janes, Esplugas de Liobregat)